ヴェールドマン仮説

西尾維新
NISIOISIN

講談社

ヴェールドマン仮説

装画　米山 舞
装丁　名久井直子

登場人物紹介

（蜘蛛《くも》ノ巣《す》家）

吹奏野《すその》やすで（法医学者）

吹奏野《すその》高山《こうざん》（推理作家）

吹奏野《すその》朝夜《ちょうや》（弁護士）

吹奏野《すその》晴真《はれま》（検事）

吹奏野《すその》クラウディ（VR探偵）

吹奏野《すその》夜靄《よもや》（探偵役者）

吹奏野《すその》真雲《まくも》（ぼく）

吹奏野《すその》霧霞《きりか》（ニュースキャスター）

吹奏野《すその》朝雲《あさぐも》（刑事）

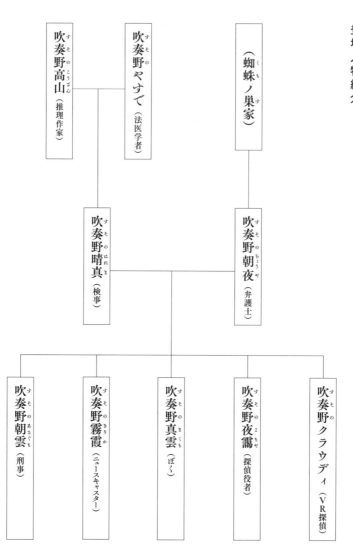

序幕　ヴェールドマン前説

傘下散花《かさしたさんか》は、今日が自分の誕生日だということをすっかり忘れていた。

昔だったら絶対に考えられないことだ、一年で一番大切な日のことを忘れるだなんて。そりゃあクリスマスやバレンタインデーだって素敵な日だ、だけどそれらは、誰もがプレゼントをもらえる日である。本日、七月一日にプレゼントがもらえるのは、散花だけだった――これが特別な日でなくて何だろう?

リボンのかけられたプレゼントボックスの包装紙を開くときの、『なにかな、なにかな』とわくわくする気持ちは、まさしく、一年に一度限りのものだった。

かけがえがなかった。

だけど、誕生日が特別な日だったのは、二十五歳になるまでだ。どう多目に見積もっても。プレゼントをもらえなくなってしまったから、というわけではない（少なくとも、それだけではない）。

それよりも大切な日ができたのだ、そう、結婚記念日である――その一年後、一番大切な日は、我が子の誕生日に更新された。ちなみに結婚記念日はもう思い出そうとしても、いったい何月何日だったのか思い出せない。離婚したその日のうちに、完全に忘れた。離婚したその日の日付けも忘れた。

しかし、自分の誕生日をぎりぎり当日中に思い出せたのは、ベビーシッターのホテイさんのおかげだった——いつも通り、自ら希望したことになっているハードワークでくたくたになって、マンションに帰宅した散花を、なんとホテイさんがサプライズパーティで迎えてくれたのだ。

「ハッピーバースデー！　散花さん。手作りのケーキを用意していますよ、ささ、どうぞこちらに」

「こ、困ります。そこまでしていただくわけには——」

「どうか遠慮しないでください。花彦《はなひこ》くんがちょうど寝付いたところなので、ここだけの話、今がチャンスですよ」

いたずらっぽくそう言われては、遠慮もできなかった——そもそも、お願いしている仕事はシッターだけなのに、最近は甘えてしまって、掃除や洗濯といった家事代行まで任せている現状で、ホテイさんの厚意を無下にはできない。

単純に嬉《うれ》しかったのもある。

自分の誕生日パーティなんて、何年振りだろう——好みのワインがセッティングされたダイニングは、折り紙で飾り付けまでされていて、友達からのおめでとうメールさえ受信していない身の上には、過ぎた祝賀会だった。

「いやはや、日曜日なのにいつも通り遅くまでお疲れさまでした！　花彦くんも、ちょっぴり手伝ってくれたんですよ」

一歳の息子が、邪魔をすることはあっても手伝うことはないと思うが、野暮なことは言うまい——花彦の父親と別れるときは、ひとりで育ててみせると息巻いたものだが、ホテイさんに頼って、本当によかった。

繁忙期に花彦が熱を出して、途方に暮れていたときに世話になったのが最初だが、今となってはホテイさんに頼らない子育てなんて想像もつかない——その働きに見合うお給料をぜんぜん支払えていないのが、心苦しいくらいだ。

テーブルについたところで、

「そうだ！　散花さんへとっておきのプレゼントがあるんだった、それを最初に渡さないと。ええーっと、ちょっとだけ、目隠しをしてもらってもいいですか？」

と、言うが早いか、ホテイさんは散花の顔に、さながらマジシャンのごとく、セッティングされたテーブルからするりと抜き取ったテーブルクロスをかけてきた——目隠しと言うより、まるで花嫁がかぶる、ウエディングヴェールのようだ。

忘却の彼方にあった結婚披露宴を少しだけ思い出し、やや苦い気持ちになったけれど、ここは我慢しよう——いきなり視界が遮《さえぎ》られて、反射的にテーブルクロスを払ってしまいそうになったものの、ぐっと堪えて、おとなしく両手を膝《ひざ》の上にそろえる。

年甲斐《としがい》もなくわくわくする、いつ以来だろう、誕生日にプレゼントがもらえるだなんて。包装紙を開くように、早くこの目隠しを外してほしいと、ホテイさんを急《せ》かしたくなる。

なにかな。なにかな。

第一幕　マザーシップの表計算

1

　ぼくが月曜日の朝をどんな風に迎えているのか知りたいというお便りが我が家のポストに殺到していたので、まずはその質問からお答えしよう——基本的に、ぼくは平日は、午前五時に起床する。正確に言えば午前四時五十五分だし、厳密に言えば午前四時四十五分からだ——九人家族の朝食を作るというのはかように一大事業なわけだけれど、かと言ってのっけから、早起き自慢を始めるつもりはない。

　なぜなら、ぼくはとっっってても控え目な性格だし、そうでなくとも、曜日によってランキングに変動はあるにしたって、我が吹奏野《すその》家で一番朝が早いのが、ぼくでないことも確かなのだから——四時四十五分に目覚め、顔を洗ってキッチンに立つと同時に、リモコンを操作してリビングのテレビをつければ、フルメイクで余所行きのお姉ちゃんが、画面中央にばっちり映っている。

　二歳年上のぼくの姉、吹奏野霧霞《きりか》は、毎週月曜日〜金曜日の明け方から放映される地元ローカル局のモーニングジャーナルで、ニュースキャスターを務めている（ちなみに愛称は『りか姉』だ。ぼくのお姉ちゃんは、番組内でもお姉ちゃんなのだ）。ちゃんと確認したことはないけれど、打ち合わせやリハーサルのことを考えると、お姉ちゃんの推定起床時間は、きっと午前二時くらいなのではなかろうか。

そんなわけで、当該番組を、キッチンカウンター越しに観覧しながら包丁やフライパンを握るというのが、ぼくの平日の日課だった――つまり、お姉ちゃんの朝食に限っては、昨夜のうちに準備したお弁当ということになる。

さっきは誇張してああ言ったが、何時に起きようと（午前二時に起きようと）九人分の朝食を一気には作れない、それぞれのライフスタイルがあるのだから……、大切なぼく自身の大切なＱＯＬも。

先に宣言しておくと、我が家のダイニングに、家族全員が揃《そろ》う機会なんて、お正月でもありえない……、お葬式だったら……、誰か死んでることになるか。縁起でもない。第一、九脚の椅子《いす》で囲めるテーブルなんてどこに売っている？　イケアかな？

「それでは、今朝のトップニュースです。昨夜、市内の百貨店に勤務する傘下散花さん、二十七歳が、自宅で殺害されているのが発見されました。散花さんは、息子の花彦ちゃん、一歳とのふたり暮らしで、部屋から赤ん坊の泣き声が聞こえるという、近隣住民からの通報を受けたマンションの管理人が鍵《かぎ》を開けたときには、犯人の姿は既にありませんでした。散花さんは、頭部にテーブルクロスをかぶせられ、目隠しをされた上で、鈍的外傷を与えられており、室内を物色した形跡がないことから、警察は、散花さんの知り合いによる、怨恨《えんこん》に基づく犯行だと見ています」

長女がテレビデビューする際（初めての登場は深夜ニュースだった）、父さんが奮発して購入した六十五インチの大画面の中で、お姉ちゃんがはきはきと喋《しゃべ》る――その滑舌のいい口調は、家庭内でのそれとはえらい違いだが、それは家庭内と同じほうが困る。それこそテレビに出たての頃は、忠実なる弟として、はらはら視聴していたものだけれど、最近はもうすっかり、安心して見ていられるように——

「しかしどうでしょう、撲殺してからテーブルクロスをかぶせるのであれば、己の犯行を直視したくない犯人の惨めな罪悪感の表れだと見做せますが、テーブルクロスをかぶせてから撲殺するという犯行形態は、単純な怨恨とは思いにくいです。怨恨どころか、密接な信頼関係がないと、そんな視覚を奪われるような状態は、受け入れられないのでは——おっと」

おっとじゃないよ、お姉ちゃん。

またやらかしている、『独自の見解』を、生放送で。

モーニングジャーナルは謎解《なぞと》きの場ではないと、ぼくのお姉ちゃんは何度しくじれば学ぶのだろう。海外ならばいざ知らず、ニュースキャスターが個人的な意見を述べるなんて、本邦のテレビ番組じゃあタブーなのに——もっとも、そんなやらかしを見たい大衆が決して少なくないという事実は、視聴率と、お姉ちゃんがまだクビになっていないことから、証明終了されている。

その失言癖《へき》を直さない限りお姉ちゃんは、熱望しているキー局への転身などままなるまいが、だけどまあ、育った家庭環境を考えると、その癖は、やむをえない習性とも言える——人には適材適所がある。むしろお姉ちゃんは、一族の中ではマシなほうだ。吹奏野家の呪縛《じゅばく》から、できるだけ遠くに逃れようとした結果が、地方局のモーニングジャーナル、そのニュースキャスターだったのだ。

適材適所。

そんなことを考えていると、甚平姿のおじいちゃんが、朝の散歩から戻ってきた——おじいちゃんの散歩は、おばあちゃんが寝たきりになる前からの習慣である。甚平姿のおじいちゃんと割烹着《かっぽうぎ》姿のおばあちゃんが、仲睦《むつ》まじく手を繋《つな》いで散歩する様子は、ぼくも老後はかくありたいとしみじみ思わせるそれだった——もっとも、おばあちゃんの割烹着はなんちゃってで、伏せってしまう以前も、あの法医学者は、ぼくの朝食作りに張り切って参加してくれていたわけではない。

「朝から胸の悪くなるようなニュースだな。可愛《かわい》い孫が喋っておるのでなければ、とても見ておられん」

と、おじいちゃんは複雑そうにテレビ画面を一瞥《いちべつ》しつつ、テーブルについた——そんな高山《こうざん》おじいちゃんの場合は、お姉ちゃんと違って、早起きとは言えない。ぼくの起床時間よりも早く散歩に出かけたことは確かだが、この老人は早起きをしたのではなく徹夜をしたのである。徹夜仕事をしたのだ。

推理作家の高山おじいちゃんは、小説は夜に書くものだという旧態依然とした思想に、令和時代においてもがちがちに縛られたままなのだ——若輩の孫は八十歳を超えた大御所・吹奏野高山に、今更執筆スタイルをチェンジしろとは言わないけれど、おばあちゃんに続いて身体を壊すなんてことがないように気をつけてほしい。

既に壊しているようなものだと豪語し、だからこその朝の散歩だと言い張るだろう老作家だが——ちなみに法医学者であるおばあちゃん、吹奏野やすで名誉教授の場合は、寄る年波と言うよりは、医者の不養生と言うべきである。

「どうせりか姉のことだ、こういうこんがらがった事件では、またぞろ舌禍に見舞われたのではないか？」

舌禍とは、文豪は古めかしい言葉を使ってくる。平仮名の『またぞろ』のほうが、実は意味がわかりづらいが……、しかし、自分の孫を、『りか姉』と呼ぶのはいい加減にしていただきたい——しかも、ほかの孫の前でだよ。

「お姉ちゃんは今日も絶好調だったよ。さ、朝ご飯、食べて食べて。高山おじいちゃんの分はもうできているから」

昔ながらの和食という奴《やつ》だ。

並行して作ったやすでおばあちゃんの分ほど、露骨に病人食にはしないけれど、この間の健康診断の結果を受け止めて、勝手に塩分控えめに仕上げてある——バレなければよいのだが、はてさて、推理作家の目を、料理人はいつまで欺けるものやら。

「どういう動機か知らんが、こういった社会的弱者を狙《ねら》う犯行は、ミステリーにはならんな。被害者が哀《あわ》れで、トリックなど、取るに足りなくなる」

娯楽小説を四十年以上書き続けてきた高山おじいちゃんならではの視点だが、しかし、社会的弱者とは？

ああ、シングルマザーという意味か。

幼《おさな》い息子とふたり暮らしだったと、失言前のお姉ちゃんが語っていた……、ぼくは社会的弱者という表現はあまり好きじゃない。彼女達は困っているだけで、別に弱いわけじゃないのだから——とは言え、時代感覚の違う実の祖父を相手に言葉狩りなんてしても始まらないし、根っこのところで、その怒りは共有できる。

ええと、花彦ちゃんだっけ？　彼は無事なのだろうか……、近隣住民に泣き声が聞こえたということだったので、生きてはいるはずだが……、少くとも泣いていた時点では……、気になるので、あとでお兄ちゃんに訊《き》いてみよう。

その後、番組がモーニングジャーナルらしいペースで次のニュースに切り替わったタイミングで、食事を終えた高山おじいちゃんは、やすでおばあちゃんの分の朝食を載せたトレイを持って、この間一階に引っ越した老夫婦の自室へと向かった——ちょっと危なっかしい足取りだが、その役割だけは、孫には奪えない。入れ替わるように、父と母が、お揃いのパジャマで起きてきた。

畏《かしこ》まって『父と母』と言ったものの、普段は『父さんと母さん』と呼んでいる。いっそもっと改まって、『吹奏野晴真《はれま》検事と吹奏野朝夜《ちょうや》弁護士』と、職名付きで呼んでしまってもよいのだが……、なんにせよ、三十路《みそじ》過ぎのお兄ちゃんがそうしているように『親父《おやじ》とお袋』などと、ナチュラルに呼ぶためには、ぼくはまだ、二十五歳の若者だった。

検事と弁護士。

裁判所で対立構造にあるはずの両者が、果たしてどんなドラマを経《へ》て夫妻となったのか、ぼくは知らない……、知りたくもない、自分の両親のなれそめなんて。家の中で仲良くやってくれるのであれば、文句はない。

「おはよう、ふたりとも。今朝はパンとご飯、どっち?」

第一世代（高山おじいちゃんとやすでおばあちゃん）と違って、吹奏野家第二世代の好みは、日ごとに変わる——ぼく達第三世代は逆に、パン食がメインになってくるのだが。

「わたしはバゲットをお願いしようかしら。今日の業務はハードになりそうだから、厚めのを二切れ」

「では、僕は白米にしますよ。少なめで大丈夫ですから、息子よ、よろしく」

これこれ。

なぜか真逆の選択肢をとりたがるふたりなのだ――父さんが東を選べば母さんは西を選び、父さんがプランAを選べば母さんはプランBを選ぶ。子供の頃は、ぼくの両親は気が合わない夫婦なのかとこわごわ観察していたけれど、どうやらそうではなく、ふたりで選択を分担しているらしい――どちらかを選ぶのではなく、ふたりで両方を選んでいる感覚なのだ。

そういった分担傾向が、検事と弁護士という職業選択においてもいかされたのかどうかは定かではないけれど。

ぼくがオーブンで、ご所望の通りぶ厚めにカットしたバゲットを温めている隙《すき》に、父さんがリモコンでHDDレコーダーを操作して、現在進行形で録画中の、愛娘《まなむすめ》が進行するモーニングジャーナルを、頭から再生する。高山おじいちゃんいわく、『推理小説では取り扱えない殺人事件』を、お姉ちゃんがもう一度読み上げるのを受けて、

「死刑を求刑するしかない、凄惨《せいさん》な犯行ですね」

と、父さんは穏《おだ》やかな声で言った――穏やかな声で言うことか？

「ひとり殺しただけで死刑はないでしょ。パパったら、相変わらず極端なんだから」

犯人から依頼を受けたわけでもあるまいに、すぐさま母さんが、弁護に入る――まあ、これもこれで吹奏野夫妻のいつもの議論という感じだが、今日の父さんは、珍しくちょっと熱が入っているようだった。

「赤子がすぐそばにいるのに、母親を撲殺したんですよ？　たとえ赤子に危害を加えていなくとも、事実上、被害者はふたりいるようなものです」

高山おじいちゃんとは、またちょっと違う視点からの憤りに、ぼくは大型炊飯器からご飯をよそいながら、なるほどと唸《うな》らされる——まだ十代の子を持つ親ならではの視点かもしれない。これにはさすがの敏腕弁護士も、「そりゃそうだ」と、頷《うなず》くしかないだろうと、傍聴人のぼくは検事の勝利を確信したが、

「逆に言うと犯人は、なんで花彦ちゃんを殺さなかったのかしらね？　一歳の赤ちゃんなんて簡単に息の根を止められたでしょうに。そうしていれば、泣き声で近隣住民に通報されることもなく、死体の発見はもっと遅れたでしょうに」

鋭い指摘と言うより、尖《とが》った指摘だった。

本当に人の親か、この弁護士。子供も聞いてますよ？

方向性はともかく、職選びに節操のない吹奏野家とは違い、母さんの出身である蜘蛛《くも》ノ巣《す》家は、ヤメ検のひとりさえいない、生粋の弁護士一族だ——両親も祖父母もきょうだいも弁護士という、腕利きの弁護団の中で育つと、末代の感性はここまで尖るのか。

とは言え、今回に限らず、犯罪者に対して常に最大の量刑を請求する、穏やかな口調や外見にはおよそ似つかわしくない、『死神検事』なんてニックネームで呼ばれる父さんの、三十年来のパートナーらしい推察とも言える——いったいなぜ、犯人は母親を殺して、赤子を殺さなかったのか？

なるほど、推理小説のテーマにはなるまいが、興味深くはある。

犯人が『ひとり殺すのもふたり殺すのも同じ』という考えかたの持ち主ではないから……、いや、どうあれ普通、赤ちゃんは殺さないけれど……、それを言ったら、普通はシングルマザーだって殺さない。

弱者か強者かは関係ない。

もちろん、それを追及したからと言って、真犯人の特定に繋がるような特筆すべき違和感ではないにしても……、雑に推理するなら、犯人は被害者の元夫とか？　親権を奪われた父親が、母親を殺してでも赤子を取り戻そうと——でもそれなら、赤ちゃんを殺人現場に放置してはいかないか。

「そうだね。それにもっくん、被害者がシングルマザーとなった経緯が、離婚とは限らないでしょ？」

「ひとくくりにシングルマザーと言っても、様々な事情があるものですよ。死別かもしれませんし、もっと言えば、そもそも結婚していないかもしれません。雑な推理は、大怪我《おおけが》の元です」

いい加減なことを言ったら、対立構造だったはずの検事と弁護士から、揃ってオブジェクションを突きつけられる結果となった——そりゃあまあそうだ。

治治木《ちゃき》さんなんかは、最後のケースだな。

大体、シングルマザーって変な言葉だよね。子供が一緒なのに、シングルだなんて。

ともあれ、夫婦の鎹《かすがい》になれて孝行息子はなによりだ。それこそがぼくの役割であり、生き甲斐《いがい》である——と言いたいところだが、ふたりの朝食を和洋折衷にテーブルに並べたところで、そろそろぼくは、この隙間《すきま》時間を利用した洗濯に取り掛からねばならないので、決して吹奏野夫妻の挟み撃ちから逃げるつもりはないのだけれど、ダイニングから洗面所へと移動する。

朝食中に慌《あわ》ただしい奴めと思われるかもしれないが、これは仕方がない、なぜなら我が家では洗濯機は二度回す。

なにせ九人家族だ。衣類も九人分である。

業務用の洗濯機でもない限り、クリーニングは一度では済まない――ぼくのささやかな夢のひとつは、洗面所に洗濯機を二台並べて、同時に回転させることなのだが、この夢は生涯叶《かな》うことがないだろう。我が家の洗面所に、洗濯機を二台並べるスペースはないのだ。どんな家にもないだろう。

手洗いの衣類をより分けつつ、二回の稼働で確実に終わるよう綿密に計算を重ねて、きっちり二等分の洗濯物を、ジェルボールと共にドラムに放り込み、スイッチを押してから法廷、じゃなかったダイニングに戻ると、父さんと母さんは忽然《こつぜん》と姿を消していた。

ちょっと目を離した隙に、朝ご飯を綺麗《きれい》に食べ終えて、老夫婦と入れ替わりで二階に引っ越した壮夫婦の部屋へと、着替えに戻ったらしい――短時間で栄養を摂取する技術は、ふたりとも、多忙な人生で習得したスキルなのだろうが、ごちそうさまを聞く機会を逃してしまったと思うと、シェフとしてはやり切れなさが残るな。

たとえ定型句でも、褒められるチャンスは無駄にしたくない。社交辞令をばんばん真に受けていきたい。

ここまでダイニングで使用された三人分の食器をシンクで洗っているうちに（洗濯物同様、食器も全員分を同時に洗うのは無理がある――と言うより、我が家の水屋には、人数分の食器が揃っていない。回転の早いレストランみたいなものだ）、ぼくのお兄ちゃん、長男の吹奏野朝雲《あさぐも》が、「ボンジョルノ」と、姿を現した。まさかイタリアンをご所望ですか？

両親と同じくパジャマ姿で――と言いたいところだが、皺《しわ》くちゃのそれは、パジャマではなくスーツである。仕事から帰ってきて、そのままばたんきゅーと寝たんじゃないかというような有様《ありさま》だが、たぶんそのまま寝たくらいでは、ここまでよれよれにはなるまい……、クリーニング店さながらとは言わないまでも、洗濯籠《かご》に入れておいてくれれば、できる限りのことはするのにな。

「ひゃは。愛《いと》しい弟よ、くたびれたスーツは働く男の勲章だぜ？」

「不良刑事が夜の町を遊び歩いたせいでくたびれたスーツでしょ。本当にくたびれているのはお兄ちゃんの上司だよ。パリッと糊《のり》の利いたエプロンを身につけてて悪かったね」

「いけてる兄に嫉妬《しっと》しているからと言って、俺は愛しい弟を見限らないから安心しな。親父とお袋は？　もう出発したか？」

両親をすんなりそう呼べる、三十路過ぎのお兄ちゃんのことを、せめてぼくも、照れずに『兄貴』くらいの呼びかたはしたいものだけれど、なかなかままならない。もっとも、十代の妹は、一桁《けた》の頃から、ぼくのことを『兄貴』呼ばわりしているので、これは年齢ではなく、性格の問題なのかも。

同じ家で育って、なんでこんなに性格が違うんだ？

「部屋にいるはずだよ。お弁当、まだ渡してないし。ふたりに何か用だった？」

「いや、俺がこないだ送検した担当の殺人事件がそろそろ公判に入るんだけれど、内情がどんな感じか、尋《たず》ねようと思っててよ」

「お兄ちゃん、守秘義務って知ってる？」

「あー、あるらしいな、そういうの。俺には秘密にされてる義務なんだけど」

適当なことを言う辺り、適当な長男だ。

もっとも、刑事という職業は、きょうだいの中ではもっとももっとうに、両親の血を継いでいると言えなくもない――そして、第一子がこんな感じだから、第二子以降に一定の自由が許されているという見方もあるので、その意味じゃあ、お姉ちゃん以下のぼくら四名は、もっとこのお兄ちゃんに感謝すべきなのだ。

で、そのお兄ちゃんは自然な動きで、父さんと母さんが部屋を出る際に消したと思われるテレビを再点灯させて、やはり自然なリモコン操作で、モーニングジャーナルを頭から再生する——うちの家族は、みんなお姉ちゃんの大ファンだ。まあ、ひとりだけかかさずリアルタイムで視聴している、しかも、結果的にリピート再生で視聴してしまっている弟が言うことでもないが、お兄ちゃんの場合、愛しい妹のとちりを心待ちにしている風潮もあるので、注意が必要である。

でも、折角なので、ここは両親から情報を仕入れようとする法執行機関の人間を相手に職業倫理の重要性を説くよりも、興味本位で知りたいことを訊いておこう。

「お兄ちゃん、担当と言えば、そのトップニュースの事件を担当していたりする？　お姉ちゃんの『おっと』の奴。シングルマザーをテーブルクロスで目隠しをして撲殺したって奴」

「担当どころか管轄外だよ。俺が担当していたら、怨恨の線なんて端《はな》から疑わねえ。かと言って、無差別殺人って風でもねーよな」

行儀悪く、椅子に片膝《かたひざ》を立てて座りながら、画面の中の『りか姉（妹でも『りか姉』）』の見解、あるいはとちりを引き継ぐように、お兄ちゃんは言う。

「気持ち悪いくらいの労力を払ってるぞ、この犯人。労働と言ってもいいほどに。わざわざ信頼させてから殺してやがる」

「被害者に最初から信頼されている人間が殺したんじゃないの？　身内の、たとえば元夫とか」

別にその思いつきに拘泥するつもりはないし、友人や恩師でも、いっそベビーシッターでもいいのだが、あたかも『殺すために信頼させた』とでもいわんばかりのお兄ちゃんの物言いは、やや飛躍しているように思えた。

それは手間をかけ過ぎだろう。

そんなことに才能という言葉はなるべく使いたくないけれど、騙《だま》すのと殺すのは、ぜんぜん別の才能なのだから……、『信頼させてから殺した』なんて、とんでもなく多才で多彩な犯人像を想定しなくてはならなくなる。

しかし、こういう直感を的中させるから、何かと暴走の多いこの不良刑事の首は、まだ繋がっているのだ——お姉ちゃんとは違って、首の皮一枚。

とは言え、ぼくが興味本位で知りたいのは、左様な『デカの勘』に基づくいちかばちかの推理ではなく、現場に、そして世界にひとり残された赤ちゃんが無事かどうかだったのだが……、管轄外ではわかるまいか。

「いや、さすがに赤ちゃんが危害を加えられたなんて物騒《ぶっそう》な事件が起きてりゃ、管轄なんて関係なく、一帯に情報が出回るだろ。保証はしねーけど、たぶん怪我ひとつしてねーんじゃねーの？」

保証しない割に、結構大胆な予想を口にする……、こういう人なのだ。ただし、仮に赤ちゃんが怪我ひとつしていなかったとしても、赤ちゃんのたったひとりの母親を殺した時点で、極刑に値するかどうかはともかく、十分以上に罪深いという父さんの主張には、賛成するしかない。

「確かに、ひとりの赤子を孤児にしたのは、罪が重いな」

「孤児になるかどうかはわからないでしょ」

世界にひとり残された、なんてのは、あくまでリリックだ。戦争が起きたわけじゃない――驚いたことに。

「そりゃそうだ。親戚間《しんせき》をたらい回しにされるだけかも」

わざわざ嫌な言いかたをするなあ、ぼくのお兄ちゃんは――親切な叔母さん夫婦に引き取られるかもしれないじゃないか。

という反論も白々《しらじら》しいか。

「しかしまあ、可愛い弟がそんなに気になるようなら、管轄の警察署を調べて、軽く探りを入れてみるわ」

「友達の刑事がいるの?」

「友達の犯罪者が留置場にいるんだ」

ジョークだと思って聞き流しておくのが正解だ――ぼくのためみたいなことを言っているけれど、赤ちゃんのその後が気になるのは、一応お兄ちゃんも同じなのだと思うし。

そんなやり取りをしつつ、お兄ちゃんは片膝立てのままで、デカフェに無脂肪牛乳を垂らしたコーヒーと共に、何も塗っていない食パンを食べ終えた――この程度のお行儀の悪さに目くじらを立てていたら、このお兄ちゃんと家族ではいられない。家族でいられなかった女性が、実際に数知れず。しかし、トーストに何も塗らないのはともかく、デカフェに無脂肪牛乳って、お兄ちゃん、それは何を飲んでいるんだ?

だいたい、ぼくも、赤子のその後を心配するように哀悼の意を示しながら、手元では三人分のお弁当箱に具材を詰め込んでいたのだから、お行儀の悪さでは、いい勝負だ。父さんの分、母さんの分、お兄ちゃんの分――アレルギーのある弟と、糖質制限中の妹の分は、別工程だ。

ところであのふたりはいつになったら起きて来るのだろう？

午前八時になる頃にはぽろぽろと、出勤する者は出勤していく――父さんは地方検察庁へ、母さんは弁護士事務所へ、お兄ちゃんは所属する警察署へ――最後のひとりに関しては、歓楽街に寄り道しなければの話。

それぞれランチボックスを携えて。

父は母を後部座席に乗せたオートバイで、兄は自動車で……、参考までに付け加えると、母は独立時、熟慮の末に、検察庁から目と鼻の先という立地に自分の事務所を構えたので、何から何まで正反対の夫婦は、かなりぎりぎりまで二人乗りをすることになる……、まさかそのために事務所の物件探しをしたとは思わないけれど――どんな熟慮だ。

ゴミ出しついでにそんな三人を見送っても、まだ弟妹《ていまい》は起きてこない。ぼくとて人間が好きなだけ眠る権利は最大限に尊重したいが、さすがにそろそろ起こさざるをえない……、特に現役高校生の妹は、現時刻で既に遅刻が確定している。

十歳近く年上の兄としてはクラウディちゃんのそんな生活態度を厳しく叱《しか》りつけるべきなのかもしれないけれど、自分自身は高校を一年生で中退したぼくから、一応は二年生の妹にできる説教はなかった。

しかし、三階まで登って最初の扉をノックして、返事を待たずに部屋に這入《はい》り、謎のマッサージチェアのような物体に腰掛け、ヘッドホン付属の謎のゴーグルをかけて不気味な半笑いの表情を浮かべているクラウディちゃんを目の当たりにすれば、そんな自制心もたやすく揺らぐ。

訂正しておくと、謎のマッサージチェアは、正しくはゲーミングチェアで、謎のゴーグルは、正しくはVRゴーグルだ――ジャージ姿でくつろいでいるように見えて、手元では激しく、スティック状のコントローラーをヌンチャクみたいに操っている。

高山おじいちゃんに、悪いところだけ似た徹夜仕事である——もちろん、曾孫《ひまご》でもおかしくないくらい齢の離れたこの子は、おじいちゃんと違って、何も生み出していない。

「何も生み出していないとは失礼なんじゃないカナ？　たった今、世界を救ったばかりの妹に対して」

と。

ぼくの気配を察したのか、クラウディちゃんはゴーグルもヘッドホンもつけっぱなしのまま、こちらの心を読んだみたいなことを言ってくる——それこそ目隠しをされているようなものだろうに、兄妹《きょうだい》の絆《きずな》ってのは大したものだ。

実際には、ゴーグルでもヘッドホンでも封じられていない嗅覚《きゅうかく》で、食材の香り漂うぼくの接近を察しただけだろう……、ぼくの妹は鼻が利くのだ。殺したい相手に目隠しを施したからと言って、殺しやすいわけじゃないってことだ——逆に言うと、犯人は殺しやすくするために、被害者に目隠しをしたわけじゃあない。

信頼させてから殺すという方法は、ぼくもおぞましいとは思うが、それも逆に言うと、警戒されずに目隠しを受け入れさせるほどに信頼させているのなら、目隠しがなくても殺せる。極論、『ちょっと後頭部を見せて？』でいい。つまり、被害者を撲殺する前にテーブルクロスをかぶせたのは、目隠しのためじゃないのでは——他《ほか》の目的があったのでは？

でも、テーブルクロスをかぶせるのに目隠し以外の目的なんて……、普通に考えれば、そう、撲殺するにあたって、周囲に血しぶきが飛び散らないように、とか？　洋画だったりで、寝込みを襲って射殺するときに、まず顔面に枕《まくら》を押しつけるような——いや、いずれにせよ、妹をを前にして。

前にして考えることではない。特に、ゲーミングチェアでリラックスする、ゴーグル着用の妹

「そうかい。てっきり、洗脳されている最中なのかと思ったよ」

「今、令和何年の何時何分だ⁉」

「冷凍睡眠から目覚めたごっこをやめなさい。今が令和だって知ってるじゃん。何時何分だけで十分でしょ――八時五分だよ」

「あー、よかったー。二時間目に遅刻するかと思っちゃったー」

一時間目に遅刻してもいい理屈を是非とも拝聴したいところだったが、それを聞いていると三時間目にも遅刻させてしまいそうだ。

「ま、あたしが救ったのは、世界じゃなくて世界観だけどネ。聞いてよ、兄貴。昨夜はプレイヤーキラーを五人も取り締まったよ」

「それはそれは、電脳探偵の面目躍如だね」

「古めかしい言いかたをしないでよ。あたしの肩書きは、VR探偵だってば」

頰《ほお》を膨《ふく》らませて怒るさまは、年相応にセブンティーンの女の子らしいと言えなくはないけれど、確かにこの子の実態は、オンラインゲーム界の自警団である。

ホワイトハッカーとはまた違うが、各種ゲーム内の犯罪者を積極的に取り締まっていて、世界（観）の平和に貢献している――その活動が評価され、最近では運営会社から直々の依頼を受けて、様々なトラブルに対処することもあるとか。吹奏野家（と、母の実家である蜘蛛ノ巣家）の遺伝子が、新時代に合わせて発現したのが、この末の妹というわけだ。

実際、ゲーム内通貨とは言え、ちゃんと稼いでいる吹奏野家のＩＴ部門に対し、何も生み出

していないとは、いやはや、ぼくも失礼極まった——これではお姉ちゃんの失言癖を責められない。

ちなみにクラウディというのはそんな彼女のハンドルネームであって、本名ではない——語尾がたまに片仮名だったのは妹の海外経験を示すものではなく、妹がおきゃんであることを表現するぼくの文才のたまものである。もうしない。

これで大作家の孫だってんだから——もっとも意識の高い姉と違って留学経験こそないが、電脳世界で普通に各国のプレイヤー達とやり取りしている我が妹となると、英語とロシア語をナチュラルに話す。

「現実の殺人事件に興味はないの？　クラウディちゃん。世の中では、シングルマザーが撲殺されるって凄惨な出来事が起こっているよ」

「あー、そっちの世界の平和は、兄さんに任せているから」

ぼくが『兄貴』で、朝雲お兄ちゃんが『兄さん』であるように、VR探偵にとっては、現実世界が『そっちの世界』であるらしい。推理作家の孫が、まるでSF小説のようなことを言っている。

「ほらほら、着替えるんだから出て行って。兄貴のお望み通り、登校してあげるから。朝ご飯はゆっくり食べさせてもらうけれどね。なぜなら、おいしいから。あー、もう、昨夜救った第二十七宇宙は高校が舞台だったから、夜も昼も、ずっと学校に通っているみたいだよ。まあ、寝にいくと思って」

寝にいくと思って？　まあいいや。第二十七宇宙とやらよりは。

吹奏野家の健康管理部門としては、睡眠不足になられるほうが困る。

中退したぼくにとっては『高校くらい出ておいたほうがいい』は心に沁《し》みる真理なのだが、この真理が妹にとっても真理とは限らない。思春期の妹に促《うなが》されるままに、ぼくは廊下に出た——出たところで、ぼくは轢《ひ》かれそうになった、奥の部屋から、半裸で駆けてきた二十歳の弟、吹奏野夜霧《よもや》に。

二十歳と言っても、この子は我が家で一番幼い……、ことによっては、十七歳の妹よりも幼く見える。幼いと言うべきか、幼気《いたいけ》と言うべきか……、とにかく、二十歳の大人は、半裸で、と言うか、パジャマを脱ぎながら、廊下を移動したりしない。

「に、兄ちゃん⁉　なんでクラウディのほうを先に起こしてるの⁉　おれ、もうとっくに仕事が始まってる時間だよ⁉　今日は朝からロケだって……、言ってないけど、わかってくれてもいいのに！」

家族の絆に期待し過ぎだ。

ぼくはテレパシーなど有していない。

「超能力探偵は、夜霧くんの役どころでしょ」

「あれはドラマの設定！　現実のおれは、顔が可愛いだけの無能力者なんだってば！」

顔が可愛ければいいじゃないか。何の文句が？　ぼくを可愛いと言ってくれるのはお兄ちゃんだけだよ？

いや、いくら可愛いかろうと、主演男優にこうもたびたび遅刻されては、現場はたまったものではないだろうが。

「いやいや、たまったものだよ、現場には、不満が。おれへの悪口《あっこう》が。ああ、もう、マネージャーに殺される……、探偵役のはずが被害者役になってしまう……」

「朝ご飯、どうする?」

「お、お弁当だけもらえる?」

　折角作ったのにと言いたくもなるが、泣きそうな瞳《ひとみ》で訴えられれば、ぼくのほうこそ文句が言えない……、第一、このふにゃっとした頼りなげな弟に、ようやく獲得したネットドラマの主役という仕事を失われては。死体役から始まって、目撃者役、犯人役と積み重ねたキャリアが、ついに探偵役という形で実を結んだのだ――ミステリードラマの役ばかりが回ってくるのは、敏腕マネージャーの好みと言うよりは、たぶん吹奏野家の呪縛である。

　幼少期から、検事と弁護士の両親の背中を見て育った弟が、そちら方面の役作りに秀でるのは当然だし、彼の役者としてのキャリアは、中学生の頃の映画研究部で、おじいちゃんの推理小説を勝手に短編映画に仕上げ、勝手に動画サイトにアップしたところから始まっているので、その呪縛は一生ついて回ることになるだろう。アスリートの子供がアスリートになるのは、遺伝子のみならず、成育環境に基づくとはよく聞く説だ。

　そういう言われかたをすると、家族のコネでブレイクするつもりはないと、弟からは青臭い反論を受けそうだが、しかしだからと言って、確かに、文句はなくとも顔が可愛いだけで生き延びていける業界ではないだろう……、生き馬の目を抜かなければならないはずなのに、寝ぼけまなこをこすっている場合じゃない。

　狭き門を突破して主役に抜擢《ばってき》された以上、意に沿わない役どころであっても、是非その路線を突っ走ってもらいたい。

「意に沿わないってわけじゃないよ。探偵役が嫌だなんて言ってない。ただ、いくらおれが可愛くても、二十歳なのに十五歳の役を演じるっていうのは、無理があってつらいんだよ。全然いけるって、と、言われましてもね。しかも今日は結婚式のシーンを収録するんだぜ」

江戸時代のミステリーかな？　捕物帖《とりものちょう》？

おじいちゃんがたまに書いているが。

「でも、結婚式なんて、素敵じゃないか。例のヒロイン役の女優さんとのキスシーンがあるってことじゃないの？」

「ヒロイン役じゃなくてワトソン役ね。大事なところ。そして兄ちゃん、今時の映像作品のコンプライアンスをなめないで。嫁入り前の十代の女の子に、結婚式のシーンなんて、まして誓いのキスのシーンなんて、演じさせるわけがないでしょ」

「じゃあ、そのシーンだけ、スタントダブル？　それはそれで、どうなんだろう。結婚式の代役はまだしも、キスシーンの代役を演じさせられる女の子の気持ちを考えると……」

「だから女の子にはやらせないって。そのシーンは、男優が演じる。ふわっとしたウエディングドレスなら、体型はごまかせるからね」

「ほほう」

フクロウみたいに頷いてしまったが、心境的には、フクロウみたいに首をひねりたいところだった……、役得みたいなことを言ったのは悪い冗談だったけれど、そのレベルのコンプライアンスなら、いっそのこと、新郎のほうを女優に演じてもらったほうがいいようにも思えた。

しかし、それで弟の仕事が減ってしまうのは、むろん兄の本意ではない。女性オンリーの現場が華やかみたいに言うと、それはそれでコンプライアンス違反だし、そう考えると、ワトソン役の彼女の仕事は、現実にがっつり減ってしまっているとも言えるが……、結果男社会みたいな現場になるのは、時代を逆行している、逆に。

「しかし、結婚式が、まるで爆破シーンみたいな扱いになってるな」

「ウエディングヴェールをかぶれば、顔も隠せるしね。キスシーンではヴェールオープンしなくちゃだから、そのときはカメラの角度を……」

おや、意外なところで話が繋がった。

テーブルクロスをかぶせて撲殺するという残酷なスタイルは、言われてみれば、花嫁にウエディングヴェールをかぶせている姿にも思える——殺した女性にウエディングドレスを着せるなんて、ミステリードラマではなくまるでホラーサスペンスだが、確かに、目隠しをしたかったのなら、普通に目隠しをすればいいのだ。同じテーブルクロスでも、折りたたんで、アイマスク状にすればいい。そのほうが確実に視界は封じられる。

高山おじいちゃんがしたためるところの、見立て殺人だ——犯人は、被害者を花嫁に見立てたのでは？　怨恨による犯行ではないというのは、長男と長女に共通する見解だが、しかし被害者のシングルマザーに対する直接の恨みはなくとも、花嫁全体に対する恨みみたいなのは、犯人の中にあってもおかしくないんじゃないだろうか？

結婚式直前に花嫁に逃げられたとか。手酷《てひど》い結婚詐欺《さぎ》にあったとか。

いや、所詮は元旦那《だんな》説の発展形に過ぎない、三流のプロファイリングを思いつくままに披露している場合じゃない——弟が遅刻で、失業の危機なのだ。

「大体、スケジュールが無茶なんだよ。昨日も深夜まで撮影が及んだのに、今日は朝からなんて……」

「そこのコンプライアンスは全然守られてないのな」

「ク、クルマ、まだある？」

「手遅れだ。お兄ちゃんが乗っていった」

「あー、もう、兄さんは、なんでおれを待てないんだよ」

この弟も、長男のことは『兄さん』呼びだ。なぜ人望がある？

ただし、グレていた頃はぼくを呼び捨てにしていた弟なので、今の『兄ちゃん』呼びは好ましく受け止めているとも（クラウディちゃんも四歳までは、ぼくのことを『お兄ちゃん』と呼んでくれていた――その頃を思い出すとぽっかりと穴が開いたように胸が痛む）。

「じゃ、じゃあ、兄ちゃんの自転車を借りるね！　お弁当、ありがとう！　心からありがとう！　行ってきます！」

おなかがすいていないわけではないようで、温めていないバゲットを口に咥《くわ》えて、ぼくのロードレーサーにまたがり、若手俳優は慌ただしく出発していった――パンを咥えて駆け出すなんて、やっていることが学生時代とまったく変わっていない。

やれやれと肩を竦めるぼくだが、朝ご飯が一食分余ったのは、正直言って助かったと言えなくもない……、なぜなら、自分の分を作るのを、すっかり忘れていたからだ。九人分作ったにしては、何か楽だと思ったよ。そんなわけで、スマホゲームを片手でプレイしながら糖質抜きの朝食を、優雅に食べるクラウディちゃんと一緒に（新聞を読みながら食事を摂る両親を看過している以上、妹のスマホを注意することはできない――彼女にとってスマホチェックは仕事の一環なのだ）、弟向けにアレルギー対策の施された朝食を食べ終えた後は、徒歩でのんびり駅に向かう妹にいってらっしゃいを言って、二度目の洗濯、二度目の食器洗浄。

家中の掃除をしたのちは、早くも昼食の下準備だ――これでようやく、ぼくの午前中が終わる。いかがですか？　家族の動向にかなり激しく左右されるものの、これがおおむね、ぼくのいつも通りのスケジュール、いつも通りの月曜日の朝だ――あとは放送を終えたお姉ちゃんの帰宅を、イエネコのように待つのみである。

ん？

家族のことはわかったけれど、そういうお前は何者なのかって？

これは失礼。自分のことは忘れがちで。

おじいちゃんが推理作家で、おばあちゃんが法医学者、父さんが検事で母さんが弁護士、お兄ちゃんが刑事でお姉ちゃんがニュースキャスター、弟が探偵役者で妹はＶＲ探偵。名誉なことに、親戚からはホームズ一家のホームズホームなんて呼ばれたりもする我が家だけれど、そういう意味ではこのぼく、吹奏野家の次男、不肖の孫にして自慢の愚息、吹奏野真雲《まくも》は何者でもない。

お給料をいただけるような職にはついていないし、ついたこともない……、高校を中退して以来、職歴はゼロだ。しかし主夫と言うには結婚していないし、家事手伝いと言うには、ご覧の通り、我が家で家事をしているのはぼくだけだ。

うーん、強《し》いて名乗るなら、優秀な家族を世にプロデュースする、マザーシップと言ったところだろうか？　ぼく自身を含め、誰もそう思っていないところが厄介だが、まあ、黒幕のありかたは、きっとそんなものだ。

そうそう、僕は、母親でもない。

幕間 Ⅰ

「我々が十歳のとき、母が死にました。

「もしもそんな自白をここでしたら、きっと我々は、偽証罪に問われることになるのでしょうね――少なくとも、宣誓下でしていい正確さはありませんとも。

「まず、当時我々が十歳だったというのが、はっきりと虚偽の証言に当たります。ミランダ警告で言うところの、裁判で不利に扱われる証言ですね――いえ、はっきりと虚偽というわけでも、まるっきりの嘘というわけでもないのです。

「説明しても構いませんか？　聞いてほしいです。

「確かにその日、我々は十歳の誕生日を迎えてはいました。なので、それは嘘ではありませんが、しかし、その誕生日が、つまり日付が嘘なのです。

「書面上、我々の誕生日は二月二十九日ということになっています――けれど、我々が生まれたその年は、四年に一度のうるう年ではありませんでした。

「我々の生年は、四で割り切れない、うるわない年です。

「にもかかわらず、我々の母親は『二月二十九日生まれって、なんだか格好いいから』という理由で、我々の誕生日を、出生届にそう記入したそうです。

「四月一日生まれの子供の出生届を、競争上不利となる前の学年ではなく次の学年へと送るために、四月二日に変更して提出するのは、まだしも親心として理解できますが……、いえ、二月二十九日生まれに憧れる気持ち自体は否定しませんよ。

「自分でも格好いいって思いますしね。存在しない日付なだけで。

「我々の母親のことですから、本当にその年に、二月二十九日があると思い込んでいた可能性もありますが、そんな不備のある出生届をすんなり受理してしまった役所も役所です……、真面目な話、皆さんも重々、お気をつけてくださいね。書類にそう書いてあったら、あなたはその通りの人間だということなのですから。

「あなたは書類の立体化です。

「馬鹿げたことに、パスポートにも、我々は二月二十九日生まれだって書いてあるのですよ──国際的に、我々は規定されているのです。そりゃあ誰か気づけよって思いますけれど、気付いた人は、きっとこう思うんでしょう。

「まあいいや、誰が困るわけでもないんだし──と。

「だから我々は羨ましかったですよ？　七月一日生まれの傘下散花さんが、とてもとても。誕生日を盛大に祝わずにはいられないほどに。二月二十九日生まれ以外だったら、何年何月何日生まれの人間だって、羨ましいんですけれどね。

「殺したいほどに。

「嘘です、そんな動機では殺しません。我々は。

「我々の目的は、そうも高尚ではなく、ただの切実なのですよ。

「結局のところ、我々がここで言いたい主張はただひとつ。なので、我々がその日、その記念日、本当に十歳だったかどうかは、不確かだということです。

「まだ九歳だったのか、とうに十歳だったのか……、どうも母は、一日や二日のずれをこっそり微調整したわけではなく、出生届にもっと大胆な嘘を記入した節があるので、最大で一ヵ月程度のズレがあるのではないかと、我々は私情も親子の情も挟むことなく、読んでいます。

「というわけで、不適切な発言のあったモーニングジャーナルのようにお詫びして訂正させてもらうなら、先程の証言は、以下のように変幻します。

「我々が九歳か十歳のとき、母が死にました。

「更に一点、追加で訂正させていただくと、こうなります。

「我々が九歳か十歳のとき、母を殺しました」

第二幕　吊るされたセーラー服

1

マシュマロテストをご存知だろうか？

幼い子供の前にマシュマロをひとつ置いて、「十五分間、このマシュマロを食べずにいられたら、マシュマロをもうひとつあげましょう」と宣告する——果たして対象の子供は、手を伸ばせば届くマシュマロを、食べずにいられるかどうか？　ざっくり説明するとそんな実験で、追跡調査によると、十五分間食べずにいられた子供は、例外なく将来、社会的な成功を収めていたという結果が得られたそうである。

つまり、この実験から学べる教訓は、『マシュマロ嫌いの子供は成功者になる』、だ。

製菓会社が黙っていまい。

さておき、ぼくが平日午後、昼食にまつわる一連の諸作業を終えたのちの自由時間、いったいどう過ごしているのか、興味津々の声がほうぼうから聞こえてきているので、丁寧かつ誠実にお答えさせていただくと、吹奏野家の第三子はそのひととき、おおむねショッピングに出掛けている。

と言っても、お洋服やプラモデル、本やＤＶＤを買うために、傘下散花さんが勤めてらしたような百貨店にいざ出陣しているわけではない——家族からいただくチップで生活している身の上に、そんな贅沢《ぜいたく》は許されていない。

食材や生活用品を購入するために、徒歩圏内のスーパーへ向かうのだ……、常に補給を続けないと、大人数を抱える我が家の備蓄はあっと言う間に尽きる。さりとて買い置きをしようにも、九人家族は、いるだけで満席である。荷物を置ける椅子はない。大量消費の大家族ゆえにストックできないなんて変な話だし、それのどこが自由時間だと、自問自答しなくもないのだが、使命の中に自由を見出《みいだ》すのも、乙《おつ》なものである。

第一、ご近所さんとの交流も大切だ。

我が家が不気味な幽霊屋敷であるという評判を払拭《ふっしょく》するのも、ぼくの大切な役割のひとつである……、仕事と言ってしまっていいほどに。広報室だ。というわけで、スーパーでタイムセールの列に並んでいた治治木さんに声をかけたことには、何の下心もない。だっこひもで赤ちゃんを抱《かか》えた女性に下心を抱くほど、ぼくもお盛《さか》んではない……、治治木さんの胸元に顔をうずめたまま眠っているムロくんに対して、ほんのちょっとジェラシーを抱くくらいだ。

「あ。真雲さん。ちょうどよかった」

ちょうどよかった？

この人から聞くと、なり振り構わず裸足《はだし》で逃げ出したくなるようなフレーズだが、そんな困り顔で見つめられては、そうもいかない。だいたい、古道具屋で購入したぼくのブーツは、簡単に脱げる構造にはなっていない。

「真雲さんの素敵なお兄様って、刑事さんなんですよね？」

素敵なお兄様？　心当たりがない。

というのは冗談で。

「うん、ぼくのお兄ちゃんは刑事だよ。おじいちゃんは推理作家で、おばあちゃんは法医学者。父さんは検事で、母さんは弁護士。お姉ちゃんはニュースキャスターで、弟は探偵役者、それで妹はＶＲ探偵」

全員言ったっけ？　誰か忘れてない？

ああ、ぼくか。

「それで、無職のぼくに、心なしか何か用？」

「死体を見つけて通報しなかったら、犯罪になります？」

ご挨拶《あいさつ》を無視するとはご挨拶な。

ぼくのお決まりのフレーズを相手にしていられないほど、今の彼女は切羽詰《せっぱつ》まっていると見るべきか。そもそも、治治木さん――治治木知秋《ちあき》さんとは家族ぐるみの付き合いなので（その昔、治治木さんが見舞われていたトラブルを、母が弁護して以来の付き合いだ）、改めて確認されるまでもなく、彼女はぼくの素敵なお兄様の職業など、とっくに承知しているわけだが――死体？

死体を見つけて？　通報しなかったら？

そりゃあ、まあ、何らかの法には触れそうだけれど……、もしかして、最近読んだ推理小説の話だろうか？　治治木さんは、若い身空で渋《しぶ》いことに、祖父の小説の読者でもある……、高山おじいちゃんの作品に、法律上の瑕疵《かし》があったことを、遠回しに指摘してくれているのかもしれない。

「いいえ。高山先生の作品はパーフェクトです。一点の曇りもありません」

「はあ」

急にきりっとなられても困る。

ぼくが褒められたわけじゃないけれど、そうもまっすぐに家族を褒められると照れてしまうな……、じゃあ、ひょっとして弟が出ているドラマの話のほうだった？　治治木さんは、ネット配信のドラマまでは押さえていないはずなのだけれど、ついに念願のギガ増量をしたのだろうか。

「じゃなくて……、実体験。それも今、さっきの話なんです」

「え？　ノンフィクションなの？」

「はい。ナウアンドゼン、です。十五分ほど前に、そこの公園で……、この通り、ムロくんもいたし、刻一刻とタイムセールも迫っていたもので、ついそのままにして来ちゃいましたけれど……、やっぱりまずいですよね？」

「そりゃあ――」

まずいですね。

マシュマロテスト的に言えば、治治木さんは十五分間、通報せずにいられたということなのだが、さりとて、死体がふたつに増えていたら大変じゃないか。

2

中高生の頃、ぼくが惹《ひ》かれるクラスメイトは、決まって天然と呼ばれるような女子ばかりだった――どこか抜けていて、ぼんやりしているような女の子。日によって言っていることがちぐはぐで、会話がどうにもかみ合わず、窓の外や天井の隅を見ていることが多く、正直な割に平気で約束を破る、動向が論理的に破綻《はたん》していた様子の彼女達に、恥ずかしながらどぎまぎしたものだ。

ときめかずにいられなかった。

今から思うとそのどぎまぎには、きっと『こういうぼんやりした女の子達は卒業後、社会の荒波にもまれたら、どんな大人になってしまうんだろう?』という余計なお世話も多分に含まれていたわけだが、想像力豊かだったティーンエージャーの頃のぼくでも、さすがに彼女達が、死体をぼんやりスルーできるような大人になるとは、思ってもいなかった。

しかし、ホームズ一家の第三子としては、死体の発見を看過するわけにはいかない。聞いてしまった以上はね。それに、今日はいつも以上に、シングルマザーに優しくしたい気分だったというのもある……、括弧内でさらっと紹介するようなことでもなかったので先程は控えたが、治治木さんは、かつて見舞われたトラブルゆえに未婚の母となった経緯があるのだ。

シングルマザー、シングルマザーと、朝っぱらからさんざん、そのワードが脳にすり込まれていたことが、まさかこんな形で機能しようとは――身内の出演情報はさし置いても、モーニングジャーナルは見ておくものだ。

そんなわけで、タイムセールの列を離れるわけにはいかない、死守の姿勢の治治木さんに買い物かごを託し、我が家の分もピックアップしておいてもらうよう重々お願いした上で、ぼくは彼女が死体を発見したという公園へと向かった……、公園と言っても、ママさん達が子連れで集う、見渡しのいい広場のあるほうの公園ではなく、大半の土地面積をうっそうと茂る雑木林が占める、事実上の散歩道である。

ジャンル的には森林公園と言えばいいのか。

ママ友グループに上手になじめない治治木さんは、買い物の行き帰りに、この辺鄙《へんぴ》な通りで森林浴を楽しむのがルーチンワークだったそうで……、フィトンチッド効果による癒《い》やしの散歩道が、突然、非日常空間と化したわけだ。

死体とか死人とか密室とかアリバイとかが日常茶飯事の茶飲み話になってしまっている家で暮らしていると、その辺の感覚がぼくもすっかり麻痺《まひ》しているけれど（『おはよう』『おやすみ』『死体を見つけた』が我が家の挨拶だ）、見なかったことにしたくなる気持ちは、しかし、わからないでもないか……、決してシンプルに、通報よりも買い物を優先したわけではないのだろうと理解を示しながら、治治木さんから教えられた現場に到着してみると、

「これは強烈だ」

思わず声が漏れてしまった。

前言撤回、よくもこんな死体を無視できたなと、吹奏野家の第三子であるこのぼくが、逆に感心してしまうくらいの存在感がある、それは、首吊《くびつ》り死体だった——枝振りのいい樹木からぶら下がって、わずかに左右に揺れている。

てっきり、治治木さんが見つけたというのは、伸び放題の草むらとか、藪《やぶ》の中とか木陰《こかげ》とかに、隠れるように倒れ伏している死体だと勝手に想像して、ぼくは足下ばかりを見ていたのだが、灯台下暗しどころか、灯台の回転灯に死体がかかげられているようなものじゃないか。

絶対自然死じゃない。変死も変死、変死体である。

こんなもの、発見できないほうが不思議だ——しかも、死体は若い女の子のものだった。これまた勝手に、中年男性の死体を想像してしまっていたけれど（この先入観、推理作家の血を

継いでいるとはとても思えない）、セーラー服を着ているのは、陸上では女子中高生だけだ。

つい最近、うちの弟が仕事で着たことがあるけれど、あれはデジタル写真集のためだった……。

しかし治治木さん、繰り返しになるが、女子中高生がストッキングにスクールシューズを履いた足を、中空にゆらゆらぶら下げているのを『見なかったこと』にできるのは、いくらなんでもスルー力が高過ぎないか？

ただの天然ってわけじゃないのは、わかっていたつもりなのに。

首吊り死体は顔面が目も当てられないほど鬱血《うっけつ》するのだけれど、それゆえに目を逸《そ》らしたということもあるまい——なぜなら、宙に浮かぶ女子中高生は頭部に、家庭科の授業ででも作製したかのようなナップサックをかぶっていたからだ、まるで覆面のように。ナップサックの中に自分の頭を突っ込んで、きゅっと口を閉じているような有様だ——おそらく思春期の子供らしく、死後に、自分の鬱血した顔を衆目に晒《さら》すことを嫌ったのだろうが……、これはこれで、インパクトのある絵面になっている。

治治木さんはともかく、よく他の誰かに見つかっていないものだと思うくらい目を引く死体だけれど、散歩道からは逸れているし、その散歩道も舗装されているわけではないので、転ばないよう足下を見ながら歩いていたら、意外と見落としてしまうのかもしれない……、もしかすると、だっこひもで抱えていたムロくんのトラウマになってはいけないという、母親の判断があったのかも。

どんな死体でも強烈には違いないけれど、子供の死体、しかも変死体、まして自殺体ともなると、家庭の事情で慣れているはずのぼくだって、精神的ダメージを避けられない……、慣れちゃ駄目なんだろうとも思うし。

呼吸を整え、目を閉じて、手を合わせる。

ぼくは信心深いほうではないが、『死体に敬意を払うこと』という、法医学者のやすでおばあちゃんからの教えは、忘れちゃならないと信じている……、その上で、さっとスマートフォンを取り出した。

通報するため。治治木さんがしなかった通報を。

ではあるのだけれど、その前にもうひとつ、することがあった――写真撮影である。

誤解なきよう。変死体発見の記念写真をとって、ＳＮＳにアップしようなんて算段じゃない――不良刑事の長兄を差し置いて、吹奏野家唯一のろくでなしと呼称されることもあるぼくだけれど、そこまで不謹慎な性格ではない。

撮影した写真は、身内に送信するだけだ。

だからそういうところから流出するんだってと言いたくなる気持ちはどうかあと二行だけこらえて欲しい、この文脈での『身内』とは、本当に『身内』なのだから――家族内のグループチャットだ。

『雑木林で死体を発見。皆の衆、意見を乞《こ》う』

雑談が広がってしまわないよう、様々な角度から撮影した写真を添付したメッセージはできるだけ端的にしたのだが、縮めた結果、なんだか忍者の伝令みたいになってしまった――つくづくぼくには文才がない。

ぼく、本当にあのおじいちゃんの孫だよね？

これなら短歌にまとめたほうがよかったか。

ひとつ言うと、このグループチャットに、その高山おじいちゃんは参加していない……、我が家のＩＴ部門、クラウディちゃんが独自にアプリを開発してくれた、高セキュリティなグループチャットなのだが、さすがのＶＲ探偵も、存在しないネットワークには介入できない。自作の電子書籍化も許諾していない古風な推理作家は、スマートフォンが使えないのだ。小説も万年筆で、名入りの原稿用紙に書いている——と言いたいところだが、かの大御所が使用しているのはボールペンである。

つまりこのグループチャットで情報交換ができる家族の人数は、最大で八人だ——今日みたいな平日の昼間じゃあ、お仕事の真っ最中のかたもいるだろうし、実際に即応できる平均人数は、その半分以下と言ったところか。

と思ったら、真っ先にお兄ちゃんから返信が来た——ずっとスマホを見ながら仕事をしているのか、あの不良刑事は。いやまあ、このメッセージを、治治木さんがしなかった警察機関への通報だと解釈すれば、彼はスピーディに職務を遂行しているのだと言える。

『雑木林って、あの公園の？　じゃあ、管轄外』

……肩をすくめる動作のスタンプと共に送られてきたその返信は、あまり職務に忠実な、やる気あふれる熱血刑事のものではなかったが、よかろう。

ぼくがこのメッセージの送信によって募《つの》りたかった意見は、主に末の妹のクラウディちゃんのものなのだ——仮想世界を生きる、かのＶＲ探偵だが、現世での肩書きはあくまで両親の保護下にある女子高生だ。中退して久しいぼくにはもう、多様化した中高生の制服は、男子のそれも女子のそれも、全部同じに見えてしまうのだけれど（学ランとブレザーが同じに見える日が来るなんて！）、現役生のクラウディちゃんなら、ティーンエージャーのファッションセンスで、区別がつくはずだ——特に女の子は進学する学校を、制服で選ぶことさえあるという。

クラウディちゃんの場合は『(ぎりぎりまでゲームをしていたいから)家から近い』ことが、高校選択の理由だったが……、とにかく、クラウディちゃんならば、ぶら下がっている彼女が着用しているセーラー服から、彼女の通う学校名を特定できるんじゃないか?

お兄ちゃんが仕事中であるよう、クラウディちゃんは勉強中のはずだけれど、彼女は授業中でもスマートフォンを決して手放さないので、メッセージは受信できているはず。

あわよくば遺体の素性を特定することさえできるんじゃないかという欲張りな気持ちもあったが、ズダ袋で覆面がされているがごとき死体の有様では、さすがに高望みが過ぎよう——そもそも、ナップサックによる覆面がなくとも、首をくくって鬱血した顔じゃあ、たとえクラウディちゃんの知り合いだったとしても、判別は難しいと思う。

家族でもない限り。

大学生の頃は長期に亘《わた》って海外に留学していたお姉ちゃんも、中高生の頃は華の地元民だったので、女子の制服に関連する基礎知識は持ち合わせているかもしれないが、早朝番組を終えて帰宅したお姉ちゃんのスケジュールは、昼食後はシエスタと決まっている。それに、すっかり大人になったお姉ちゃんは、学生時代のファッションを、男子のぼくよりも覚えていないかもしれない……、制服だろうとファッションは変遷するし……、と、期待薄に思っていたのだが、あにはからんや、お兄ちゃんの次に返信をくれたのは、妹でも姉でもなく、母でさえなく、やすでおばあちゃんだった。

自宅療養中のやすでおばあちゃん。

昔は高山おじいちゃんとどっこいどっこいの機械音痴だった彼女だが、孫がネットドラマに出るようになって以来、すっかりコンピューターおばあちゃんだ——ベッドに専用器具で備えつけられたパソコンを使っての返信である。

敬意が足りないとお叱りを受けるのかと孫は身構えたが、病床にある法医学者からの返信内容はこうだった。

『その子、まだ生きてね？』

3

やすでおばあちゃんの文面が、若干若作りされていることは、どうか気にしないでいただきたい——女学生だった頃から、やすでおばあちゃんの心はずっと乙女だ。それよりも、首吊り死体の首吊り子ちゃん（仮名）が生きているとなれば一大事じゃないか！

たとえ素敵なお兄様が警察官でなくとも、現場保全の大切さは常識の範疇《はんちゅう》として知っている——なのでぼくは、該当の樹木を中心にして環状に一定の距離を保《たも》った上で、草一本踏み荒らすことなく撮影をおこなっていたのだが、こうなると常識はまったく変わってくる。

行け、ぼく！

女子中高生の腰に飛びつけ！

いったい被写体のどこから、やすでおばあちゃんが生活反応を見て取ったのかは皆目不明だが、プロのアドバイスには従おう。年長者のアドバイスにも。もしも祖母の見立て違いだった場合は、ぼくは女子の死体に飛びつく変態になってしまうけれど、うん、まあ、どうせそんなの、生きたティーンエージャーの女の子に飛びつくのと、とんとんである。

よくよく考えてみれば、やすでおばあちゃんからの返信には、文末に疑問符があるのだから、その意図するところは『生きているかどうか確かめなさい』くらいのニュアンスであったようにも思えるけれど、そう気付いたときには時既に遅く、ぼくは首吊り子ちゃんの腰回りをがっしり抱えて、その体重をぐっと支えていた――なに、ちょっと変則的なお姫さまだっこだ。

ともかく、気道を確保しないと。

生きていようと死んでいようと――そう思って、ぼくは更に彼女の身体を持ち上げる。家事仕事で鍛《きた》えた筋肉は伊達《だて》じゃない、と言いたいところだが、結構きついな。しっかり重い。この姿勢、あんまり長くは維持できそうにない。

首吊り子ちゃんの体重を支えたままで、なんとか首吊りロープをほどかなければ……、と、目線だけで見上げてみると、果たして、彼女の首元を圧迫していたのは、いわゆる世間的なロープではなかった。

なんだありゃ、スカーフか？

そう言えば首吊り子ちゃんの着ているセーラー服の襟元は、いやに飾り気がない……、えらくシンプルなデザインだと思っていたが、本来はそこに巻くべきスカーフを、わっか状にして枝に引っかけ、更にそのわっかに、自分の首をひっかけたのか？　この子は。

なんとも珍妙な自殺の方法だが、正規のロープを準備するのが面倒だったのだろうか……、考えてみれば、ナップサックを覆面に使うのだって、正しい用途とは言いがたい。手元にある道具立てだけで済まそうと思うほど、衝動的な希死念慮だったと見るべきか？

しかし、そういうところで手抜きをするから、ぼくみたいな通りがかりに邪魔をされてしまうのだ……、ロープが枝と首元のそれぞれで、きつい固結びでもされていれば、この無理のあるポジショニングからそれをほどくことは難しいけれど、首吊り子ちゃんの首を大きなわっかから引っこ抜くだけなら、結び目をほどくというボーイスカウト的な工程は必要ない。いっせーのーで、彼女ごと後ろにぶっ倒れるつもりで、スカーフの輪から首吊り子ちゃんの首を力ずくで引っこ抜いたら、本当に彼女ごと後ろにぶっ倒れた。

これでもしも首吊り子ちゃんが第一印象通りに死んでいたら、現場を無作法に荒らしたのみならず、死体損壊にまで罪が及ぶところだった——見て見ない振り、どころじゃあない。幸い、と言うか、不幸中の幸い、と言うかぼくが下敷き、つまりクッションになる形で倒れたので、首吊り子ちゃんの身体が直接、地面に叩《たた》きつけられることはなかったわけだが……、当然、引っこ抜いてそれで終わりじゃない。

生死を確認しなければ。

だっこした感じでは、確かに彼女の身体は、まだ温かかった……、中高生の腰回りの平均体温について、特に話を掘り下げたくはないけれど、どのみち、温度だけで生きているとは決めつけられない。だって死にたてのほやほやなら、人肌のぬくもりで当然である。

今更のように慎重に、取り返しをつけるように、ぼくは首吊り子ちゃんを仰向けに地面に寝かせる——覆面のナップサックは、倒れたショックで、外れてしまっていた。スカーフと違って、ナップサックの紐は、首を絞めてはいなかったらしい。

なので、ここで初めて、首吊り子ちゃんの顔が見えた——鬱血……、は、確かにしているけれど、想像していたほど酷《ひど》くもないか？　呼吸と脈拍、そして瞳孔《どうこう》——を見ても、散大しているかどうかの区別なんて、ぼくにつくわけもない。こんなものだって気がする。やすでおばあちゃんに改めて写真を送っている暇もないし、呼吸と脈拍にしたって、あるんだかないんだか、素人判断は危険だ。正直、自分の呼吸音や心音のほうがうるさいし、手も震えている——一応言っておくと、手が震えているのはびびっているからではなく、人間一人を持ち上げるというウエイトリフティングの成果だ。呼吸や心音も、右に同じと言わせてもらおう。

結局、考えるだけ無駄だ。専門知識も持たずに。

首吊り子ちゃんに意識がないことだけは、素人判断の素人目にも明らかなのだから、四の五の言わず、人工呼吸と心臓マッサージを敢行するのが吉だ——死んでいたらそれで生き返るかもしれないし、生きていても、それで死ぬってことはないだろう。もちろん、死んでいて、敢行しても死にっぱなしというケースが一番大きな可能性だけれど、そんな絶望的な未来を見据えて何になる？

心肺蘇生《そせい》法は、特に医師免許を持つやすでおばあちゃんからというわけではなく、吹奏野家の一員として幼少期より、家訓のごとく叩き込まれている——と言うか、弟と妹に（ＡＥＤの使いかたと合わせて）叩き込むのが、ぼくの役目だった。ここでへまをやれば、ぼくのありがたい教えに説得力がなくなる。弟妹からの尊敬を失ってたまるか——もしもそんな概念が実在すればの話。

ところで、スカーフがロープ代わりに使われていたことは、引っこ抜くときのみならず、心肺蘇生の手続きにおいても、よく働いた。成人男子であるぼくからすれば、どういう構造になっているのかさっぱりである、ちんぷんかんぷんなセーラー服をはだけさせるにあたって、スカーフをほどくという難解な工程がショートカットできたからだ。

いい風が吹いている。いい風が吹いている日は、普通、首吊りに遭遇はしないが。

しかし、草むらに引き倒した女子に覆《おお》い被《かぶ》さり、上着をびりびりに引き裂いて、胸部を力の限り圧迫し、あまつさえ唇《くちびる》を奪うとなると、やっていることはそこらのならず者とてんで変わらない。

　ついさっきまでは、買い物を終えた治治木さんがヘルプに駆けつけてくれないかと淡い期待をしていたけれど、今このときに限っては、万が一にも駆けつけて欲しくない。

　ただ、視点を変えると、治治木さんはまだ生きていた（かもしれない）女の子を見過ごしたことになるわけで、そう考えると、ぼくはこの心肺蘇生を、何がなんでも成功させなければならない……、困り顔が似合う、天然素材なまま大人になってしまった未婚の母に、『もしもあのとき自分が通報していたら、措置が間に合ったかも』なんて思わせては男が廃《すた》る。彼女のほうは、そもそもぼくを男とみなしていないにしても。

　仕方ない、彼女は法執行機関の人間でもなければ、医療従事者でもないのだ……、変死体に関《かか》わりたくないと思うのは、何度考えても、やはり自然なのだ（参考までに言うと、治治木さんの職業は自宅で開講しているバイオリン教室の先生である。通おうとしたが、日々の献立の都合もあって、挫折した）。ぼくもまた、法執行機関の人間でもなければ医療従事者でもないし、作家でも俳優でもゲーマーでもないけれど、我こそは愛する家族に育てられた通りの人間であることを、証明しなければ。

　どれくらいの間、少女の心臓をぶん殴り続け、どのくらいの量、肺臓に酸素を供給し続けただろうか――果たして、

「かはっ！　ごほっ、ごほっ――ごふっ」

と。

　首吊り子ちゃんは、抗議のようにわかりやすく、息を吹き返してくれた――それとも、とっくに息を吹き返していたところに、ぼくが更なる酸素を送り込んでしまい、逆に過呼吸に陥《おちい》

ってしまったのだろうか。必死（皮肉なワードだ）になっていたので気付かなかったが、乱暴に殴るのではなく、平手でそっと静かに触れてみれば、首吊り子ちゃんの心臓のほうもいつの間にか、（ぼくの現在の心臓と違って）ゆるやかに、規則正しい鼓動を奏《かな》でている。

人命救助、成功だ。

実際にやったのは久し振りだけれど、練習は裏切らないものである――これで年下のふたりへの自慢話、もとい、垂れる教訓に、厚みが増した。状況を考えると、心臓が動いた程度で喜んでもいられないが、ひとまずほっとするくらいは許されるだろう。

しかし束の間安堵《あんど》した直後、まさしく息をつかせる暇もなく、年下のふたりの片割れ、妹のほうから返信があった――見計らったかのようなこのタイミング、クラウディちゃんは僕のスマホに見守りアプリでもインストールしているのかな？

『この辺じゃ見たことない制服だけど。地元の子じゃないんじゃない？』

ふむふむ。

では、首吊り子ちゃんは、よその学区、もしくは近隣県から、わざわざこの森林公園まで首をくくりに来たというのか？　別にここは、自殺の名所ではないはずだが……、手軽で衝動的な自殺という仮説がやや揺らぐ。いや、クラウディちゃんのジャッジが絶対ということでもない。地元のすべての制服を、まさか半不登校児のクラウディちゃんが知り尽くしているわけでもあるまい……、それに、送信した写真では、セーラー服からスカーフが欠けていた。スカーフのあるなしで、セーラー服の印象ががらりと変わってしまっていたのかもしれない。

そんな考察をしつつ、心肺蘇生に成功しました、やすでおばあちゃん、あなたの孫はやりましたよと返信し、ぼくがハリケーンのごとくかき乱した、現場周辺の状態を確認する――悪足掻き気味に現場の現状回復を目論《もくろ》んだわけではなく、血も涙もないことを言うと、具体的には遺書を探したのだが、見当たらない。

脱がせたセーラーブラウスのポケットの中？　ない。プリーツスカートのポケットの中？　ない。かぶっていた覆面代わりの、ナップサックの中……、空っぽだ。遺書どころか、携帯電話とか、財布とか、生徒手帳とか……、個人を特定できる定番アイテムが、ひとつも見当たらない。

教科書もノートも、体操着も。

本当に身体ひとつでの首吊りだったのか。

もっと本格的に物色すれば、なにがしか発見できるのかもしれないけれど、息を吹き返した以上、首吊り子ちゃんの下半身をまさぐり続ける権限が、ぼくにあるとは思えない。

しかし、やはり気になる。

地元の子じゃないにしても、地元の子にしても、どうしてこの子はこの雑木林で、自ら死を選ぼうとしたのだろう――そうは見えなかったかもしれないけれど、一応は公園なんだし、憩いと癒やしの場なんだぞ？

遺書でその疑問に説明がなされているかもしれないと思ったのだが、それ以前に、こんな若い子が世をはかなんだ理由を気にするべきか。自分が中高生だった頃にはどうして『それ』がそうも報道に取り上げられるのかぴんと来ていなかったけれど、いざ大人になってみて、子供の自殺がどれほどの重さか、思い知るよね。結局、死のうとした理由どころか、この子がどこの学校に通っているのかさえわからなかったけれど、とりあえず、はだけさせた上着は整えておくとしよう。

目の毒だ。

さて、一段落ついたところで、これからどうしよう？　元はと言えば警察に通報するつもりで、ぼくは買い出しを治治木さんに委任して、この雑木林に駆けつけたわけだけれど、シンプルな死体の発見と異なり、首吊り子ちゃんが蘇生したとなると、警察に通報することが、絶対的に正しい唯一の行為であるとは言い切れない。

先述のように、グループチャットでお兄様に伝わった時点で、警察への通報は果たされたと言えなくもないけれども、しかし既に判明している通り、管轄外の通報を取り次ぐほど、不良刑事は仕事熱心ではない。それに、吹奏野家のグループチャットで共有された情報は門外不出だ。

もう一度言うが、ことは自殺である。しかも十代の自殺だ。センシティブな要素をたぶんに含んでいる……、遺書が見つからない以上、首吊り子ちゃんがどういう事情を抱えているのかは現時点では詳細不明という他ないけれど、自殺を試みて、しかも失敗したなんてだけでも、年頃の少女にとっては、死にたくなる恥部になるのではなかろうか？

唐変木なこのぼくも一通りの思春期は経験しているから、その辺の感覚にはある程度の理解を示せるつもりだ――なにせ、お姉ちゃんに言わせれば、まだまだ思春期の真っ只中《ただなか》にいるらしい吹奏野真雲である。

なので、このまま内々に済ませるという道筋もあるにはある。

あるのだが、しかし首吊り子ちゃんが首を吊っていた時間の長さを思うと、それは賢明な選択とは言えないか……、最低でも十五分の首吊り。少女のプライバシーを保護してあげたい気持ちより、酸素不足の後遺症を考慮する気持ちのほうが、どう考えても大きい。

ここは大人の判断である。デリカシーなき大人の判断。

呼吸と心拍は回復しても、いまだ意識は回復していないわけだし……、ともすれば、このまま一生目を覚まさないレベルに、脳が深刻なダメージを受けている可能性だってある。百歩譲って警察には通報しないにしても、救急車は絶対に呼ばねばなるまい。

あごの下あたりにくっきりと残る、帯状の痣《あざ》から判断する限り、首吊りに使ったスカーフの幅が想定していたよりも広がって、その面積全体に少女の体重が分散されたから、即死を免《まぬが》れたという裏事情のようだ。

こうなると、全角度から多面的に検討して、セーラー服のスカーフを首吊りの道具に使うのは適当でないという結論が導き出せそうだが（助けやすく、心肺蘇生がしやすく、そもそも死ににくい）、だからと言って油断はならない。命にかかわることなのだから、念には念を入れるべきだ。

『靴を履いているのは、おかしくありませんか？』

１１９番の『１』『１』まで押したところで、父さんから、丁寧な文面の返信があった――お兄ちゃんと違って、職務中にチャットに興じる父ではないので、たぶん検事は、求刑中ならぬ休憩中なのだろう。しかし、靴？　『９』まで押して、繋がったオペレーターさんと話しつつ、ぼくは首吊り子ちゃんの足先を確認する――一流のホテルマンは、まず宿泊客の足下を見るというけれど、そう言えば（今になってこんなことを言うと、負け惜しみのようだけれど）、ぼくも最初から、首を吊っている女の子の、ストッキングとスクールシューズは気にかかっていた。

ストッキングが目についたのは、ぼくの個人的な趣味と言われても仕方がないとして……、靴は、確かに……、セーラー服を着ているのだから、ローファーもスクールシューズとしてしっくりマッチしていると、（その後、大わらわになったこともあって）そう納得してしまっていたけれど、確かに、いざ命を絶とうというとき、日本人は靴を脱ぎがちだ。

必ずそうするとは限らない。

むしろ古い文化に属する風習だろう……、今時の若い衆が、『こんな虫がいっぱいいそうな雑木林で、裸足になるのは嫌。首を吊るのはまだしも。ストッキングが汚れるし』と考えた公算は十分にある。

なので重箱の隅と言うか、いかにも、隙のない論理を組みたてねばならない検事らしい着眼点と言えるが……、まさか父さんは、これが首吊り子ちゃんの自殺ではないケースを想定しているのか？

少女が靴を脱いでいなかった程度のことで？

言われてみれば、踏み台や脚立のようなものもない……、が、それは背伸びや木登りでどうにかなる範囲内だし……、けれど言われてみれば、自殺じゃないのなら、遺書が見当たらないことに関する疑問は綺麗さっぱり消える。携帯電話や財布、生徒手帳、鞄の中身がないのも、第三者——犯人が持ち去ったのだとすれば、あからさまなまでに説明がつく。

しかし、犯人。

犯人がいるということは、この首吊りは、自殺ではなく、殺人ということになってしまう——正確には殺人未遂だが、ぼくが間に合っていなければ、あと十五分後には、殺人罪が成立していた。

だが、どうだ？

ぼくは父親の言いなりになるだけの従順な息子ではない、自分の頭と自分の意見を持っている。

　これが自殺に見せかけた殺人なら、むしろそう見えるように靴を脱がしそうなものだし、成功率を上げるために、ロープ代わりにスカーフを使うような、場当たり的なことはしないのではなかろうか――いや、自殺に見せかけようとしたとは限らない。

　ぼくは勝手に、スカーフをロープ代わりにしたことが原因で、首吊り子ちゃんは自殺に失敗したんだという風に決めつけていたけれど、最終的な形態がたまたま首吊りのポーズと同じになっただけで、あれは拷問や、もっと言えばなぶり殺しのフォームだったのでは？

　自重を受け止める面積が広いからこそ、じわじわと首が絞まっていく――真綿で首を絞めるならぬ、文字通り、木綿で首を絞めるために、あえて犯人が、凶器にスカーフを使用したという線はないのか？　まあ、無理矢理文字通りにするために、ここでも勝手にスカーフの素材を木綿と決めつけてしまっているが、そう、空っぽのナップサックについても……、頭部に袋をかぶっているのは、首をくくって鬱血する顔面を晒したくないという乙女心の表れだと、ぼくは若人の気持ちがわかるふりをしていたけれど、自分でかぶった袋じゃないのであれば、それはそのまんま絞首刑のスタイルだという理解もできる。

　処刑スタイル――顔にかぶせて？

　んん？

　いずれにせよ、ぱっと見で自殺死体だと決めつけたのは、確かに早計だった――死体でさえなかったわけだし、なんなら首吊り子ちゃんという命名さえ、相当な早計だった。自ら吊ろうと他者に吊らされようと、首を吊っていたことには変わりはないのだし、そもそもそこはさして気に病む点ではないとは言え……、所詮《しょせん》は仮名だ。

そういう見方をすれば、百舌《もず》のはやにえではないけれど、こんな樹海さながらの雑木林の中に少女の死体をぶら下げるというのは、儀式殺人の様相を呈《てい》していなくはない……、烏《からす》にでも突つかせるつもりだった？　ただ、もしもそのスタイルで殺すつもりなら、犯人は首吊り子ちゃんの両手を、後ろ手に縛っておくなりなんなりしなければ、自力での脱出がたやすそうにも思える。そう思えるのはぼくが男性だからで、女性の筋力では、たとえ両手が自由でも、一旦あの姿勢でぶら下げられてしまえば、自力での脱出は難しい？　懸垂とほぼ変わらない動作をすることになるわけだし……、それを踏まえて、仕掛け人は、『あわよくば』くらいの気持ちで、やはり自殺に見せかけるつもりだったとか？

あるいは、仕掛け人は首吊り子ちゃんをいたぶっていただけで、殺すつもりまではなかったとか……、いくら今時の十代が進んでいると言っても（なにせ、VR探偵なんてのがいるくらいだ）、昼間の公園でSMごっこに興じたりはしないと思うけれど……、そこを未婚の母に目撃されそうになって、パートナーは首吊り子ちゃんをその場に残して、一目散に逃走した、とか？　今もこの辺りの藪に潜んでいる、とか……。

考えれば考えるほど、現実離れしていく。

ただ、じゃあ考えなければよかったのかと言えば、とんでもない。考えなしに現場を荒らしまくったのは、返す返すもまずかった——いくら人命救助のためとは言え、ぼくが最初からもっと落ち着いて行動していれば、周辺状況を綿密に保全しつつ、必要な措置を執り行うことだってできたはずだ。

被害者（かもしれない）の首吊り子ちゃんの身体も、かなり乱雑に扱ってしまったし……、ともすればその痕跡《こんせき》からぼくが犯人扱いされてしまうかもしれない。荒くれ者にも程がある。これまでのイメージを覆す最新作って感じだ。それは極端にしても、ぼくのせいで殺人（未遂）事件が迷宮入りしたなんてことになると、愛する家族に顔向けできない。四方八方の全方位を家族に囲まれている吹奏野家で、それは困る。

尊い命を救った直後のライフセーバーとは思えないくらい、げんなりとしょげたい気持ちで、救急車のサイレンが聞こえてくるのを待っていると、地元ローカル局の朝の顔、ニュースキャスターのお姉ちゃんからのメッセージが届いた。どうやらシエスタから、早めに目覚めたらしい……、もしかして、首吊り子ちゃんのセーラー服に関するお姉ちゃんからの見解が聞けるのかと思ったが、そうではなかった。

父さんの指摘を受けての、それは、返信だった。

『お姉ちゃん思うんだけども、もしも殺人事件だとしたら、それも、ヴェールドマンの仕業だったりして？』

ヴェールドマン？

幕間　Ⅱ

「我々が九歳か十歳のとき、母を殺しました。

「ただ、その実感はこれっぽっちもありません。

「実感ではなく、自覚がないと言うべきでしょうか、あるいは――その意味では、最初に供述した『死にました』という表現も、あながち間違っていなかったのですが、しかし、我々にしてみれば、これは本当に悲しいことです。

「不幸と感じていいでしょう。

「なにせ、我々の人生の転機となる、記念碑のような出来事なのに、やり遂げた、達成したという感覚がないのですから――それでは運命に翻弄されているのと、ほぼ変わりないじゃありませんか？

「順を追って説明しましょうか、それともこのくだりは飛ばしましょうか？

「いわゆる首吊り子ちゃんのくだりまで、一気に自白をスキップすることも、お望みでしたら厭《いと》いませんが……、でも、我々の始まりは、どうにもこうにも母親なので。彼女を語らなければ、始まらないんです。好きで喋っているわけではありません。

「控えめに言って、やばい女でした。

「雑な表現に聞こえるでしょうが、辞書一冊分の語彙《ごい》を駆使しても、やばい女としか言いようがありません――新しい病名を考えたいくらいに。ああ、このままこの女に育てられていたら我々は死ぬな、死にはしないまでも、我々もやばくなるなと、子供心にそう察しました。

「軽はずみで出生届に虚偽の記載をする時点で、おおむねその実態が想像できるとは思いますが、そんなのは言わば、尖った名前を我が子につける程度の悪戯心《いたずらごころ》で、彼女の危険度を真に示しているとは言えません。

「あまり具体的に言うと引かれてしまうので、ぼんやりわかりやすい例をたったひとつだけ上げると、そうですね、トイレを子供部屋にするような母親でした。

「自分が使用するときは我々を廊下へ追い出していたので、トイレに閉じ込めて子育てをしていたとまで言うと、やや誇大広告になってしまいますが……、いえ、ですから我々、今でもトイレが怖いですよ。

「未だに鍵がかけられません。戸を閉じることもできません。地震でトイレに閉じ込められた経験があるわけでもないのにね。

「トイレから外に出すときには、母は我々の頭に黒い巾着袋をかぶせていました。つまり、防災頭巾みたいな……、それこそ、地震に備えていたわけじゃあなくって。

「ほら、調理の過程で動物を締めるときに、タオルなんかを掛けて、目隠しをしたら、おとなしくなるじゃないですか？　それと同じ理屈です。我々が無作為な行動をとらないように、母は自分が用を足す間、頭巾をかぶせていたわけです……、ね？　普通じゃないでしょう？

「なので、小学校に入学するくらいの頃から、なんとかしてあの母を殺さなきゃなあと、我々は考えるようになりました――その頃になると、やばい女を、友達の母親と比べられるようになりますしね。絶対評価に相対評価も加わります。よそのママは、子供に巾着なんてかぶせないそうですよ？　せいぜい、ロープでつなぐくらいで。

「なので。

「この母親は駄目だ、一回ゼロベースに戻そう。

「我々はそう判断したんです。

「子供は親を選べないって言いますけれど、選んでもいいじゃないですか、ねえ、そう思いませんか?

「選べないなら、せめて殺しても」

第三幕　ヴェールドマン仮説

1

　その後、親族でもないのに図々《ずうずう》しく、まるでそれが課せられた義務であるかのように、首吊り子ちゃんを地元の救急病院へと搬送する救急車に同乗して、お医者さまから検査の結果を伺ったところ、意識を取り戻すまでの絶対安静は当然としても、今のところの所見としては、後遺症が残るようなダメージは、脳にも首にもなさそうだという診断だった。

　肋骨《ろっこつ》が何本か折れているとのことだったが、それも十全に快復するだろうとの予測……、仮に殺人犯がいるとしても、その単純骨折に関してはぼくの心臓マッサージの副産物なので、ここだけの話、ほっと胸をなで下ろした（心臓マッサージだけに）。

　ところで、『ここだけの話』と限ったのは、ちっぽけなぼくのみっともない保身ではなく、お医者さま相手に仮定の話はできないからだ——この子は正体不明の殺人鬼に命を狙われたのかもしれません、なんて切り出すのは、ニュースキャスターからほのめかしの詳細を聞いてからでも遅くない。

　変な先入観を、治療チームに与えたくない……、ぼくが現在受けている先入観を……、殺人鬼以前に、ただでさえ、この子こそが正体不明だというのに。

いくらERとは言え、健康保険証もなく、本名さえわからないこの子を、病院がすんなり受け入れてくれたのは、地元の名士と言っても過言ではない法医学者、やすでおばあちゃんの顔が利いたというのが大きい——母さんが弁護士一族の出であるように、やすでおばあちゃんの出自は代々続く医者の家系なのだ。地域への影響力と言うならば、現在の吹奏野家の中でもっとも強い。

ただし、診断の過程で、意識不明の彼女のおおよその年齢だけは判明した——と言うか、ドクターの精密検査を待つまでもなく、首吊り子ちゃんに付き添ってくれたナースさん（女性）が、

「背格好から見ると、高校生くらいですね。十七歳かしら？」

と、あっさり断定した——ごく普通に、取り立てて所見という風もなく。

プロの看護師さんの目から見ると、中学生と高校生の違いというのは、そうも明らからしい……、不見識を恥じるばかりだ。十七歳なら、クラウディちゃんとずばり同い年である——まあ、同い年とは言っても、学年は違うかもしれない。高校二年生なのか、それとも三年生なのか——ただし、そのナースさんはこうも付け加えた。

「セーラー服を着ているからと言って、高校に通っているとは限りませんけれど」

ごもっともである。

ねちっこく殺人鬼の存在を想定するなら、このセーラー服が首吊り子ちゃん本人のものではない可能性、具体的には、犯人が首吊り子ちゃんに、強いて着用させたという可能性は、歴然として存在するのだ。

制服を無理矢理着せるなんて、変態行為も甚だしいが、それを言い出したら、制服のスカーフで首を吊らせている時点で、十分におぞましい。そう、ウエディングドレスの見立て殺人の

ように——ヴェールドマン。

ヴェールドマン。

お姉ちゃんが、テキスト上で唐突に出した謎のキーワード——最後に『マン』とついているけれど、少なくとも、アイアンマンやバットマンみたいな、アメリカンコミックのヒーローって感じじゃあ、あまりないな。どころか、ジェイソンとかフレディとか、そういったホラー映画の怪人みたいな印象を受ける。プレデター……、は、怪人じゃなかったっけ？　チャットではどうにも埒《らち》が明かないし（お姉ちゃんはタッチパネルの操作が、あまり得意ではない。フィーチャーホンとの二台持ちだ）、首吊り子ちゃんの容体がひとまず安心で、これ以上ぼくにできることがないのであれば、帰宅して直接、ニュースキャスターのお話を拝聴しなければ——思えば贅沢な家庭環境である。

朝が早い（どころか、深夜に出勤する）お姉ちゃんは、就寝時刻もかなり早い……、なので、そうと決まれば急がないと、下手をすれば次にお姉ちゃんと話せるのは、明日の正午、シエスタ前ということになってしまう。

そうでなくとも、日が暮れてきた。

干しっぱなしの洗濯物を一刻も早く取り込みたい……、取り込むだけならぎりぎり家族任せにできるにしても（畳むところまでは任せられない）、しかしぼくが夕飯時までに帰れなければ、我が家から餓死者が出かねない。シェフの恥だ。治治木さんの家に、任せておいた買い物の品を受け取りに寄る時間はなさそうかな……、それに、もうバイオリン教室が始まっている時間である——未婚の母の、在宅ワークの邪魔はできない。

こちらは無職だしね、シェフなんて言っても。

食材の予備がまるでないわけじゃないし、治治木さんには『明日にでも引き取りに行くので、一晩だけ、冷蔵庫をお貸しくださいませ』と、丁寧なメッセージを送っておこう——少し考えて、その文面に『公園には何もなかったよ。木の蔓《つる》を見間違えたんじゃないかな?』という追伸を付け加えた。

木の蔓だけにつたない嘘《うそ》だが、このくらいの嘘にもたやすく騙されてしまうのである、彼女は。この間、聞いたこともない国の謎の湿地帯を買わされていたなんてエピソードは、治治木さんにとっては、トラブルでさえない。騙しておいてこんなことを言うべきではないが、マジで心配だ——ちなみに湿地帯の件も、母さんが解決した。

顧問弁護士かよ。

もしも首吊り子ちゃんがあのまま死んでいたら、今回の変死体スルーの件でも、治治木さんは素敵なお兄様ではなく、素敵なお母様に相談を持ちかけることになっていただろうが……、今のところ、その辺の罪状は保留と言ったところか。

しかし、努力の甲斐あって、変死体でこそなくなったものの、本来、通報者であるぼくは、用済みの存在になったからと言って、そうすんなりと病院から帰れる立場ではないはずなのだけれど、ここでもやすでおばあちゃんの信用がものを言って、

「吹奏野先生によろしくお伝えください。あの子が意識を取り戻しましたら、すぐにご連絡いたしますので」

と、先生方から丁重に送り出された。

ところで、首吊り子ちゃんの年齢を推定してくれたナースさんからは、こっそり、

「次に来るとき、夜靄くんのサイン、もらってきてもらえます?」

なんて耳打ちされたのだけれど……、祖母の威光にすがる孫、弟の人気に依存する兄。

2

幸い、ぼくが病院から戻ったとき、お姉ちゃんはまだ起きていた……、リビングにヨガマットを敷いて、ショートパンツにタンクトップ姿で、ＤＶＤを見ながらイルカのポーズを取っていた。

イルカだよね？

「お帰りー、もっくん。ご飯にするー？　お風呂《ふろ》にするー？　それともー、そ・う・じ？」

「すぐにご飯にするよ」

テレビの中ではきはき、地域住民に向けて喋っているときとは打って変わった、のんびりと間伸びした口調である……、よくそんな全身が攣《つ》りそうな姿勢を保ったままで、音引きを多用できるものだ。

姉に対する贔屓目《ひいきめ》を持つ弟からすると、テレビ画面で同じポーズを取っているインストラクターの先生よりも、部位によっては柔軟性があるように見えるのだが……、ダイエットのためだとばかり思っていたけれど、ひょっとするとお姉ちゃんの就寝前の日課であるこのヨガは、ニュースキャスターとしてのボイストレーニングなのかもしれない。

鍛えているのはインナーマッスルではなく、ダイレクトに内臓？

努力ってのは見えにくいね。

ここでポーズを、イルカからキリンに切り替えるお姉ちゃん、いや、ライオンだっけ？　まあなんでもいい、とにかく何らかのアニマルだ――すぐにご飯にすると言っても、簡単なものをあり合わせで作って、ディナーをぱぱっと済ませるなんて選択肢は、ぼくにはない。それをやっていいのは、休日のランチだけだ。

サボるタイミングはルーチンに組み込め。

んーっと、父さんと母さん、お兄ちゃんはまだ戻っていない……、父さんと母さんは仕事熱心で、お兄ちゃんは夜遊びに余念がない。ということは、二階の書斎で大詰めの原稿を執筆中の高山おじいちゃんの分と、孫が出演中のドラマを視聴中のやすでおばあちゃんの分と、秘密基地でゲーム中（であろう）クラウディちゃんの分と、四人分の食事を作ればいいわけか。なんとも引き込もりの多い家だ。通常メニューと、塩分控えめのメニューと、病院食と、糖質オフのメニューと……、誰か忘れてないか？

ああ、ぼくの分か。

でもそれは、お姉ちゃんの分と同じでいいな。

「それで？　お姉ちゃん。ヴェールドマンって誰？　夜霧くんが中学生の頃、撮影していた短編映画に登場するオリジナルヒーローなんてことは言わないよね」

エプロンを着用しつつそう訊くと、「ヴェールドマンはねー」と、今度は仰向けになって、のけぞるお姉ちゃん――早起きを習慣化させている『りか姉』のファンには、とても見せられない姿だ。ストイックな体調管理の一環のはずなのに、なんだかあられもない。霧霞なのに霰《あられ》もないとは、これいかに。

「連続殺人事件の被疑者だよー。リアルタイムのー」

「リアルタイム？　ってことは、現実の？」

ナウアンドゼンのノンフィクション？

三男のオリジナルヒーローとは思っていなかったけれど、思ったよりも現実に深入りしてくる——てっきり、怪談とか、都市伝説的なあれだと思っていたけれど、リアルタイムと言われてしまうと、つまりリアルってことになる。

「だけど、あれ？　お姉ちゃんの今朝のニュースじゃ、そんなけったいな怪人のことは、紹介されていなかったと思うよ？」

「おー。もっくん、お姉ちゃんのニュース、今でも飽きずにちゃんとチェックしてくれているんだねー。嬉しー、恥ずかしー」

仰向けのポーズのまま、顔を両手で覆う仕草《しぐさ》をするお姉ちゃん。

照れてるんだか、関節の可動域を広げているんだか。

「だけど、チェックが甘いよー。番組への愛が足りなーい。お姉ちゃんはちゃんと、トップニュースで紹介したもんー」

「トップニュースって——」

シングルマザー殺し。

テーブルクロスをかぶせた上で撲殺した、しかも赤子のそばで撲殺したあの事件なら、確かに本日の朝、吹奏野家の話題を席巻《せっけん》した。高山おじいちゃんも、父さんも母さんもお兄ちゃんも、それぞれにそれぞれの見解を述べていた——遅刻寸前の弟と、現実に興味のない妹からは、そこまで意見を募れていないけれど。

しかしあくまで、あれらはいつもの会話の範囲内だったし、それにあの事件が、連続殺人事件のひとつであるという情報は、電波に乗っていなかった——あのシングルマザー殺しは、第二の事件、あるいは、第三の事件だったと？

　そして――首吊り子ちゃんを殺そうとした犯人も、同一であると？

「ひょっとして、報道規制って奴？」

「と言うよりー、まだ公共の電波に乗せられるほどの確実性がないって奴なのかなー。怖いからねー、クレームとかー。『あの事件』の犯人は、もしかすると『この事件』の犯人と『その事件』の犯人と一緒なんじゃないかなー、一緒なんだとすれば、その正体はヴェールドマンなんじゃないかなーって、今、お姉ちゃんの指揮する取材班が、独自に推測しているだけだものー」

　と、ニュースキャスターは指を三本立てつつ、胴体を更によじった。

　またもや独自の見解か――凝りないお姉ちゃんと、その仲間達だ。仲間なら止めろよと言いたいが、止めないいから仲間なのだろう、このケースでは。

　三本の指のうち一本は、シングルマザー殺しだとして。

『この事件』と『その事件』？

　テレビ局や取材班の一員として、しかるべき守秘義務を持つお姉ちゃんなので、どうしてもふわっとした言いかたになるのは当たり前だとしても……、思ったよりもぼんやりしている情報提供だな。あまり引き合いにだしたくはないけれど、死体発見をスルーした治木さんくらいぼんやりしている。

　雲をつかんだほうが、まだしも手応《てごた》えがあるんじゃないだろうか。

「で、もしも四本目の指を立てるとしたら、それが、首吊り子ちゃんの事件なんじゃないかって？　そもそもお姉ちゃん、ヴェールドマンって――」

「もっくんはー、ヴェネチアに生まれてナポリに死んだ、アントニオ・コッラディーニって芸術家のことを知ってるー？」

急に具体的な人名が出てきた——しかし、いくら具体的でも、いきなり謎のイタリア人に登場されても、素養のない弟は面食らうばかりである。ヴェネチアに生まれてナポリに死んだ？なんだその格好いいライフスタイルは。ホームズ一家の第三世代として推理するに、少なくとも、家族からいただくチップで生活していそうな雰囲気はない。

「知っているとも。はばかりながら、高校を中退するまでは、ぼくも美術館に足繁《あししげ》く通ったものだからね。画集ばかりを読み込むぼくに、小説家の高山おじいちゃんは渋い顔をしていたものさ。アントニオだっけ？　彼の絵画には、特に心を奪われた」

「コッラディーニは彫刻家だよー」

おやおや、ボンジョルノだ。

美術館に足繁く通ったという辺りから、弟の見栄《みえ》っ張《ば》りはもう始まっていたのだが（高山おじいちゃんが中退前のぼくに渋い顔をしていたのは本当だ——当時のぼくはヴィジュアルノベルばかり読んでいたから）、彫刻となると更に遠いな、ぼくの専門分野の領域から。

ちなみに『ぼくの専門分野の領域』とは、この吹奏野家の立地面積と、ほぼほぼ一致する。家事と家族のこと以外は何も知らない。知らなくて困ったこともないしね。

「ミロのヴィーナスやサモトラケのニケを彫った人なのかな？　それぞれヴェネチアとナポリで制作されたはずだから」

「何ひとつ合ってない割にー、もっくんったらー、かすってくるよねー」

その二体はどちらも制作者不明だしー、両方ギリシャから発掘されてるよー、と、テレビで

は放送尺に収まりそうにない間延びした口調のまま、すかさず弟を教導してくれてから、お姉ちゃんは、

「でも、世界一有名なその二体の彫像が展示されているレ・ルーブルに、コッラディーニの作品も、展示されているんだよー」

と、豆知識を披露してくれた。

ますます大したアーティストじゃないか、アントニオ。その豆知識が、どうヴェールドマンに繋がるのか、まるで見えてこないけれど……、あとお姉ちゃん、ルーブル美術館のことをレ・ルーブルと表現するのは、さすがに気取り過ぎじゃないだろうか。大学時代の留学先、別にパリじゃなかったでしょ。

「ヴィーナスは両腕が欠けていて、ニケは両腕プラス頭部が欠けているから、アントニオの彫刻作品は、プラス両脚まで欠損しているとか?」

プラスと言うか、マイナスと言うか——いや、この場合は、やっぱりプラスかな。今更ヴィーナスの両腕がどこかで発見されたとしても、彫像を修復するかどうかは、議論が紛糾するところだろう。

「そういう彫刻も、レ・ルーブルにはあるけれど、それもまた作者不詳の古ーい作品だねー。『男性のトルソー』って作品ー。同じくギリシャだねー。あと、もっくん、アントニオって言うとややこしくなるから、呼称はコッラディーニで統一してもらっていいー? 時代の近しい彫刻家で、アントニオ・ガイっていうイタリア人もいるのー」

なんだろう、彫刻家一族なのかな?

弁護士一族出身の母さんや、医者一族のやすでおばあちゃんを思い出す——いや、アントニ

オは姓じゃなくって名なんだっけ？　こうしてみると、確かにかすりまくりのぼくの発言だが、逆に言えば、なかなか本題を捉《とら》えきれない。

よもや近所の雑木林で首吊りを発見したことが、ヴェネチアやナポリ、そしてパリのルーブル美術館と繋がってくる、そんな思いもよらないルートが、未《いま》だに見えてこない。未踏のルート過ぎるよ。すべての道はローマに通ずとは言うけれど……、ううむ。

「コッラディーニは布の表現にこだわった、いわばファブリックな彫刻家さんなんだよー。ヴェールをかぶった女性の彫刻を多数制作して、高い評価を得ているアーティストなのー」

と。

そこで突如、開通した。

ご近所の公園と欧州が——首吊り子ちゃんとシングルマザーがリンクした。

ヴェールをかぶった——覆面？

「石像のお顔に、本当に半透明のレースをかけているだけなんじゃないのかって思わされるくらい、見事に布の質感を表現しているのー。女性の相貌《そうぼう》が透けて見えるほどー。薄くて軽い布のひらひらを、こともあろうに大理石で表現するっていうんだから、すんごいよねー」

「…………」

「彼の彫った一連の女性像は総じて、敬意を込めてヴェールドウーマンって呼ばれていたりするんだけれどー、そんな超絶技巧とは正反対の思想を持ったクソ野郎が、現代の日本のこの町にいるみたいってことでー」

普段、テレビの中でコンプライアンスを遵守した言葉遣いを徹底しているお姉ちゃんの口から、クソ野郎なんて言葉が出てくると、包丁を握る手が止まってしまう——失言なんてものじゃないが、止まってよかった、続きを聞く前に。

「——被害者の顔面を、わざわざヴェールで覆ってから殺害する、布の表現になみならぬこだわりを見せる怪奇の連続殺人犯のことを、お姉ちゃんのミーティングチームでは、侮蔑《ぶべつ》を込めて、ヴェールドマンって呼んでいるわけー」

3

「布の表現——」

そこのところがどうもぴんと来ない。

ヴェールで覆うからヴェールドマン、は、まあわかる……、その伝わりやすさはさすがテレビの人間だと感心させられるし、テーブルクロスをかぶせられて殺されたシングルマザーと、ナップサックをズダ袋のようにかぶって、木の枝にぶら下がっていた首吊り子ちゃんの間には、そういう共通項はあるだろう。

しかし、それだけで『なみなみならぬこだわり』は言い過ぎでは？　あくまでヴェールはオプション的な要素であって、布で殺したと言うならともかく……。

「布で殺した——ようなものじゃないー？　もしも首吊り子ちゃんが、そのまま亡くなっていたらー」

「ん？　ええと、スカーフという布で首を吊っていたから……、布で首を吊らされていたから、布が凶器ってこと？　ちょっと解釈が強引なような……」

普通、スカーフを凶器とは言わない。木綿だろうとその他の素材だろうと。

真綿で首を絞めるのは、現実的には不可能で、凶器ってのはもっとこう、たとえばぼくが今持っている包丁とか、ミートハンマーとかのことを言うんじゃないだろうか？

「バールのようなものとか……、ピストルとか。とにかく、『殺害に使用された凶器は布でした』なんて言われても、納得はできないよ」

「凶器は布でした」

「ん。あ。いや、できちゃうな。納得」

さすが声のプロ。おうちモードからジャーナルモードにしゃっきり切り替えられると、説得力が違う――って、姉弟でじゃれている場合か。

連続殺人鬼の話をしているのだ。

「シングルマザーのほうは？　死因は撲殺でしょ？　テーブルクロスという布は、あくまで目隠しにかけられていただけで――」

目隠しにせよ、ウエディングヴェールの見立てにせよ……、それが直接の死因になったわけじゃないはず。

「死因は撲殺って報道していたよね？　他ならぬお姉ちゃんが」

「うんー。でも、その外的鈍傷に使われた凶器はー、ハンドタオルなのー」

「ハンドタオル？」

「水をたっぷり含ませてー、その上でがちがちに凍《こお》らせたハンドタオルで殴ったそうなのー。これこそ報道規制で、お姉ちゃんがまだ番組では喋っていない極秘情報だけどー」

秘密の暴露、って奴か。

凍った凶器、なんてのは、そりゃまあ、ミステリーじゃあ定番ではあるけれど……、ハンドタオルというのは、わけがわからないいな。

「凍らせたタオルが、時間経過によって融《と》けたら、凶器が何なのかわからなくなるっていうトリックだったってこと？　だけど、赤ちゃんの泣き声で、思いのほか早く死体が発見されたから、警察の現場捜査官が、融け切る前の凶器も、同じように発見できたってこと？」

「ヴェールドマンに凶器を隠蔽《いんぺい》する狙いがー、いったいどこまであったかはー、お姉ちゃんにはわからないー。だってー、本当に隠したければ、時間経過を待たなくてもー、沸かしたお湯にでも浸《つ》ければよかったんだしー」

言えている。自然現象に頼る必要はない。それよりも犯人にとっては、布を使って相手を殺すことが重要だったということのように、確かに思える——『凍ったタオルが融ければ、凶器がわからなくなる』なんてのは、運がよければ程度の狙いだったんじゃないのか？

一石二鳥の、二鳥目でしかなく……。

そう思うと、シングルマザーの殺人事件と首吊り子ちゃんの殺人未遂事件（？）には、他の共通項も見つかる……、テーブルクロスだのハンドタオルだの、ナップサックだのスカーフだの、その場にあるあり合わせの布が、まるでパッチワークのごとく、使用されているということだ——『あわよくば』のトリックと共に。むろん、『あわよくば』なのは連続殺人犯側の思想であって、そんなのは『折悪しく』でしかないものの……。

「あとふたつは？」

「ん？」

「あとふたつの事件は？　って。お姉ちゃん、さっき、『この事件』と『その事件』って言ってたじゃん——同じように、何らかの布で覆面をされて、何らかの布を凶器に殺された被害者が、あとふたりいるっていうなら、なるほど、信憑性《しんぴょう》が生まれると思うよ」

連続殺人鬼、ヴェールドマン。

その存在に。

「だけど、布を凶器に使った殺人事件なんて、他に起きていたっけ？　僕らの町に限らず、全国的に、そもそも布を凶器にする方法なんて、ねじってロープ状にした布で首を絞めるくらいしか思いつかないいんだけれど……」

「んー」

首を傾《かし》げるお姉ちゃん。

なんですっと答えてくれないんだ？

こんな無言が続くなんて、これが番組なら放送事故だよ？

「思いつかないかー。すんなり教えてー、仲良しの弟を甘やかしてー、いいお姉ちゃんぶるのはとっても魅力的なんだけれどー」

「お姉ちゃんはいつでもいいお姉ちゃんだよ」

「でもー、それじゃあ弟の成長が見込めないよねー」

喰《く》い気味に繰り出したおべっかが通じなかった――弟の成長が見込めないと来たか。

成長ね。懐かしい二文字だ。幼稚園の頃くらい懐かしいや。

「お姉ちゃん。思春期はともかく、ぼくの成長期はもう、心身ともに終わっているんだよ。首吊り子ちゃんの下半身を支えた両腕は、たぶん明日、酷い筋肉痛に見舞われるだろう二十五歳なんだ。あとはただ老いて朽ちるだけなんだよ」

「気持ちはわかるけれどー、年上の人間がいる場でー、そういうことは言うもんじゃないよー。

取材班のミーティングの席でー、年下のルーキーくんが、『二十歳を過ぎてから、人生がすごく早く感じますよ！』なんて潑剌《はつらつ》と言い出したときはー、お姉ちゃんは胸ぐらをつかんでやろうかと思ったもんー。『言っておくけれど、そんな感覚はまだまだ速度じゃないぞ』ってー」

姉が職場でストレスを抱えている。

楽な仕事なんかないなあ。

お姉ちゃんはお姉ちゃんで、ちょうどそういう時期に入っているのかもしれない……、実際、三十歳を過ぎたお兄ちゃんなんて、『気がついたら一年が終わっている』とコメントしていた——八十歳を過ぎた高山おじいちゃんの領域に至ると、その一年が十年に変わるそうだ。気がついたら十年が終わるって、どういう感覚だ？

変に刺激するようなことを言って嵐《あらし》に直撃されてはたまらないので、ここは頭を低くしよう——確かに、枯れた若年寄を気取るには、ぼくにはまだまだ貫禄《かんろく》が足りない。取材班の後輩のほうが、元気がいい分可愛げがある。

「それは潔《いさぎよ》く認めるにしても、やっぱり閃《ひらめ》かないな。布を使って人を殺す方法なんて……、もしそんな事件があちこちで頻発していたら、もっとホットな話題になっていてもおかしくないと思うんだけれど……」

ぶつ切りにしたお肉を圧力鍋に放り込んでから、直《じか》にお肉を触った手を洗う……、洗っていて、気付いた。成長を終えていようと脳は使ってみるものだ、それに、小まめに手は洗ってみるものだ。

そうだ、凍らせなくとも。

「眠っている被害者の顔に、水で濡《ぬ》らした布をかぶせて窒息させるとか？　ハンドタオルでもスカーフでもなんでも。この方法なら、顔をヴェールで覆うのと、布を凶器とするのが、同時におこなえて合理的だ」

人殺しの手段に合理的もへったくれもあったものじゃないだろうが、しかし少なくともこれは、タオルを凍らせるよりは、よっぽどトラディショナルなトリックである——かぶせた布が乾けば、同じく凶器が特定しづらくなる、殺人トリックと言うよりは、大昔の子減らしの方法である。

「ふたつのうちひとつは、それでおおむね正解だよー。さすがお姉ちゃんの自慢の弟ー」

自慢の姉に自慢された。誇らしいね。

こんな風に甘やかされて、今のぼくができあがったんだな。

「それが第一の事件ー。始まりの事件ー。被害者の顔に布をかぶせるって手法が、まるでコッラディーニの彫像を模《も》しているかのようだったから、この事件を受けてお姉ちゃんのチームは被疑者をー、ヴェールドマンって呼ぶことにしたんだよー」

「……犯人は、コッラディーニの信奉者だと?」

見立て殺人、という言葉が、再び脳裏をよぎる……、まさか首吊り子ちゃんの首吊りもまた、イタリアの彫刻家に捧《ささ》げる、一連の殺人事件の一環だと?

しかしこの閃きに関しては、

「悪く取らないでほしいけれどー、第二の事件の様子からするとー、それはそうではないみたいー」

と、一蹴《いっしゅう》された。気を遣いながら一蹴された。

お姉ちゃんにいいところを見せられたと思うとこれだよ……、しかしまあ、コッラディーニ氏がどのような彫刻家なのかは存じ上げないが、まさかセーラー服姿の少女がナップサックをかぶって首を吊る姿を、削り出してはいないだろう。

第二の事件……、でも、布を使った殺人術なんて、ひとつ思いついただけでも自分を褒めてやりたいくらいなのに。第一の案にしたって、手洗いの過程で、『このあとタオルで手を拭《ぬぐ》わなきゃ』と思ったときに、たまたま思いついただけだし。

そんなまぐれは立て続けには起こらない——お姉ちゃんも『それでおおむね正解』と言っているあたり、その第一の事件にしたって、決して完璧《かんぺき》に的を射ているわけではないのだろう。

「でも、ヴェールドマンが見立てているわけじゃなくっても、コッラディーニの作品がどういうものなのか、興味が湧いてきたな。見たくなっちゃった。あとで検索してみよう」

「うーん、画像はいっぱい出てくると思うけれどー、ものが彫刻だからねー。写真で見ても今いちすごさがわかりづらいと思うなー」

仰《おっしゃ》る通りである……、だからと言って、ならばとパリまでひとっ飛びに足を伸ばすほど、ぼくは気ままな旅道楽ではない。堅実にして賢明、地元に根を生やしている。ルーブル美術館以外で、コッラディーニの作品があるミュージアムはないのだろうか?

「ドレスデン国立美術館とー、あとは生まれ故郷のヴェネチアと、没したナポリとー」

「県内とは言わないまでも、せめて国内に展示されていて欲しいな……」

「じゃあ、その代わりと言ってはなんだけれどー、もっくん、ヴェールドマン事件について、自発的に調べてみればー?」

なるほど、そういう魂胆か。

してやられたね、妙に思わせぶりに、聞き馴れない芸術家のエピソードなんかを振ってくると思ったら……、つまるところ、独自に追っていた仮想の連続犯、ヴェールドマンの手による第三の事件、シングルマザー殺しが発生したことは、お姉ちゃんが率いる取材班にとっては、忸怩《じくじ》たる思いなのだろう……、屈辱と言ってもいい。

だからこそ、そのタイミングで首吊り子ちゃんの首吊りにかかわってしまったぼくを、別動の遊撃部隊として使役する算段らしい……、現代のコンプライアンスを遵守しなければならないテレビ局職員に許される取材じゃあ、どうしても踏み込めない重箱の隅は存在する。

その点（あんまり何度も強調したいポイントではないけれど）、フリーランスどころかフリーターでさえないぼくに、守らなければならないコンプライアンスはない。

責任がない分、自由に動ける。自発的に。

なので極論、首吊り子ちゃんの事件がヴェールドマンの仕業かどうかは、取材班にとってはさほど重要ではないのだろう……、同時発生的であることを思うと、犯人が違う可能性は高いし、もっと言えば、自殺である線も依然として残る。

要は、ぼくを巻き込めればいいのだ。こじつけでも何でも。

弟の成長を願うようなことを言っていたけれど、その建前で、姉は弟を、基本無料の労働力としてこき使うつもりか……。

「こき使うだなんて、人聞きが悪いなー。お姉ちゃん、テレビに出てるんだから、いわれのない悪評を立てないでよー。泣いちゃうよー？　もっくんが送ってくれた首吊り子ちゃんの写真を見てー、これもヴェールドマンの仕業かもってお姉ちゃんが直感したのは、本当だもんー」

成長を願っているのも本当ー、と言われてしまっては、うだつが上がらない弟としては、ぐうの音も出ない。出たとしても、それはぐうたらのぐうだ。

それに、トークのプロフェッショナルのプレゼンによってすっかり引き出されてしまった興味を、元通りに引っ込めるほうが骨が折れそうだ――こうしてキッチンカウンター越しにだべっていると、語尾のだらしないヨガの達人にしか見えないけれど、さすが二十代のうちに、地域の朝の顔にまで上り詰めただけのことはある。身内の評価を数字で計りたくないから、それはなるべく聞かないようにしているけれど、すげーらしいからね、占拠率。

布切れで人を殺すシリアルキラー、ヴェールドマン？

なんともテレビ的なキャッチフレーズを考案するじゃないか……、実際、テレビならぼくも面白がって見ていられるところだけれど、その魔手が、近場の公園まで及んでいる可能性を示《し》唆《さ》されると、我関せずとは突っぱねられない。そこが治治木さんの散歩コースだからというだけではない……、ご近所に殺人鬼が潜んでいるというのであれば、家族の安全のために、マザーシップはのほほんと沖合いに停泊していられないのだ。

「やる気になったかなー？　もっくん。モチベーションはもちもちして来たー？　心配しなくとも、基本無料でも、お姉ちゃんは大人だから推《お》しには課金を惜しまないよー。ちゃーんとお小遣いはあげるから、頑張ってねー。第五の事件が発生しないうちにねー」

お姉ちゃんにしてみれば、腰の重いぼくを挑発するために言っただけの言葉かもしれなかったけれど、『第五の事件』というそのフレーズは、なぜか不吉な予言に聞こえた。もしかしたら、本懐を遂げられなかったことに気付いた怪人が、病院に搬送された首吊り子ちゃんを、殺し直そうとするのではないかと、ぼくはそう考えてしまったのかもしれない。

ほつれでも繕《つくろ》うように、殺し直す。

幕間　Ⅲ

「手段はシンプルでした。気長でしたが、シンプルだから気長にできたとも表明できます。

「今から思うと、気長に殺害する我々のスタイルは、その時点からもう始まっていたとも言えます……、三つ子の魂百までって、本当ですね。三歳じゃなくておよそ六歳くらいでしたが……、多めに呑ませただけです。

「いえいえ、青酸カリとかテトロドトキシンとかではなく、お酒ですよ。お店で売っているお酒です。晩酌に欠かせないリカーです。それを買ってくるのが、我々の役割でしたからね——子供のお遣いですよ。

「生活保護を受けて暮らしていた母親でしたので、どうもお酒を自分で買いに行くのが後ろめたかったらしく……、我々に命じて買いに行かせていたのですが、これを好機と捉えたわけです。

「言われたよりも多めに、言われたよりもアルコール度数の高めのお酒を買って帰りました……、うっかり間違えた振りをしてね。

「呑み過ぎが身体に悪いということは、母の日常を抜け目なく観察していれば幼子でもわかりますから、お酒を呑めばどうやらなけなしの理性を失って暴れるようだけれど、もっともっとたくさん呑ませれば、このやばい女は遠からず死ぬんじゃないかと、児童ながらに愚考したわけです。

「煙草も、もっと飲ませれば話は早かったのかもしれませんが、あれは我々では買えなかったので……、お酒も本当は駄目なはずなのですが、そこは虐げられている子供の幼気さで乗り切りました。お酒を買いながら、同情を買っていたわけです。

「なんてね。

「酒瓶の底で殴ったほうが手っ取り早いとお思いでしょう？　でも、六歳の我々では、中身の詰まった酒瓶は、持ち上げるのも一苦労でしてね……、その頃の我々の腕は、箸より重いものが本当に持ち上げられないくらいの細さでしたから……、腕が箸みたいな細さでした。

「つまり別段、未必の故意を狙ったわけでもありませんでした。

「罪の隠匿まで、頭は回っていません。栄養も足りていませんし。常にぼーっとしていました。

「でも、気分だけで言えば、今の我々よりもよっぽど知能犯のつもりでしたよ——頭がいいつもりでした。母親の言いつけに従順に従っている振りをして、虎視眈々とその命を狙っているという面従腹背に、我々のほうこそ酔っていました。

「頭脳明晰ぶってなきゃ、耐えられない生活環境だったとご理解ください。お利口さんじゃなきゃいけなかったんですよ。

「でもね、何年もしたある朝。

「九歳か十歳のある朝。

「万年床で丸まって、ぴくりとも動かなくなった母親を見たとき、『おやおや？　こんなものなの？　マジで？』と、思わざるをえなかったですよ——えー？　って。知恵を巡らして、我々が殺したはずなのに、我々が殺したという実感が、まるでなかったんですよ。

「達成感がゼロでした。

「実際、我々の決死の行為なんてまるで関係なく、あの女は、自業自得の生活習慣で死んだのではないかと、思わざるを得ません。長年の不摂生がたたって。我々の祟《たた》りではなく。そう考えると、手柄を横取りされたみたいな気分ですよ——我々の努力が無にされた、否、踏みにじられたようなものです。

「蓑虫のように掛布団にくるまって。

「布にくるまっている母を見て——我々は打ち震えました、喜びではなく、怒りに。悲しみではなく、憤りに。最後の最後まで、この女は、我々に母親らしいことをしてくれなかったのだと。

「生まれた喜びを与えてくれませんでした。生きる悲しみさえ。

「だからなんでしょうね。

「我々の気長さが何に由来し、起源し、派生したものかは、そりゃあ別の要因もあるでしょうが、こちらは確実に断言できます……、我々は一連の殺人にあたって、手応えのようなものを求めました。

「殺した、という、母がくれなかった。

「あのとき得られなかった実感が欲しくって」

第四幕　殺人マンションの内覧

1

展開がこうなると、まるであのとき、スーパーでのショッピングを治治木さんに任せたことも、のちのちの展開に繋がる巧みな伏線だったかのようである……、食材を彼女に一夜預けたことで、それが先取り貯金となり、皮肉にも翌日午後の自由時間が、本当の意味でのフリータイムになった。

だったらそれこそ、お前は自由時間に何をやっているんだという話になりかねないけれど……、そうでなければ、シリアルキラーの追跡調査なんて酔狂な遊びを決行するには、週末を待たなければならないところだった……、運命がぼくに、ヴェールドマンと戦えと言っている。今のところ、お姉ちゃん率いる取材班の想像の産物でしかない架空の怪人と戦えとは、運命もずいぶん珍奇なことを仰る……、赤い糸について囁《ささや》いてくれてもぼくは構わないんだよ？

ただ、ぼくの過ごす火曜日の午後について語り出すよりも先に、順序として、午前中の出来事について語っておかねばならない——『ねばならない』なんて、無職のぼくは、どんな義務も、いかなる責任も負っていないのだが（ある朝急にいなくなっても、家族は飢えるが、その出奔はどんなルールにも抵触しない）、それでも、十七歳で遅刻魔である末の妹が、この日は、すっかり形骸《けいがい》化していたはずの定時に登校したという驚愕《きょうがく》の事実は、きっちり記しておかねばフェアではない。

一日くらい遅刻しなくとも今更評価は覆らないが、それでも、評価はしないと。

「おいおい、どうしちゃったの、クラウディちゃん？　ハイテク機器でのお遊びに、ついに飽きたのかい？　こっちが現実だと気付いたんだね。お兄ちゃんはこのときを待っていたんだよ。さあ、魚釣りに行こう」

「ハイテクっていう言いかたがもう旧世代だよ、兄貴。なんでフィッシングが現実代表のアクティビティなのよ。学校に行くんだってば。いやね、あのセーラー服が、どうしても気になっちゃって。ゲームにうまく集中できないから、先にぱぱっと解決しとこうと思って」

「ぱぱっとって――セーラー服？　首吊り子ちゃんの着ていた奴？」

大事な大事な大事な大事なeスポーツへのコンセントレーションを乱す雑念としてとは言え、ぼくが送信した写真のことを、この電脳探偵が日付が変わってもまだ気にかけていてくれたとは驚きだ。

でも、特定できないって話だったよな？

「うん、特定できないのは、特定できないまま。ステータスは変わってない。だから登校して、ちゃんとした女子高生に訊いて回ろうと思って」

「自分のことをちゃんとしていない女子高生みたいに言うなんて、それは第一歩じゃないか。真人間への。自覚は大切だよ。依存症は否認の病だからね」

「女子中学生の制服は海外のデザインを含めて全部網羅《もうら》していると豪語する友達もいるから、その男の子にも、インタビューしてみようと思ってる」

「なるほど……、第一に、その男の子とは縁を切れ。第二に、女子中学生という線は、ほとんど消えているよ。担当のナースさんによると、首吊り子ちゃんの推定年齢は十七歳だって」

グループチャットにその情報を追加するのを忘れていたな……。

それにしても、海外の制服とは。

ナップサックという覆面を剝《は》いで、鬱血した顔を見た限り、首吊り子ちゃんが旅行者や留学生だという線はなさそうだったが……、日夜、地球中のフレンドとチームを組んで、いくつもの世界の平和に貢献しているワールドワイドな自警団に属する妹は、視界がグローバルだ。目のつけどころが違う……、正しくは、目に装着しているゴーグルが違うのだが。

「まさかとは思うけれど、あの写真をクラスメイトに見せて回ったりするなよ。生身のフレンドがいなくなるぞ」

「節度は弁《わきま》えているよ、兄貴と違って。兄さんとも違ってね。でも、どうしても気になってね――どうしてもって言うか、どうしてか。よくわかんないんだけれど、この件はあたしの専門分野って気がしちゃうんだよね」

専門分野？　うん、女子高生のことは女子高生に訊けというのは、理屈としては正当だ――最初にぼくが考えたことでもあるし、それでクラウディちゃんが、朝から学校に向かってくれるというのであれば、その道を歩めなかった兄として、

「推理ごっこなんてくだらないことにうつつを抜かしていないで、真面目《まじめ》に勉強をしなさい、勉強を」

とは言えない。

だいたい、推理ごっこなんてくだらないことに、一番うつつを抜かそうとしているのはぼく

である——ちなみに、仮想世界に生きる末の妹は、お姉ちゃんがグループチャットに送信した『ヴェールドマン』というワードについては、ほぼ無関心らしかった。イタリアの巨匠、アントニオ・コッラディーニが十七歳のVR探偵に、まったくはまっていない。

と言うか、お姉ちゃんが仕掛けたあのトラップに引っかかったのは、どうやらぼくだけらしい……、ぼくを標的とした罠《わな》なのだから、当然と言えば当然だけれど、他の誰も、『何それ？』の一言も、返信していなかったものな。その無反応こそが、逆にぼくの好奇心をそそったわけだけれど——え？　みんなは知ってるの？　みたいな。

実際のところは、またうちの長女のTVショーは扇情的なことを、くらいな受け止めかただったのかもしれない……、いずれにしても、実在も怪しいという意味では、二重に怪人であるヴェールドマンより、少なくとも実在はしている首吊り子ちゃんの身元を探ろうとするクラウディちゃんの姿勢は、ぼくよりも遥かに健全である。

むろん、本人が教えてくれたら一番手っ取り早いのだが、しかし、救急病院からの連絡は今のところなかった……、後遺症は残らないと太鼓判を押してくれたものの、しかしあまり昏睡《こんすい》状態が続くようでは、落ち着いたはずの不安がぶり返してくる。

お姉ちゃんからの、情報統制がなされたあとの警戒警報では、ぼくのほうから病院に連絡して、芸術家気取りの連続殺人犯、その名もヴェールドマンが襲ってくるかもしれないので、患者に厳重な警護をつけてくださいとお願いするのもかなり奇妙で、無理がある。変な奴だと思われたくないし、いくらやすでおばあちゃんの顔が利くと言っても——あるいは夜霧の。顔が利くという意味では、文字通り——限度はある。

その点、一応、病床のやすでおばあちゃんに確認してみたのだが、

「その先生が大丈夫だと仰るのなら大丈夫だよ、真雲くん」

と諭《さと》された——だといいのだが。

権威ある法医学者から、もっと詳しい根拠を聞きたいところだったが、身体を悪くしているという意味では首吊り子ちゃんとどっこいどっこいの祖母に無理をさせるわけにもいくまい。

明日明後日になっても、まだ首吊り子ちゃんが目覚めていなかったら、そのとき改めてお話を——なんて、そんなのは想像したくもない未来だ。昏睡状態が続くと、ぼくの救命措置が不完全だったんじゃないかとどうしても思わずにはいられないのだけれど、どうしようもないことでくよくよするくらいなら、怪人捜しに繰り出すほうがいくらかマシである。

そうだ、一応付け加えておくと、我が家のもうひとりの遅刻魔である、ナースさんに顔が利くことで有名な我が弟は、この日も普通に寝坊していた——将来が嘱望される若手俳優がぼく同様の無職となる日は、そう遠くない。

2

あまり言うとしつこいと勘違いされそうだけれど、ニュースキャスターという立場のあるお姉ちゃんからの情報提供は、お世辞にも豊富で潤沢とは言えなかった——それでも、なんとも不幸なことに、ぼくはたったあれだけの材料からでも、ヴェールドマンの手にかかった（と、有能な取材班が目している）第一の被害者を、特定できてしまった。もしもできなければ、掛け値なくフリータイムとなった午後を、優雅な散策タイムに当てることも可能だったのに、世の中というのはうまくない。

断っておくが、特定に至る経緯を説明したところで、ほんのわずかにもぼくの推理力の高さを証明する助けにはならない――誰にでもできることではなかったかもしれないけれど、ぼくにしかできないことではなかった。

更に断っておくが、別角度から、つまり不良刑事のお兄ちゃんから朝食時に受けた情報が役に立ったということもない――確かにお兄ちゃんは有言実行で、シングルマザー殺害事件を管轄する警察署（内の、留置場）の友人に連絡を取って、報道ベースには乗っていない詳細というのを調べてくれていたけれど、その詳細はあくまでシングルマザー殺害事件単体に関するレポートであって、連続犯であるヴェールドマンの検証に役立つものではなかった。

ひとつ、奇妙と言うより、気持ちの悪い情報があったけれど、それについてはただの偶然なのか、意図的なのか、現時点では判断しかねる――変数としてデータベースに組み込んでよいものかどうか、今のところは保留するしかない。

なので、赤ちゃんは怪我ひとつなく、今は離れて暮らしていた祖父母のところ、つまり被害者の実家に預けられているということがわかっただけでも、心配事がひとつ減ったと言えるわけで……、それくらいで納得しておこう。

「そうかな？　ひょっとすると、疎遠で没交渉だった実家が、孫の顔見たさに、共謀して娘を殺したって仮説も、ないじゃねえぜ」

嫌なことを言う長男だ。なぜそこまで嫌なことを？　そんな仮説を立てるなんて、世の中の暗い面を見過ぎなのでは？　ヴェールドマンなんて途方もない仮説を検証しようとしているぼくの言うことではないにしろ――ただ、あらゆる可能性を追うのが刑事の正しいありかただし、また、テレビマンの正しいありかたでもあるだろう。

それが仮説であることを常に強調し、失念しないことが大切なだけで――つまり、ぼくとしては、自分が遊撃部隊であることをゆめゆめ忘れず、取材班の本隊とはちょっと距離を置いて、冷めた視点と冷えた姿勢でヴェールドマンを追うことが肝要なのだ。

仮説の検証――名付けてヴェールドマン仮説の検証である。

さて、お姉ちゃんの助けもなく、お兄ちゃんの助けもなく、どうやってぼくが第一の事件を特定したのかを、いよいよ語る番になったが、踏んだ手順としては、そう変わったことはしていない。

手順を踏む？

思えば変な言葉である。踏むのは足だろう――ただし、作業に使ったのは主に手なので、改まって訂正もしにくい……、つまり、シングルマザー殺害事件と、首吊り子ちゃん殺人未遂事件（仮）から共通項を洗い出し、得られた条件を元に、データベースを検索したのだ。事件性に特化した、吹奏野家独自のデータベースではあるが、基本的にはネットサーフィンと違いはない。

検索条件は四つ。

①ここ最近、このあたりで起きた、
②凶器に布を使用している、
③被害者の顔に布がかぶせられた、
④未解決事件。

濡れた布をかぶせて被害者を窒息死させたんじゃないかというぼくの読みを、お姉ちゃんは『おおむね正解』としか言っていなかった……、だから厳密にその条件で絞り込んでも、ピンポイントなヒットはしないのだろうと、あくまでアバウトに検索をかけた。

曖昧検索って奴だ。

これですぐに答が出るとは思っておらず、大量にヒットした事件を、更に詳しく分類し、可能性の高いものからすべてしらみ潰《つぶ》しに検証していくつもりだった——効率が悪いことは承知の上だ。でも、ほら、絶対にありえない可能性をすべて取り除いたあとに残った可能性が、どれほどありえなそうに見えても真実だ、だっけ？　そんな賢明な消去法で、愚直に挑むつもりだった——のだが、検索結果はゼロ件だった。

あれ？

おいおい、すべての可能性を根絶やしにしてしまってどうする……、ヴェールドマンどころか、第一の事件自体が存在しないだと？

少し考えて、謙虚さが足りなかったと反省し、ぼくは検索条件の二番目と三番目を取り下げた……、考えてみれば、シングルマザー殺害事件でも、鈍的外傷の凶器に凍ったハンドタオルを使用したことはおおやけには伏せられていた。

『真犯人しか知り得ない秘密』。

秘密の暴露……、自白を動かぬ証拠とするための捜査手法で、つまり殺人手段を知っている人間を、イコールで犯人と断定するための、コンプライアンスとはまた違う、情報の遮断……、起きたことがすべて発表されているとは限らない。

なのでいっそのこと、まずはここ最近の未解決事件を、すべて抽出することにした——その中から、ヴェールドマンがかかわっているとおぼしき事件を見つければいい。この方法だと、第一の事件のみならず、お姉ちゃんが言うところの第二の事件も発見できてしまうかもしれないけれど、それで困るということはない。むしろ手間が省け、お得である——はずだったのだが、ここでおかしなことが起きた。

検索結果はゼロではなかったが、しかしゼロではないというだけだった——ここ最近、具体的にはここ一年の間に、この近辺で発生している未解決事件は、一件だったのだ。

被害者の名前は雲類鷲《うるわし》鷹子《たかこ》さん、年齢七十九歳、高齢者向けマンションに一人暮らし、三ヵ月前の夜中、就寝中に何者かに襲われて死亡——犯人は捕まっていない。

それ以外に起きた殺人事件は、すべて犯人が逮捕されてしまっている——お兄ちゃんを含む、日本の警察の優秀さが際立つ検索結果であり、それ自体は国民として非常に誇らしくはあったが、こうなると、その一件こそが、お姉ちゃんが言うところの、第一の事件であると、推察せざるを得ない。

これはこれで、行き過ぎた消去法だ。いい流れとは言いにくい。

しかも、この唯一の未解決事件に関しても、懸念は残ると言うか……、布が凶器に使われたという情報も、布がかぶせられていたという情報もない。まして、濡れタオルで窒息死させられたなんて情報は皆無だ。ただ『襲われた』と言われているだけで、死因さえ公表されていない……、金銭が盗まれたかどうかもあやふやで、この概要から、現在想定されているヴェールドマンらしさを感じ取ることは難しい。

まあそれは、諸事情で世間には伏せられているのだとしよう——データベースに登録していないだけで、報道機関に属する人間であるお姉ちゃんには、さすがにもっと詳細がわかっているだろうし。

だが、そうなると、第二の事件はどうなる?

さすがに、殺人事件が発生したこと自体が伏せられることはないだろう——現代社会じゃあ、とても伏せ切れるものでもない。事故死や自然死に見せかけた殺人が、どこかで起きていたというところだろうか——だとして、その可能性まで探るとなると、すぐには取りかかれない物量のデータに当たらねばならない。

かように、消去法は、うまくいき過ぎることもあるから問題だ——アナログスタイルの高山おじいちゃんでもあるまいし、あまり古めかしいフレーズは使いたくないが、机でできることには限りがある。あのVR探偵でさえ外出したのだ。こうなると、やはり実地調査が必要だった。

第一の事件を調査しているうちに、第二の事件の手がかりが入手できるというような、スマートなRPGの展開を、こうなると期待するしかない。どうせ、平日午後のフリータイムだけでは、ふたつ以上の事件を同時にリサーチすることなんて、できっこないのだから。

できることからおこなう。

そうやってできることを増やしていく。

3

ひとつしかなかった未解決事件を、ひとつに特定したことは、かように自慢話にはならない——まして、ふたつ以上見つけねばならなかったとなれば尚更《なおさら》だ。

ぼくだからできたことでも、ぼくにしかできないことでもない。

これで任務が終わりなら、ぼくのお姉ちゃんはリスクを承知で、たとえ下手な鉄砲《てっぽう》数打ちゃ当たるの一環でも、不肖の弟を遊撃部隊へと召し上げない――お待たせしました、立場や肩書きに縛られない、ぼくだからできる、ぼくにしかできない本領発揮は、ここからだ。

と言うか、本当はぼくだってやっちゃ駄目な工程になる――本領がこんなのなら、発揮してはならない。よい子は決して真似《まね》をしないように。就職できなくなっちゃうよ？

特定した殺人現場に這入り込む。

つまり不法侵入というステップ――不法。嫌なワードだ。

立場や肩書きに縛られないと大言を壮語したものの、検事と弁護士の息子が、推理作家と法医学者、弁護士一族の孫が、刑事とニュースキャスターの弟が、探偵役者と電脳自警団の兄が――そうでなくともだが、絶対に犯してはならない犯罪行為である。

とは言え、ぼくはドラ息子の穀潰《ごくつぶ》しではあるけれど、スカタンの間抜けではない。屋上からベランダ伝いに窓を焼き割って侵入したり、玄関の鍵をサムターン回ししたりするほどの向こう見ずをするとでも思われたのなら心外だ。住民の出入りに張り付く形で、オートロックの自動ドアを突破することすら、したくないというのに。

ぼくはもっと堂々と這入る。

防犯カメラに映ることすら厭わずに――しかもアテンドつきでだ。

などと、苦労した分多少勿体《もったい》ぶらせてもらったが、要するに、ぼくが働かせた悪知恵とは、ダイレクトに犯行現場の一室に向かうのではなく、まずはその最寄り駅で営業している不動産会社にアポイントメントを入れて、お客として現場を訪れるという流れだった。

借りたい部屋がある振りをして。

シニア向けのサービス付マンションなので、祖父母のために代理で部屋を探している、好感度の高い孫を演じるという小細工をしたけれど、これが学生向けのマンションであるならば、大学生の振りをしただけのことだ。二十五歳、まだ大学生で通るはず。きっと。

お目当ての部屋は、ヴェールドマン仮説第一の事件の、犯行現場である405号室――具体的な号室までは、もちろん新聞記事にはなっていないけれど、各種SNSにおける呟《つぶや》きを丹念に辿《たど》っていけば、このレベルの特定は容易である――実力《レベル》と階数《レベル》をかけた駄洒落《だじゃれ》ではない、念のため。

こっそりと侵入どころか、合鍵《あいかぎ》を持ったマンションの貸主兼管理会社の社員に案内してもらえるのだから、至れりつくせりみたいなものである――犯行直後であれば、もちろんキープアウトな立ち入り禁止の措置が取られていただろうが、さすがに三ヵ月も経過すれば、ビジネス上、その部屋は次なる住人を求めて、貸し出されることになるのだ。

「いい部屋ですね。おじいちゃんが気に入りそうだなあ。素晴らしいバリアフリーじゃないですか。405号室なのに、四階じゃなくて五階なんですね、イギリスみたい。これはぼくが住みたいくらいですよ。水回りも確認させてもらっていいですか？」

祖父母思いの孫という役どころを念頭に置きつつ、室内を隅々までチェックするぼく――実際には、和のテイストを好むあのふたりが、この完璧なるフローリングを気に入るとは思えないし、見方を変えれば、同居する祖父母の引っ越し先を勝手に模索しているがごときとんでもない孫だが、そこは何卒《なにとぞ》看過して欲しい。

お姉ちゃん率いる取材班でも這入れなかったであろう犯行現場に、令状も持たずに、こうして侵入してみせたのだから――不動産会社を騙しているという業務妨害的な悪事については、いったん目を瞑《つぶ》ってもらって。

これは怪人幻想を祓《はら》う社会貢献なのだ。

一応、ぼくが住みたいくらいだという部分は嘘ではない……、いつかぼくが実家を出て、独立する日なんてくるのだろうか？　それは国家の独立にも等しい出来事だが、そうなったら、吹奏野家の家事は誰が務めることになるのだろう？　現実的には人を雇うしかなかろうが、その場合お給料がいくらなのか、気になるところだ。ぼくの働きに見合う報酬とは。

まあそれはいいや。

ところで、貸し出されているということは、当然ながら、この現場はすっかりハウスクリーニングがなされているということで、言う人は言うだろう、そんなリニューアルされた405号室を今更確認したところで、新たな手がかりなんて得られるはずがないと――仰る通り、犯人の痕跡どころか、人が住んでいた痕跡さえ見出せない。一軒家の清掃を一身に担う者としては、忘我の域で惚《ほ》れ惚《ぼ》れしてしまうほどの、それはぴかぴかっぷりだ――やはりプロの仕事は一線を画するな。これと同じ給料をもらおうと思っちゃ駄目だ。

それでも事件の現場を自分の目で見る意味はあるとぼくは思う――彫刻作品を、写真で見るのと実際に見るのとでは違うように。当事者意識も育つだろう、世界中の情報が座ったままで手に入る時代になっても、海外旅行をする意味は失われないように。行けるものなら行くべきなのだ、パリやヴェネチアやナポリやドレスデンに。

スフォリアテッラも食べられるしね。

そして、現場の立体的な空間把握は、実のところ、ぼくの目的としては二の次なのだ――万が一にも吹奏野家の家名に泥を塗ってはならないので、偽名を使ってまで、貸主兼管理会社の社員――いただいた名刺によると、塔条香奈太《とうじょうかなた》さん――に、部屋に案内してもらったのは（ちなみに、偽名の名刺を返している。ＩＴ部門の妹でなくとも、平均的なプリンターがあれば、ＩＣチップが組み込まれているわけでもないこの程度の身分証の偽造はできる）、ぼくが真面目に仕事をしている人をからかうのが大好きな異常者だからではない。

異常者よりも悪いかもしれない。

お姉ちゃんがこの件に関して、コンプライアンス上の守秘義務を負っているという話はもうしたし、その義務は、刑事のお兄ちゃんや検事の父さん、弁護士の母さん、法医学者のおばあちゃんとて、背負っているものである——しかしこの法治国家には、そんな義務とはまったく正反対の説明責任、告知義務という概念もある。

犯人がヴェールドマンだろうと他の誰だろうと、変死体が出た以上、この４０５号室は事故物件ということになるのだ……、オーナーにとってはいい迷惑もいいところだが、どうあれ法律上、貸主は次の借主に対して、その事実を隠し立てすることなく伝達する義務を負うことになる。

いかに『犯人しか知り得ない秘密』と言ったところで、完全な謎とは違い、完全な秘密なんてあり得ず、人の口に戸は立てられない……、犯人ではなくとも、事件現場の不動産を管理する当事者である貸主兼管理会社に属する人間なら、事件の詳細を共有していて当たり前だ。

つまりぼくが、水回りのチェックを終え、ベッドルームに這入ったところで、

「そう言えば、ここで前の住人が亡くなっていると伺ったのですが、どういう事件だったのか、教えていただいて構いませんか？　できるだけ詳しく」

と、塔条さんに丁重にお願いすれば、あちらには断るすべがないということだ——終始にこやかだった塔条さんの顔が、露骨に曇った。おおかた、何も知らない様子のぼくには、最後の

最後、完全にその気になったところで、あたかも今思い出したかのように、それとなく告知する腹積もりだったのだろう――そんなやり手な算段を組むから、ぼくなんかに足をすくわれることになる。

向こうがやり手ならこちらは搦め手――演技派なのはお互いさまだ。

お姉ちゃんのチームの構成員みたいな真っ当な社会人には、現代では取るべくもない搦め手ではあるけれど――どんなもんだいお姉ちゃん、あなたの弟は働きましたぜ（犯罪ではないにしても、不逞《ふてい》行為を）！

とは言え、相手の混乱に乗じる形で、ここから果たして、どこまで情報を引き出せるかは、ぼくの話術にかかっていて――結論から言うと、期待以上の情報を、塔条さんは提供してくれた。

それは告知義務に従ってと言うより、単純に、この機会にセンセーショナルな殺人事件の概要を吹聴《ふいちょう》したいという潜在意識が、塔条さんの深層心理の中にあったのかもしれない。下手をすると、部屋の紹介をしていたときよりも気持ちの入った、それは、熱弁だった。

管理する物件を事故物件にされたことへの怒りもあるのか、お客を相手にしているとは思えないほどの、荒々しくもえげつない口調になった局面もあったので（まあ、お客じゃないし）、変に彼の台詞を切り取って誤解を招くのを避けるため、ぼくなりに塔条さんの言葉を翻訳・要約してみると、雲類鷲鷹子さんが殺害された事件――首吊り子ちゃんやヴェールドマン同様に仮に名付けておくと、独居老人殺害事件の概要は、以下のようであったらしい。

第一発見者はマンションの管理人。

殺害された翌朝に、彼女の死体を発見したそうだ――これは一人暮らしの人間が、自室で殺害されたケースにおいては、特例と言っていいほどの速度である。室内で赤子が泣きわめいていたわけでもないのに……、ただしこれは、このマンションの管理人にとっては、通常の手順である。

入居している住人にはコンスタントに連絡を取るように心がけ、それが難しかったときには、たとえ異常を知らせるアラームが鳴っていなくとも、直接訪問してインターホンを鳴らし、場合によっては合鍵を使ってでも、無事を確認するようにという……、老人向けのマンションならではの心がけと言えるが、今回に限っては、『無事』を確認することはできなかったわけだ。

遺体を確認することになった。

ベッドルームの寝台――介護用で、手元のリモコンの操作で容易に身を起こすことのできる、稼ぎがあればやすでおばあちゃんにプレゼントしたくなる最新モデルのそのベッドは、そのときはやや傾斜状態になっていて、雲類鷲鷹子さんは、その上に、仰向けに横たわっていた。

顔面に布をかぶせられて。

最初は悪趣味な悪戯だと思ったらしい……、確かに、老人がそうしていると、まるでお葬式ごっこのようである。しかし、第一発見者は、そうでないことにすぐに気付いた――なぜなら、そんなごっこ遊びなら、ベッドを中途半端な傾斜状態にする意味はないし、何より、顔面にかけられるのは、白い布であるべきだからだ。

白くなかった。赤かった。

それも、一目ではっきりわかるくらい露骨な、血の赤だった――そして、血の匂《にお》いだった。

顔面に貼《は》り付けられているその布――元はどうやら白だったらしいとかろうじてわかるシルクのハンカチは、老女自身の血で、べっとりと赤く染まっていたのだ。上半身が斜めになっているのに、ハンカチが滑《すべ》り落《お》ちないのは——たっぷり吸い込んだ血の重みがあっても滑り落ちないのは、乾いた血が粘《ねば》り気《け》を持って、糊代わりになっているからだった。

犯罪現場の保全という意味ではまったく褒められたことではないが、管理人はすぐさま、そのハンカチを老女の顔面から、力尽くで剝がしたそうだ……、首吊り子ちゃんの現場をああも荒らしたぼくには、元よりその行為は責められるわけもないけれど、しかし残念なことに、そのときは雲類鷲鷹子さんはとっくに絶命していた。

ハンカチを朱に染めていたのは、老女の鼻血——鼻血と言えば鼻血なのだが、鼻骨を粉砕されての出血である。被害者の年齢を考えれば、それだけで死んでもおかしくないような、ありえない暴力を振るわれたということになる……、要するに犯人は年寄りの女性の、顔面をぶん殴ったのだ。

わかるとも、ここまで該要を聞いただけで、もう聴取を断念したくなるくらいだよね……、ぼくもパンケーキとかの話をしたい。だけど、ここから先が更に酷い。犯人は老女の顔面を殴った上に、その顔面に血に塗れたハンカチをかぶせたままにして放置し、窒息させたのだ——もっと露骨に言えば（ここで塔条さんは、一番怒りをあらわにした）、犯人は被害者を、自身の血液で溺死《できし》させたのだ。

介護用ベッドがフルフラットにならない程度のリクライニングに調整されていた理由がそこにある……、完全に仰向けになってしまうと、ハンカチが十分な血液を吸収しないかもしれないから。ほら、鼻血が出たときに、真上を向いて、出血に対処するのと同じだ……、法医学者から英才教育を受けたところ、その対処にも窒息の危険があるそうなのだが、犯人はその迷信とは別の方法で、老女を窒息させる方法を選んだわけだ。

布が凶器のヴァリエーション……。

お姉ちゃんめ。

何が『おおむね正解』だ……、ぜんぜん違うじゃないか——弟への採点が甘過ぎる。死因が公表されないわけである、いくらなんでも残虐過ぎる。撲殺と見なすべきか、窒息死と見なすべきか、やや微妙だという論もあるだろうが、こんな出来事をこと細かに、朝のニュースで聞かされたくはない。

犯人は深夜に寝込みを襲ったと言うから、眠っているところに、濡れタオルをこっそりかぶせたのだと思っていたし、だとすれば、安楽死とは言わないまでも、少なくとも被害者はそれほど苦しみはしなかったんじゃないかと、勝手に救いを求めていたけれど……、眠っているところを、わざわざ暴力的に起こすような真似までして、手順に拘泥したのは、確かに、病的なこだわりを感じる。

手間がかかる上にまだるっこしい。リスクが雪だるま式に増えるだけで、何一ついいことはない——こんな奇妙な殺しかた、犯人を含めて、誰の得にもならない。

しいて言うなら、だから見立てか？

葬式ごっこ——ごっこ遊びという見立て。

儀式殺人……、ヴェールドマン。

「物盗《と》りはありませんでしたか？　入居者同士の人間関係と言いますか……、雲類鷲鷹子さんがどなたかから、深い恨みを抱かれていたとか……」

内覧希望者の質問の仕方も、既にだいぶん馬脚を現していたけれど、そりゃあ演技もほころびる……、ぼくは弟と違って、役者ではないのだ。

この質問に対する塔条さんの答は、「家賃を滞納することのない、とてもいい店子《たなこ》さんでしたよ」だった――そこを基準にされてもな。ただ、家賃の支払いは、不動産の貸主兼管理会社にとっては、一番大切なところか……。

「とは言え、支払いは実際には、雲類鷲さんの唯一の身内である、東京の息子さんがおこなっていたそうですが」

遺産目当てとか、介護疲れとか、そういう線は――いや、とても、そんな線の殺しかたとは思えない。そんな人間味は感じない。それに、仮に被害者が極悪人で、深い恨みを抱かれていたとしても、そんな残酷な最期を迎えていいわけがない。

ぼくの父さんは検事なので、起訴した犯人に、極刑を求刑することもある――その事実をどう受け入れるべきなのか、頭を抱えて悩んだ反抗期もあった。いや、正直に言えば、今でもまだ結論は保留中だ……、『死神検事』の息子は、父をどう尊敬するのが正しいのか？　それに、ここでぼくが、犯人を同じ目に遭わせてやるなんて憤るのは、偽善的であると言うよりほとんどちぐはぐである。虚言を弄《ろう》して、犯行現場に不法侵入まがいの真似をしておいて。

ぼくの振る舞いもかなり人間味に欠けている。そこは自覚しないと。

だからせめて両手を合わせて冥福《めいふく》を祈ろう。ぶら下がった首吊り子ちゃんを見たときにそうしたように――彼女は生きていたわけだが（拝んでいる場合ではなかった）。

殺人と、殺人未遂。

人道的見地に基づく自分にけりをつけて、原点に立ち返る――お姉ちゃんのチームが立てた、雲類鷲鷹子さんを殺したこの犯人が、傘下散花さんを殺し、首吊り子ちゃんを殺そうとした犯人と同一であるという仮説は、どれくらいの確かさだろう？　いや、首吊り子ちゃんの件に関しては、お姉ちゃんのチームは関係ない、現時点ではあくまでお姉ちゃん個人の仮説だが……、布が凶器とされていて、被害者の顔面を布で覆い隠す異常犯罪――というくくりでは、確かに共通点があるようにも思える。

ここ周辺で起きていることも、ここ最近に起きた事件であることも、未解決事件であることも――その条件で検索したのだから当たり前だけれど、共通点は他にももっとあるかもしれない。わざわざ残虐な殺しかたを選んでいることも、そのひとつだ……、ありあわせの道具で殺している割に、必要もない手間をかけている。コストパフォーマンスが悪過ぎる。

信頼させてから殺すとか、本人の血で溺死させるとか、スカーフで首を吊らせて、自重でじわじわ窒息させるとか……、だが、それを言い出したら、どんな事件からでも、共通項なんていくらでもピックアップできるのだ……、三つの事件からは、同じ点よりも、違う点を見つけるほうが、今のところたやすい。

顔にかけられていた布にしても、テーブルクロスとナップサック、そしてハンカチと、それぞれ違う……、凶器で見たら、凍らしたハンドタオルと輪っか状にした制服のスカーフ、血で濡らしたハンカチである。これを『布』とまとめるのは、やや乱暴じゃないか？　殺しかたにしても、撲殺に窒息死、それに自殺に見せかけるなど……、ばらつきが大きい。

たとえば、大理石とダイヤモンドは同じ鉱物だけれど、大理石で撲殺された死体と、ダイヤモンドカッターで切断された死体を見て、『犯人は同一人物だ』とは、さすがに言えないのではないか？　三つの事件の犯人は同一と考えることもできるが、違うと考えたほうが、適切じゃないか？

否、適切じゃなくて、楽なのだ。

ヴェールドマンが存在しなければ、ぼくは、謎の怪人が入院中の首吊り子ちゃんを襲撃するんじゃないかというもやっとした心労から解放される……、ジャーナリズムとは無関係のポジショントークである。自己都合しか考えていない。

論理的に言えば、たとえヴェールドマンじゃなくっとも、首吊り子ちゃんを殺し損《そこ》ねた犯人が、彼女を殺し直しに来る危惧《きぐ》はあるのだが……、それでも、犯人ではあっても怪人じゃないというだけで、気はずいぶんと楽になる。本人の自殺だと考えるより、場合によっては楽になるかもしれないくらいだ。

せっかくこの手で助けた命を、わけのわからない怪人に、わけのわからない理由で、殺し直されてはたまらない——ただし、結論を出すのはまだ早いか。

ヴェールドマンの仕業だと取材班が目している事件は、あとひとつ起きているのだ——その情報を加味すれば、ぼくの揺らぎがちな素人判断も変わってくるかもしれない。先のたとえで言えば、大理石で撲殺された死体と、ダイヤモンドカッターで切断された死体の間に、ルビーやエメラルド、火山岩や硯石《すずりいし》を凶器とした殺人事件が挟まっていれば、リンクははっきり繋がるように感じる——石性にこだわる石頭なシリアルキラー、ストーンマンの誕生だ。

なので、調査を徹底するならば、ぼくはヴェールドマン仮説、第二の事件現場も巡るべきなのだ——が、被害者の尊厳を踏みにじるようでいちいち気が滅入《めい》るという以前に、その現場の特定は、難易度の高いミッションである。

なにせ未解決事件が、他にないのだ。

つまり、そんな事件は存在しない——ここに来たことで、次なる事件へ繋がる手がかりが見つかるんじゃないかと考えていたけれど、甘かった。このＲＰＧはそんなスマートなゲームデザインにはなっていないらしい……、VR探偵にデバッグしてもらわなければ。

駄目元でお姉ちゃんに再度、問い合わせてみようか？　直接的な答を教えてもらおうなんて虫のいいことは思わない、せめてもうちょっとヒントを――そんな縋《すが》るようなことを無意識のうちに考えたのだろうか、ぼくはいつの間にかポケットの中からスマートフォンを取り出していて、それに気付いて画面を見れば、その中央にはポップアップが表示されていた。

知らないうちに、新規メッセージを受信していたようだ。

ぼくからのテレパシーを受け取ったお姉ちゃんからのお助けのメッセージ、ではなかった――どころか、家族からでさえなかった。

救急病院からの、それはお知らせだった。

『都合のいいときに病院に来てください』との文面――『夜霧くんのサインを忘れないように！』という追伸も、ちゃっかりあった。

ということは、署名こそないが、差し出し主はあのナースさんか……、ならば、追伸はわかるとして、本文はどういうことだ？　まさか、首吊り子ちゃんの容体に急変があったとでも？　それとも、まさかのヴェールドマンが――

幕間　Ⅳ

「雲類鷲鷹子さんを殺すのは骨が折れました。

「あ、実際に鼻骨を粉砕しただろうというジョークでは、断じてありませんよ。我々はそんな不謹慎で、無礼な人間ではありません。そんな風に思われると参ります。しばらくへこんで何も話したくなくなります。

「本当に大変だったんです、彼女を殺すのは。

「詳しく言うと、殺さないことが大変だったんですけれど――なにせ、雲類鷲さんはほら、あの通り、お年を召してらしたので。

「健康状態も、見た目以上に思わしくなくて……、殺さなくても、ほんのちょっとしたことで、ぽっくりと死んじゃいそうだったんです――傘下さんに対してベビーシッターとして近づいていったように、我々は雲類鷲さんに対しては、非正規の、厚意からのケースワーカーとして接近したのですが、もう酷くって。

「いつお迎えが来ても不思議じゃないくらい、あのかたは弱ってらっしゃいました……、なので誠心誠意、しっかりお世話させていただいたつもりですよ。でなきゃ、もっと早くお亡くなりになっていたでしょうね――それは本意ではありません。我々のためにも、長生きしてもらわなくっちゃ。

「いい人でしたしね。

「多少、ひねくれたところもありましたが……、あの年齢なら普通のことで、偏屈というほどでもありませんでしたし。少なくとも我々の母親ほど、なんと言いますか……、そう、いかれてはいませんでした。

「我々も、本来、母親にそうするように、甘えさせてもらったかもしれません——その意味では感謝です。この介護経験が、のちに生きたことは確かですしね。雲類鷲さんとの付き合いを通して、我々は確かに成長しました。ヴェールドマンは、雲類鷲さんに育ててもらったと言っても過言ではありません。

「我々に繋がる証拠や、我々を逮捕する手がかりとなる痕跡を、いかに残さないかという実地練習を、あの人の下で、検討に検討を重ねて、じっくり積むことができました——賭けてもいいですけれど、あのマンションに住む住人の中でひとりとして、我々の姿を目撃した証人はいないでしょうね。

「室内どころか建物内に指紋ひとつ残していないし、防犯カメラにだって映っていない自信がありますよ——そんなこと不可能だって思いますか?

「それは想像力が足りません。

「人間が想像しうることは、すべて現実に起こるなんて言葉がありますが、想像だにしないことだって起こるんですよ——いいえ、足りないのは、想像力ではなく、努力でしょうか。

「現代的監視社会においては誰もがスマホのカメラを持っていて、それらをすべてかいくぐることなどできないと、昨今は犯罪者のほうが諦めがちですが、うんざりするほど面倒臭いと言うだけで、決して無理じゃあないんですよ——防犯カメラなんて配線をいじって故障させればいいだけですから。

「ええ、仰る通り、お年寄りの住人ばかりのマンションゆえに、スマホやＳＮＳの普及率が格段に低かったというのは、我々にとって、有利な条件でした……、でも、それって偶然だと思います？　そういう物件の住人をターゲットにしたのだと、我々を買いかぶってくれてもいいんですよ？

「人工衛星に搭載されたカメラだって、必要とあらば撃ち落としますよ。

「努力は想像力に勝る。

「四年の歳月を掛けて母を殺した我々が言うんですから、多少は現実味があるでしょう？　四年……、雲類鷲さんを殺すのに、そこまではかけませんでしたけれど……、一年足らずと言ったところですかね。

「傘下さんの場合は、ご自身があくせく働いてらっしゃるという事情もあってか、彼女の信頼を勝ち取るのに、そこまで時間はかかりませんでした……、追い詰められていると、人は藁にも縋りたくなるんですね。

「『意外な犯人』だったと自負してますよ。『いつかやらかすんじゃないかと不安だった』と『まさかあんなことをするなんて』と、逮捕後の犯人には二通りの評価がありますけれど、我々は間違いなく後者のはずです。

「言ってしまえば、独居老人だった雲類鷲さんも、あるいは我々の存在が、垂らされた蜘蛛の糸のように思えたのかもしれません――けれど、不思議ですよね。

「普通、蜘蛛の糸って。

「獲物を捕らえるための罠なのに」

第五幕　救急病院のソナチネ

1

内容はどうあれ、メッセージの受信に気付いた時期は最良だった――祖父母のための高齢者向けマンション内覧も、素性を偽っての事情聴取も、この辺りがいい加減切り上げどきだったから。

すみません、急用が入りました――もうこのマンションを訪れることはないと思うけれど、万が一、再びの現場検証が必要になったときに備えて、今日のところは持ち帰って、祖父母達と相談しますという形に、結論を持ち越した。事故物件をなるだけ早く捌《さば》きたいであろう貸主兼管理会社に、変な期待を持たせるのは忍びなかったけれど、咄嗟《とっさ》の判断である。

そう言えば、最後にひとつだけ、マンション前で別れる直前に、ぼくは塔条さんに質問した――別に、彼を犯人だと見込んで、刑事コロンボの物真似《ものまね》をしたわけではなく。

「あのう、事件があった日って、被害者の雲類鷲さんの誕生日だったりしませんか？」

唐突――である以上に、変に踏み込んだこの問いに、彼は、「さあ……、知りませんけれど」としか回答しなかった。としか回答できなかった、と言うべきか……、そりゃあ、入居時の賃貸契約書を調べれば簡単にわかることだろうが、店子の誕生日なんて、日常的に把握しているわけがない。

身内でもない限り……、そして、ヴェールドマンでもない限り？

いや、実はこれはお兄ちゃんからの情報だ。

留置場のお友達に赤子の無事を確認した際に、付随的にひっついてきた、奇妙な情報――シングルマザーの傘下さんが殺された一昨日の日曜日は、彼女の誕生日だったのだという。

ただの偶然と見るべきかもしれない。

だが、もしも犯人が、狙って彼女を誕生日に殺したのだとしたら――そして、首吊り子ちゃんや雲類鷲さんも、同じように誕生日に殺害を試みられたのだとすれば、それは『凶器が布』を遥《はる》かに超える、揺るぎない共通項になる。

なるのだが……、まあ、ここで食い下がって、どうか正確な日付を調べてくださいと塔条さんに強要するのも無理があるか――お姉ちゃんのチームなら、突き止められるかもしれないので、報告しておこう。お兄ちゃんがもう伝えているかもしれないけれど――いや、刑事とニュースキャスターの間柄《あいだがら》では、情報交換は難しいか。間に一回弟を挟むからこそ成立する絶妙なバランスのコミュニケーションではある……、しかし、いずれにしても取材班が突き止められるのは、雲類鷲さんの誕生日までだ。首吊り子ちゃんに至っては、本名さえ不明なのだから――高齢者向けマンションを離れ、ひとりになったところで、ぼくはナースさんからのメッセージを折り返し、その後、ラリーを続けた。

結論から言うと、首吊り子ちゃんの容体に変化があったわけではなかった――もっと言うと、変化がなさ過ぎた。

ヴェールドマンの襲撃を受けたわけでもなく、つまり、入院から丸一日が経過しようというのに、未だ彼女は、目覚める気配を感じさせないと言うのである——ＳＭＳじゃあ、細かいニュアンスまでは伝わって来なかったけれど、容体が安定しながらも意識が戻らないというのは、なんだかあまりいいことではないように思えた。

　ひょっとして、担当の先生は『後遺症は残らない』という所見を撤回するのでは？　と、にわかに心配になる。

　このまま一生目覚めないなんてことがあったら——ぼくは彼女のご家族から、一生恨まれることになるのかもしれない。ぼく自身、ずっと迷いを抱えることになるだろう……、一般常識的にはどうかと思う治治木さんのスルー力が実は正解で、あのまま楽に逝かせてあげたほうがよかったんじゃないかと——だが、これはそういう話でもないらしい。

『これ以上昏睡状態が続き、身元確認ができないようですと、警察に届け出ざるを得ません。夜靄くんのサインをください』

　とのことらしい——必要書類に署名がいるみたいな流れで書かれているが、二文目は無視していいとして、ああ、なるほど。

　保険証を持っておらず、誕生日はおろか、本名さえ不明な首吊り子ちゃん——本来なら、とっくに通報されていて当然の患者だ。それを頼み込んで（と言うより、やすでおばあちゃんのまばゆいばかりの威光で）待ってもらっているけれど、それもいつまでも永遠にというわけにはいかない。

　病院側も、少女の自殺未遂というデリケートな案件だから、まずは本人の話を聞くべきだろうと、一晩様子を見たところもあるはずだが、保護者に連絡が取れない状況があまり長く続くのも、コンプライアンス上よろしくない。

ここでもコンプライアンスだ。コンプライアンスのアライアンスでも組まれているのか。

それこそ必要書類の上では、今のところぼくが身元引受人みたいな扱いになっていて、それが一定のクレジットを生んでいたわけで（ぼくのクレジットではない。吹奏野家のクレジットだ）、だからこそ、こんな風に、事前の通知をいただけたわけだが――

『これからすぐに向かいますので、少々お待ちください。今出ました』

と、具体的なプランがあるわけでもないのに、ぼくは最終的に、時間を稼ぐような返信をして、アイディアもないまま電車を乗り継ぎ、救急病院へと向かうことにした……、どう転がるにしても、これは喜ばしい展開ではないけれど、しかしひとまずは、ヴェールドマンの襲撃ではなかったことに、ほっとするべきか？

ただし、ヴェールドマン仮説の検証についてはいったん棚上げにするとしても（電車に乗っているだけに）、首吊り子ちゃんの首吊りに、殺人未遂事件の可能性があること自体は、優秀な家族へのカウンターを役割とするぼくも否定しづらくなっているので、もしも今、この瞬間に彼女が目を覚ましたとしても、警察との連携は取らねばなるまい……、お兄ちゃんが属さない、管轄の警察署との。

そこに限って言うと、不良刑事の弟は警察機関に対して、やや肩身が狭いのだが……、自殺未遂なら隠蔽する選択肢があったが、殺人未遂は是非もない。

ならば第一発見者（本当は第二だが）のぼくが直接、会って証言したほうがいいのは自明の理だ……、殺人事件の起きたマンションへの不法侵入を試みた直後にしては、我ながら立派なことを並べ立てているとは思うけれど、雑木林の現場を荒らすだけ荒らしてしまった責任もある。単純に昏睡状態の続く首吊り子ちゃんが心配というお見舞い的な気持ちもあったが、ともあれ諸々《もろもろ》勘案しつつ、ぼくは病院に直行するのだった。

2

巧妙に移動時間を利用して、ぼくの司令官であるお姉ちゃんに現状報告をしておくことにした――組織人ならずしても、ホウレンソウの大切さは身に沁みている。

厨房《ちゅうぼう》を司《つかさど》る者として。

つけ加えると、誕生日の件も含めたお姉ちゃんへの報告にかこつけて、家族のチャットルームで、本件に関する情報を（高山おじいちゃんを除く）全員と共有しておこうという寸法である――地元警察との連携が既定路線になってきたことを、刑事はもちろん、検事や弁護士にも、事後承認になるのもまずかろう。

もちろん、ぼくの独断専行部分――どのように事件現場の４０５号室に忍び込んだかまで、詳細にお伝えするほどの正直者になって、来世への徳を積もうとは思わない……、あれはぼくだけが知っていればいいグレーゾーンって奴だ。立場ある家族をリスクに晒さないためにも、数少ない、ぼくだけが持つ利点を失わないためにも。

能ある鷹は爪を隠すし、悪さも隠す。

最初に返信があったのは、夜靏からだった――サインの画像が送られてきた。今日も今日とてロケの真っ最中だろうに、さすがパフォーマーはファンサービスを怠らない。こうでなくっちゃ。サインがデジタル画像でいいのかどうかははかりかねるが、これで、お世話になっているナースさんへの袖《そで》の下、もとい、プレゼントは調達できた。

続いて母さんから。

『母さんin拘置所です』

……パンチのあるメッセージだ。

弁護士である母さんなので、クライアントとの接見のため、この午後に拘置所の面会室を訪れているということなのだろうと頭ではわかっていても、息子の冷や汗が止まらなくなる文面である。

『面会までの待ち時間を利用して返信します。りか姉が想定するところのヴェールドマンが実在するかどうかは、母さんにはわかりません。どちらでもよいと思います。ただし、傘下散花さんの件をいったん置き、雲類鷲鷹子さんの事件と首吊り子ちゃんの事件の犯人が同一人物ではないのかという推測には、母さんは、賛成票を冬至ます』

冬至ます？　投じます、か。

接見前の時間を縫っての返信だから、推敲《すいこう》せずに送信しているらしい……、冬至ますだとクリスマスみたいだ——作家である義父が見ていないチャットルームだから許される早書きである。それよりも、身元不明とは言え、ぼくが思いつきでつけた首吊り子ちゃんなんてふざけた仮名が、共通の正式名称になりつつあることのほうが問題である。

しかし、賛成票？　第二の事件という触媒もなく、どうやってそのふたつの事件を——大理石とダイヤモンドを繋ぐのだ？　母さんにはひょっとして、両者の接点に心当たりがあるのか？　具体的な事件を、まさか把握しているわけではなくっとも、たとえば、僕では閃かなかった布を凶器とする殺しかたのヴァリエーションを、他にも思いついたとか……。

そうではなかった。

母さんは、別角度からのミッシングリンクを見出したのだった。

『両事件では、時間差攻撃が共通しています』

時間差攻撃——というのも、何かの誤変換かと思ったけれど、そうではないようだ。えっと、バレーボールの用語だったっけ？　母さんが地域のママさんバレーに参加していたのは、だいぶん前のはずだけれども。

『アリバイ工作ってことでしょ？』

脇《わき》から夜霧が突っ込みを入れた。

できた弟である。

続けて兄から『それな』のスタンプが単体で——あなたは働いてください。

しかし、アリバイ工作……？　ヴェールドマンというイマジナリーフレンドのごとき存在ならぬ、具体的な容疑者が想定できていない現状で、アリバイもへったくれもないように思えるが……、いや、違う、そうじゃない。

そうか、その視点に立てば、確実にそれは、新たなる共通項になる——新しくて、そして、強い。なんとも太いミッシングリンクである。犯人が取った、非道そのものの殺害手段の強烈さに、ただただおののいたぼくとは、まったく違う視点だ。

顔面にハンカチをかぶせて、被害者自身の血液で、じわじわと窒息させる——セーラー服のスカーフで首を吊らせ、真綿で首を絞めるようにじわじわと窒息させる。

共通項は『窒息』ではない。『じわじわ』だ。

ぼくはそれを、被害者を嬲《なぶ》り殺《ごろ》しにするためだとストレートに解釈したけれど、言われてみれば、違う解釈も可能である——つまり、どちらの手法をとっても、犯人がそんな小細工を施してから、被害者が死に至るまでに『時間差』が生じる。その間に、犯人がどこか離れた場所で、人に会うなり、防犯カメラにわざと映り込むなりすれば、それは極めて強固な現場不在証明となるわけだ――被害者の死亡推定時刻に、アリバイが生まれる。

言うまでもなく、そう計画通りに運ぶものではない。

が、重要なのはうまくいくかどうかではなく（実際、うまくいっていない。首吊り子ちゃんは『じわじわ』と殺されそうになったからこそ、生き延びることができたと言えるのだから。『あわよくば』どころか、犯人は主たる目的が果たせていない）、犯人が何を企《たくら》んだかという点だ――まるでばらばらな犯行手段から、アリバイを重視する傾向が見て取れる。

お姉ちゃんの取材班が『布を凶器とする』共通項を見て取ったように、母さんは『アリバイ工作』という共通項を見出したわけだ――荒唐無稽《こうとうむけい》な怪人を想定するのではなく、現実の生きた『被告人』と接する機会がダントツで多い、母さんらしい評定である。

アリバイ工作なんて推理小説の読み過ぎだという、高山おじいちゃんが相好を崩して喜びそうな反論もあるけれど、犯人が推理小説を読み過ぎていないという保証もない。とは言え、諸手《もろて》をあげて大賛成できるかと言えば、それも微妙なところだ――母さん自身が抜け目なくエクスキューズをつけているように、凍ったハンドタオルで撲殺された傘下散花さんの事件には、アリバイ工作の要素は見当たらない。

だから、ヴェールドマン仮説に対する賛否を、母さんは脇に置いたのだろう――何かの間違いで、このチャットルームで『布が凶器』のヴァリエーションを、家族の誰かがアイディア出ししてくれないかと、ぼくは往生際悪く企み続けていたけれど、そこは母さんのみならず、誰も関心がないようだった。お姉ちゃんの推理はあくまでお姉ちゃん独自の推理であって、ブレインストーミングの原則に基づき、あからさまに否定するようなことは言わないにしても、察するにヴェールドマン仮説には、みんな懐疑的らしい。

そもそも、現在俎上《そじょう》に載っている三つの事件の、すべての事件の犯人が同一である必要など、皆無である。みっつのうちふたつだけが、同一犯という線もあるのだ――更に言うと、シングルマザー殺しの際、犯人がアリバイ工作をおこなっていないかどうかも、本当のところは不明である。

赤ちゃんの泣き声で、死体が早期に発見されたという事実を、ぼくは勝手に、犯人の計算外だと理解していたけれど――怪我ひとつさせることなく赤子を残していったのは、その泣き声で死体を早期発見させ、犯行時刻を特定させるためだったとすれば？

凶器のタオルが融けるかどうかなんて、実はどうでもよくて――否、凍らせたハンドタオルを発見させることで、捜査陣に向けて計算違いを装った？　死亡推定時刻が絞り込まれれば、結果的にアリバイを作りやすくなる……、ふたつの事件とは別の方法で、犯人はアリバイ工作をしたのかもしれない。

そうなると、お姉ちゃんが、弟の成長を願って頑なに教えてくれない、ヴェールドマン仮説・第二の事件を探すにあたって、フックとなる追加項目が現れたことになる……、これは朗報だ。

⑤推理小説の読み過ぎ――もとい、⑤アリバイ工作を好む傾向がある、である。

いや、もうひとつ。

お姉ちゃんが言う第一の殺人事件が起きたのが三ヵ月前なのだから、必然、第二の事件は、それ以降に起きたものだと推定できる――そのように検索条件が更新できる。

もちろん、最初にしたように減らすならともかく、条件を思いつくままに増やしたところで、一件しかヒットしなかった未解決事件が、データベース上から新たに弾き出されることはないのだけれど……、しかし、それを言うなら、首吊り子ちゃんの『自殺未遂』だって、事件化されてはいない。そうだ、事故や自然死に見せかけた犯行ではなく、自殺に見せかけた犯行だったらどうだろう？　首吊り子ちゃんのケースは、その失敗だったとして……、成功例もあるんじゃないか？　アリバイ工作の施された成功例が。

事故死や自然死なら数が多過ぎてモチベーションが下がるし、そもそもニュースにさえならないケースが大半だろうが（人間は普通、何らかの理由で死ぬから）、自殺ならばそう頻繁にあることではないし、報道価値もあり、情報もそれなりに出揃っている。この考察を踏まえてもう一度、データベースを当たってみようか？　未解決事件についても、ぼくのヒューマンエラー、つまり単純な見落としもあったかもしれないし……。

方針が固まったところで、

『夕飯の希望は？　みんな、今日いつ帰る？』

ぼくは話題を変えた。

つかの間、己の本分、ダイナー真雲に戻ったとも言える。

3

病院に到着すると同時に、ぼくは着想を得た。電車の中であれだけうんうん頭を捻ってもなしのつぶてだったのに、何の前触れもなく——いや、きっかけはあった。連絡をくれたナースさんに会うために（弟のサインをプレゼントするために）、まずはナースステーションに向かう途中、何人ものドクターとすれ違ったり、追い抜いたり、道を譲り合ったりしたのだ。

そんなのは昨日もやっていたウォーキングだが、しかし昨日はまだ、お姉ちゃんと話せていなかった――すれ違ったり、追い抜いたり、譲り合ったり。

それでぴーんと閃いた。『布を凶器』とする殺しかたのヴァリエーションを――第二の事件で、もしかするとヴェールドマンが、使用したかもしれない方法を。

現時点では細部までは詰められていない、本当に掛け値のない閃きでしかないけれど、しかし、たぶんこれで間違いないんじゃないかというくらいには自信の持てる、ナイスな閃きではあった――言っておくけれど、お医者さまのユニフォームである、白衣という布は関係ない。むしろ白衣とは真逆のアイディアだ。

ただまあ、その精査は後回しである――ギアが時計とかみ合わなくてもどかしいが、今はとりあえず、ナースステーションでお話をうかがわねば。

そしてここらで、ヴェールドマンという固有名詞こそ出さないにしても、首吊り子ちゃんが狙われている可能性があることを、こちらからも伝えねば……、そんな大事なことは昨日の時点で教えてくれと叱られてしまうかもしれないけれど、昨日の時点では、あの判断がベストだと信じていたのだ。

ひょっとしたら、ぼくが電車に揺られて病院に到着するまでの間に、急に快方に向かった首吊り子ちゃんが目を覚ましているんじゃないかという展開も、結構真面目に期待していたのだが、そんな都合のいい出来事は起きていなかった――依然として彼女は、昏睡中らしい。

その代わりと言っちゃなんだが、望んでもいなかった展開がぼくを待ち構えていた――それはいっそ、待ち伏せと言ってもいい。

「妹さんがいらしてますよ」

交換し合った携帯電話の連絡先へと転送したサイン画像を受け取って、その場で浮かれた三回転半ジャンプを披露してから、ナースさんは（ぼくに背を向けたままで）、そう教えてくれた。喜んでくれて何よりだが、いやそれは、真っ先に教えて欲しい情報だ——妹が？　その妹というのは、まさか僕の妹？　吹奏野家の末っ子、ＶＲ探偵？

「はい。あの子のお見舞いに。尊敬するお兄様に頼まれたって言っていました。今日は学校は、昼までだったって」

おやおや、『尊敬するお兄様』とは、ずいぶんと猫をかぶったものだ……、その点も嘘だし、今の高校で火曜日に半ドンなんてありえないし、何より、発言の肝である『頼まれた』も嘘じゃないか。

どういうことだ？

さっきのチャットルームで、末っ子は会話に参加していなかったけれど、あれは病院内にいたから、携帯電話をオフにしていたのか？　マナーも一緒に携帯してるね。このナースステーションで今しがた使えたように、今時は院内でもそう神経質になることはないのだが……、ＶＲ探偵には、独自の見解があるのかもしれない。だとしても、目的がよくわからないな。架空世界に生きるあの妹が、病院という、ある種現実の象徴みたいな場所で、首吊り子ちゃんのお見舞いって……。

「……じゃ、今言ったような事情なので、警察への連絡はそんな感じによろしくお願いします。ぼくは病室に向かいますので。一刻も早く妹に会いたくて。仲のいい家族でね、そばにいると知ったら、ハグせずにはいられないんですよ」

　そう言い残して、ぼくはナースステーションをあとにし、首吊り子ちゃんが入院している病室へと急ぐ……、まあここは前向きに、不意の見舞客の正体が、クラウディちゃんでよかったと考えるべきなのか。それがヴェールドマンだった展開もあったわけだし……、セキュリティの観点からすれば、やはり昨日の時点で、自殺未遂が殺人未遂であった可能性も、ぼくはお医者さまに告げておくべきだった……、猛省である。

　空いているベッドがそこしかなかったからなのか、首吊り子ちゃんの病室は、なんと個室だった――保険証を持っていない未成年が個室じゃあ、支払いがどうなるのか、病院側が不安になるのも無理もない……、よく丸一日、通報を待ってもらえたものだ。

「あ。兄貴。こんなところで会うなんて、偶然だね」

「人の名前を使って這入り込んでおいて、何を言ってるんだ、お前は」

「兄貴だって、やすでおばあちゃんの印籠《いんろう》を見せて、ナースのおねーさん達相手にいい格好しているんだから、お互い様でしょ?」

　チャットルームに参加していない以上、唐突であるはずのぼくの来訪に驚いた風もなく、ベッド脇の事務椅子に腰掛けて、液晶タブレットで（どうやらオフラインでもプレイ可能な）何らかのゲームをプレイしていたクラウディちゃんは、悪びれもせずにそう言った。さすがにここでVRゴーグルはかぶっていないが、その代わり、かけているのはスマートグラスだ。そっちもオフかな?

　いい格好をしているなんて、人聞きが悪いなあ。

　まあ、ぼくがすぐに来訪することは、ナースさんからあらかじめ聞いていたのだとして――

それで待ち伏せしていたのだとして、折角定時で登校した学校を早退して、それでも悪びれないどころか、ご機嫌そうなところを見ると……、さては、こやつ、セーラー服問題に答を出したのかな?

「うん。そういうことなのさ」

頷いて、画面を暗転させた液晶タブレットを膝の上に置くクラウディちゃん。

ベッドの首吊り子ちゃんのほうは……、こうして見る限り、本当にただ、眠っているだけという風だ。首回りの痣が変色して痛々しいが、包帯も巻いていないところを見ると、見た目ほど酷い痣でもないのだろうし、それ以外の点では、昨日生死の境をさまよったばかりの少女とは思えない。呼吸も穏やかで、顔色も決して悪くはなく……、少なくとも、鬱血してはいない。

もちろん、どこの学校の制服か不明であるセーラー服は脱がされ、簡易な患者衣に着替えさせられている——セーラー服は、病室の隅のハンガー掛けに吊《つ》るされている。

スカーフと共に。

それを指さしながら、クラウディちゃんは言う。

「実はね、学校での聞き込みは、不発に終わったんだ。女友達はもちろん、女子中学生の制服の権威である男の子に質問しても、知らないって言われたの」

「そいつとは縁を切れと言ったはずだよ、クラウディちゃん」

「情報が得られないとなったら、学校なんかに用はひとつもないから、あたしは転戦を決意し、早退したんだけれど」

この子は学校をなんだと思っているんだろう——と突っ込む資格を得るためだけにでも、ぼくは高校を卒業しておくべきだったと、二十五歳になってようやく思う。まあ、実際に卒業したお兄ちゃんやお姉ちゃんに言わせれば、「高校なんて無理をしてまで卒業する必要はない」そうだが……、それは次男に対する慰めなのかもしれない。

価値観ってのはすれ違うね。

「やっぱり実物を見せずに、言葉で説明したのがまずかったのかなーとか、そんな風に反省したんだけれど、でも、考えてみたら、あたしだって実物を見たわけじゃなかったんだよね。偉そうなことを言っても、あくまであたしは兄貴が送ってくれた写真を見ただけだし――そんなわけで、首吊り子ちゃんのお見舞いに来たってわけ」

なるほど。

ヴェールドマンの出典であるコッラディーニの彫刻じゃあないが、二次元の写真では立体物の全貌《ぜんぼう》がつかめないというのは、何も彫刻に限った話じゃない。特に制服っていうのは立体的に縫製するもので――

「そしたらビンゴ。どこの学校の制服なのか、一目でわかったわ」

「一目で。そりゃすごい」

サボりは褒められたものじゃないが、その行動力は、さすがぼくの妹だと、褒めたくなってしまう――もちろん、こんなことで調子に乗られては大変なので、褒めはしない。

その行動力をもってしても、一手遅かった感は否めないし。

もしも、写真の送信直後とは言わないまでも、昨日のうちに学校名が判明していたなら、芋づる式に本名や住所まで判明し、身元が特定され、内々に保護者に連絡が取れただろうに――今頃はあのナースさんが、警察に連絡済みである。

ことが大きくなるのを防げなかった。

でも、結果としてはそのほうがいいか——ちょっと虚言を弄せば、ノンセキュリティで病室まで這入り込めてしまえる環境に、昏睡状態の少女を放置しておくのはまずい。身元が判明しようとしまいと、警護態勢の強化は必須《ひっす》事項だ。

それにしても、高齢者向けマンションに不法侵入した兄に、病院に不法侵入した妹か……、血は争えないとはこのことである。兄妹喧嘩は絶えないのに。

「で、どこの学校の制服だったんだい？　それを尊敬するお兄様に教えてくれるつもりがあるから、用と気が済んでもさっさと帰らずに、こうやって待ち伏せしてくれていたんだろう？まさかぼくの中退したあの名門高校だなんて落ちはないよね？」

「そんなに身を乗り出さないで。それに、過度な期待もご法度《はっと》だよ。と言うのも、証明不可能と思われたセーラー服問題が解決しても、その解決じゃあ、この子の身元までは、どうせ特定できなかったんだから」

「？」

妙なことを言う——学校名がわかれば、普通、身元はわかるだろう？　そりゃあ個人情報保護法もあるし、いくつかの正当な手続きは踏むことになるだろうけれど、病院側から学校に連絡してもらえば……、今朝我が家の玄関でそんな話が出たように、たとえ海外の学校の制服だったとしても、むしろそんなレアケースのほうが、個人の特定は容易になるはずだ。

「海外の学校じゃなかったよ」

と、クラウディちゃん。気を持たせてくれる。

「って言うか、現実の学校でさえなかった。そりゃ、女子高生に聞いても、女子中学生マニアに聞いても、空振るわけだよね。あたし的には、そっちのほうが現実の世界観なんだけど——

ゲーム内の学校だった」

「ゲーム内の学校」

「コスプレ衣装だよ。それ」

生地《きじ》の素材を見たらすぐわかったよ。タグもないし。

そう言われて、言われるがままにぼくもハンガー掛けに近寄り、問題のセーラー服を直に、間近《まぢか》に検分する……、いや、改めて見ても、ぜんぜんわからないんだけど――何だって？　コスプレ衣装だって？

確かに、それが本当ならば、クラウディちゃんの専門分野ではある――ゲームの世界こそを現実とする、ＶＲ探偵の。

「確認させて、クラウディちゃん。このセーラー服は、ある特定のゲーム？　の中に登場する学校の制服で、実在の学校のものじゃないんだね？」

「そう言ったじゃん。映画作りをテーマにしたスマートフォン用ソーシャルネットワークゲーム、『スクリーン・スクール』の舞台となる、中高一貫の女子校の制服だよ」

「ソーシャルネットワークゲーム――」

映画作り――まるで、中学生の頃の弟だ。弟が通っていたのは女子校ではないものの。

そしてスマホのゲームか……、十代の頃、アイドルグループを応援するタイプのゲームをプレイしたことがあったけど、ちゃんとプレイしたのはそれっきりだな……、ミッションを順調に進めていくうちに、グループが解散してしまったのだ。

「あらら。それは黎明期《れいめい》のゲームって感じだね、兄貴。昨今はなかなか、そんな理不尽なストレスをもたらすゲームってないよ」

早い時点でナースさんから、制服を着ているからといって高校に通っているとは限らないという可能性を示唆されてはいたけれど……、セーラー服がまさか、仮想世界のコスチュームだという可能性は、完全に想像の外だった。

学区外でも、海外でもなく。

「昨今と言うなら、昨今のコスプレ衣装も、出来がいいからね。下手な量販品より、よっぽど縫製が整っていたりするんだよ。かける人はお金と手間を無限にかけるからね。もちろんピンキリあるけれど、そのセーラー服に限って言えば、抜群だね。ピンキリのピン。本物の制服を買うよりもお金がかかってるかも」

「……履きっぱなしのスクールシューズも、網目の細かいストッキングも、コスプレアイテムだったのかい？」

「スクールシューズは、靴屋さんで普通に売っているスクールシューズだったよ。『スクリーン・スクール』は、他のゲーマーから噂《うわさ》に聞いているだけで、あたしも直にプレイしたことのないゲームだから、確かなことは言えないけれど、少なくとも、カスタムされてるとか、手作りって感じの靴じゃない、既製品だよ」

ストッキングがどうたらは知らん。

だそうで。

「お前にプレイしたことのないゲームなんてあるのかよ？」

「ないと言いたいところだけれど、『スクリーン・スクール』は、男性向けのゲームだしね。とりあえず、ネットワークの切断されている病院内じゃあプレイもダウンロードもできないから、家に帰ったら、早速挑んでみるっての。理論は証明しないとね」

男性向け――だからと言って、女人禁制なわけでもあるまいが、そうなると、女の子の首吊り子ちゃんが、どうしてそのゲームの制服を着ていたのかって話になってくる。確かにセーラー服問題が解決しても、次の謎が現れただけだな――ゲームデザインとして考えるなら悪くないけれど、頭が痛くなってくる。

彼女がいわゆるコスプレイヤーで、衣装を着ているところを襲われたのか……、それとも、彼女自身はゲームの門外漢で（この表現も妙か……『漢』は、男性を強めに示す一文字だ）、犯人にゲームのコスプレを強要されたとか？ 自殺の可能性を考慮するなら、大好きなゲームのキャラクターになりきって、死にたかったとか？

そうだ、頭と言えば。

「かぶっていたあのナップサックは？ あれは、コスプレ衣装？ それとも既製品？」

「ナップサックって、そこの棚の上に置かれているあれのことだよね？ 靴と違って手作りっぽいけれど、ゲームとは無関係だと思うよ。作りも粗いし」

「ふむ。ゲームに登場するキャラクターが、頭にナップサックをかぶって、雑木林で首を吊ったりしない？」

「しねーよ。理不尽展開はないんだってば、今時のソーシャルネットワークゲームは。それじゃあ『スクリーン・スクール』じゃなくて、『スクリーム・スクール』じゃない」

初めて聞くゲームをもじられても、うまいことを言うとは思えないな……、しかしまあ、素性を特定する上で手がかりになるはずだったセーラー服が、架空の世界の制服なのじゃあ、それを軸に身元を探ることは不可能だ……、もしも首吊り子ちゃんがプレイヤーだったとしても、そのヴァーチャル学校の『生徒数』は、おそらく膨大である。

現実の高校なら、通っている生徒は、どんなマンモス校でも数千人が限度だろうが、ソーシャルネットワークゲームだったら、ダウンロード数が数百万人とか、ざらにあるものな。海外に目を向ければ、数千万人ってこともある。

『スクリーン・スクール』ねえ。

参考になるかどうかは未知数だが、ぼくも一応、プレイしておいたほうがいいかな……。

「やめとけやめとけ。兄貴みたいな、のめり込みやすいタイプが手を出さないほうがいいゲームだよ。夢中になられて、家事を放棄されたらたまんないよ」

夢中どころか中毒になって、学業を半ば放棄している妹に言われてもな……、だからこそ説得力を持つ、重い言葉だとも言える。すれ違う価値観。しかし、専門分野は、専門家に任せておいたほうがいいのも確かだ。ぼくからクラウディちゃんにゲームを勧めるなんてことは、基本的にはありえないのだが、そちらからのアプローチは、彼女に任せておくが吉か。

「ん。でも、そうなると、別の疑問も生まれてくるね。どうあれ、スマートフォンでプレイするゲームなんだろう？　じゃあ、コスプレするほど首吊り子ちゃんがのめり込んでいたんだとすれば、生徒手帳とかはともかく、彼女がスマートフォンを持っていなかったことは、明確におかしい」

即《すなわ》ち、殺人犯が持ち去った？　証拠隠滅のために？

「スマホを持ち去った人物が、イコールで殺人犯とは限らないよ、兄貴。兄貴みたいに実家でぬくぬく暮らしている人間にはわからないでしょうけれど、首吊り死体そっちのけで、その場に落ちていたスマホを、『売り捌けばお金になる』って、持ち去った窃盗犯がいないとは限らないでしょ」

さすが架空の世界に生きる少女は、想像力が豊かである。

実家でぬくぬく暮らしているのは、きょうだい全員がそうでしょ。

そんな窃盗犯がいるわけない――と、頭ごなしに決めつけそうになったけれど、考えてみれば、治治木さんが取った行動――見なかったことにする――は、それに限りなく近いものがある。

物を盗らなかっただけだ。

このあと、治治木さんのバイオリン教室に、預けておいた買い物の品を受け取りに寄る予定になっているが、発見時のことをもうちょっと詳しく聞いておいたほうがいいかな？　彼女が首吊り子ちゃんを発見した段階では、スマートフォンは足下に落ちていたなんてことがあれば、殺人犯ではない窃盗犯の存在を、真剣に考慮する必要も生まれる。公園には何もありませんでしたよと、ついてしまった嘘を撤回することになるが……。

いよいよとなれば、これから来るであろう捜査官に、治治木さんのことも誠実に語らねばならないわけだ。

「で、兄貴のほうは？　どうなの？　進展はあった？　りか姉の言う例のなんとかマン仮説は、立証できたの？」

「あれ？　ヴァーチャルじゃないリアルな事件には興味がないんじゃないの、クラウディちゃん？」

てっきり、セーラー服問題が、どうあれ解決したことで、ステージからは降りるものだと思っていたけれど、ヴェールドマンに興味がおありで？

「兄貴がさっき言ってたみたいに、ゲームの影響で自殺した子がいるなんてレビューが投稿されちゃ、ゲーマーとしてはたまんないからね。もうちょっと関わらせてもらうよ」

別にゲームの影響で自殺したなんて言ってないつもりだけれど……、まあ、推しキャラクター？　の後追い自殺、みたいな可能性を、無意識にほのめかせてしまったか？　たとえまだ未プレイのゲームでも、そんな難癖《なんくせ》をつけられるのは許せないというあたり、我が妹は健全なゲーマーである。

ええっと、どこから説明したものか……、どこからどこまで説明したものか。

クラウディちゃんはチャットルームを読んでいないんだっけ……、それはまあ、病院を出てから遡《さかのぼ》ってもらえばいいとして……、せっかく訊いてくれたのだから、このタイミングで、さっきの閃きを、口に出して整理しておこうかな。

「その件では、お姉ちゃんから宿題を出されていてね。ヴェールドマン仮説を検証する上で、『タオルを凍らせて殴る』『制服のスカーフで首を吊らせる』以外に、布を使って人を殺す方法をふたつ、ぼくは考えなくちゃいけなかったんだ。ひとつはその場で思いついて、昼過ぎに確認に行ってきたんだけれど……、今し方、ふたつ目の方法がわかったんだ。どういう殺人手段だと思う？」

「そんなこと言われても、まず『布が凶器』って時点で、意味がわかんないよ。『スカーフで首を吊らせる』はまだしも、『タオルを凍らせる』って、なんでそんな創意工夫をするの？　棍棒《こんぼう》でぶん殴ればいいのに」

いいのにってことはないが、しかしその『棍棒でぶん殴ればいい』は、ぼくの閃きと、実は似通っている……、妹相手にきゃっきゃきゃとクイズ合戦をしていても始まらないので、ぼくは勿体ぶらず、さらっと正解を言ってしまうことにした。

正解と言っても、これが正しい解なのかどうかは、今のところ、答え合わせのしようがないけれど、ここは兄の威厳を保ちつつ。

「ブラックジャックだよ」

「？　お医者さん？」

まさに。

だから病院の廊下で、ドクターとすれ違ったり何だりすることで着想を得たなんて、笑劇のようなスクリプトだったわけだが……、つまり、白衣ならぬ黒衣ってことで。

「お医者さんじゃなくて、凶器のブラックジャックだよ。布の袋の中に砂利とか小石とかを詰めて、それをぶん回した遠心力で打撲するっていう、ミステリー定番の凶器なんだ……、高山おじいちゃんも、作中に登場させたことがあるはずだよ」

ぼくが初めて知ったのは、祖父不孝なことに、推理小説ではなく不良漫画だった——医療漫画でもなく。まあ、少なくとも、『凍らせたタオル』よりは知られた凶器である——なんなら、濡れタオルによる間引きの手法よりも、知名度が高いくらいだろう。

なので、最初に思いついていてもおかしくなかったが、それができなかったのは、厳密に定義を探れば、布の袋ではなく革の袋を利用するのが正式な『ブラックジャック』だからだ……、だが、それを言うなら、一般的には革製品だって、『布』の一覧表に加えていいんじゃないだろうか。

ナイロンとまでなると、やや微妙だが……、いずれにしても、イコールで『布』という感じの凶器でないのも確かなので、発想の転換が必要だった。そのロイター板が、ぼくにとっては救急病院の再訪だったわけだ。もしかすると、保険証なしの個室じゃあ、治療費もさぞかし巨額に跳ね上がろうなんて考えたことも、ヒントになったかもしれない――高額医療と言えば、だ。

「ふうん。でも、定番って言われてもあたしは知らなかったし、そんな風変わりな凶器、簡単には入手できそうにないけれど？　ゆえに入手経路からたやすく犯人が特定できそうだけれど？」

「確かに、そこらで既製品が売っているタイプの道具じゃない。でも、簡単に自作できるよ。たとえば、ストッキングにその辺の土を詰めれば、十分代用品になる」

「あー、そういうのは何かで聞いたことがある。装備アイテムのひとつだったかな？　へー、あれ、ブラックジャックって言うんだ」

刺激の強い洋ゲーにでも登場したのだろうか。

「……あたしが聞いたことあったパターンでは、ストッキングじゃなくて靴下だったけれど、実兄の秘められた性癖は深掘りしないとして――棍棒で殴ったほうが早くない？」

揺るがないな、実妹は。

こんな奴が謎解きシーンの聴衆の中にいたら、名探偵はたまったもんじゃないね。

ただし、確かにただ撲殺したいだけなら、道具を自作までする手間は余計なように思える――かかる時間は、タオルを凍らせるのとどっこいどっこいと言ったところか。しかし、布製品に対する強いこだわり――ヴェールドマン仮説――をさて置いても、手間をかけるだけのことはあるかもしれないのだ。

「早いか早くないかと言えば、もちろん棍棒で殴ったほうが早い――けれど、犯人は遅くしたかったんだと思う」

つまり。

じわじわ――と。

「ブラックジャックは、遠心力に基づく物理的な威力はあっても、入れ物となる布地がクッションになる、いわば緩衝材つきの柔らかい凶器だから、殴打したときに外傷が生じにくいんだよ——ダメージが内部に浸透するって言うのかな。皮膚を破くことなく、内出血を起こさせる」

ボディーブローみたいに効いてくる、という表現がボクシングにあるけれど、あれに近いものがある。

「あたし風に言うなら、発勁《はっけい》だね。ほら、あたし、中国拳法《けんぽう》に精通しているから」

「格ゲーの世界でだろう、どうせ」

ともかく、ブラックジャックで頭部を殴れば、脳内出血を起こすものの、傍目《はため》にはそれがわかりづらいため、本人でさえ、自分が致命的なダメージを受けたことに気付かないなんてことがありうる——凶器が布であるがゆえに、致命傷を受けても、絶命するまでにタイムラグが生じるとすれば。

その攻撃は——時間差攻撃になりうる。

アリバイ工作という共通項——ストッキングに土を詰めるというのは、あくまでたとえ話でしかないけれど、凍ったタオルや血で濡らしたハンカチ、セーラー服のスカーフのように、特別な道具立てなしに凶器をハンドメイドするという条件も、ブラックジャックなら文句なく満たしている。

「ただまあ、閃いたのは今のところはそこまでで、その条件に該当する未解決事件っていうのが、特にあるわけじゃないんだよね。外傷にはならなくとも、結局、致死的な内出血はしているわけだから、ブラックジャックで頭をどついて、事故や自然死に見せかけることは難しいと思うし——まして自殺に見せかけるなんてことも」

「この子に訊いてみたら？」

と。

クラウディちゃんが、ベッドの首吊り子ちゃんを目顔で示した。

「加害者側ではない被害者側のミッシングリンクっていうのもあるかもしれないし。たとえば、全員が『スクリーン・スクール』のユーザーだったとかさ」

ゲームを通じて、世界中のフレンドと交流しているクラウディちゃんらしい意見である――シングルマザーはともかく、七十九歳の老婆が、そんな今時の男性向けゲームに手を出していたとは思いにくいけれど、これも頭かちかちの先入観か？

「そうだったとしても、現状では五里霧中だよ。未解決事件の被害者が、ある特定のゲームをプレイしていたかどうかのログなんて、データベースにはないんだから。誕生日さえわからないのに、趣味嗜好《しこう》までが報道されるわけもない」

「被疑者なら報道されるけれどね。とあるゲームをプレイしていて、だからその悪影響でこんな犯罪を犯したんだー、とか」

またもそんな、まだ言われてもいない悪評に対して、悪態《あくたい》をつくクラウディちゃん――偏見を持たれているに決まっていると偏見を持つのは、どうかと思う自衛策だが、それから「だから、この子に訊いてみたら？」と、彼女は繰り返した。

揺るがない……、と言うか、それは軽口ではなかったのか？

「そりゃ、首吊り子ちゃんと差し向かいであれこれ心当たりを訊けたら手っ取り早いけれど、ご覧の通りの昏睡状態じゃ、事情聴取のしようがないでしょ」

あの雑木林で何があったのか、自殺未遂なのか殺人未遂なのか、殺人未遂だとすれば犯人は誰なのか、傘下散花さんや雲類鷲鷹子さんを知っているのか、他にも布が関連する殺人事件に思い当たるのか――などなど、根掘り葉掘りお尋ねしたいことが山ほどあるけれど、まずは首吊り子ちゃんにはこのまま静養してもらって、意識を回復してくれないことには、質問攻めにもできない。

「だから、事情聴取はもう、このあと来る警察のかたに任せるしかないな。ぼくがどんな兄の弟かを考えると、捜査官から結果を教えてもらえるかどうかは微妙なところだし、それだって、首吊り子ちゃんがいつ目覚めるか次第になる」

「そう思う？　でもね、兄貴。兄の妹が教えてあげるけれど――制服のことじゃなくて、これを教えてあげるために、あたしはここで待ち伏せしていたんだけれど、この子、ソナチネだよ？」

「ソナチネ？　三楽章以下のソナタ、だっけ？」

「んー、じゃなくて、ソワレ――じゃなくて、マチネ――でもなくて」

「………………？」

昼公演と夜公演……？　そんな、いかにもハイソサエティな趣味を、まだ十代のこの子が持っているとでも……？　まさか、コスプレ用のセーラー服は、実のところ舞台衣装だったとでも……？

「えーっとね、なんだっけ。ここまで出てきているんだよ。確か、そんな感じのイントネーションだったんだけど――ちょっと待ってね」

膝の上に置いていた液晶タブレットを、このとき再び手に取ったクラウディちゃん――ここまで出てきているというお探しの単語を、ネット検索で見つけるつもりだろうか？　病院内はオフラインだという原則を、このＩＴ部門は忘れてしまったのかと思ったが、しかしそうでは

なく、

「これこれ」

と、彼女はぼくに、画面を見せた。

頼ったのはネット検索ではなく、オフラインでも有効な予測変換機能だったようだ——メモ帳アプリの入力画面で、クラウディちゃんが選択したのは、次のような候補だった。

『ウソネ』。

ウソネ。

昼公演と夜公演の狭間《はざま》にある、夕方公演のことをフランス語でそんな風に言うのだっけ——と、なおもクラウディちゃんの、母さんの『冬至ます』に匹敵する言い間違いに引っ張られそうになったけれど、いやいや、そうじゃなくて。

思わず、ぼくはベッドの首吊り子ちゃんを二度見した。

嘘寝？

幕間　Ｖ

「それにしてもヴェールドマンとは。

「我々みたいな小物に、大層な名前をつけてくれたものです――恐縮せずにはいられませんが、それでも意外と、しっくりくるのが不思議ですね。口にしてみると、まるで昔から自ら名乗っていたかのような、自然さです。

「名付け親は、あのりか姉なんですっけ？

「嬉しいな、光栄です。

「我々ももちろん、あのモーニングジャーナルは愛好していますよ。新聞記事を一覧で紹介しない、唯一の朝の番組ですものね……、新聞は新聞で読みたいタチなので、できればネタバレは避けたいんです。

「最初にりか姉に目をつけられていなければ、今ここで、こうして粛々と供述していないであろうことを思うと、そりゃあ気分は複雑ですが……、……名付け親って、しかし、妙な言葉ですね？

「名付けた程度で親ですか。

「光栄だと言った直後に程度と言うのは不躾でしたが、そのくらいで親を名乗るのはどうかと――少なくとも、りか姉は我々のことを、実の子のようには思ってはいないでしょう。そんなの、とんだスキャンダルですしね。ヴェールドマンより、よっぽどニュースバリューがありますよ。

「でも、産んだだけでも親ですからね。

「生みの親より育ての親と言いますが、育ててなくても親ですよね。

「親はなくとも子は育つとも言いますし――ところで、一説によると、花嫁のヴェールには、魔除けの意味合いがあるとか。

「アントニオ・コッラディーニですか。

「パリ、ヴェネチア、ナポリ、ドレスデン……、パスポートに虚偽の記載のある我々には、実際のところ、なかなか縁遠い土地ですが……、それでも由来だったことにしたいくらい、素敵な芸術家ですね。

「女性の顔を隠す文化は、古くから日本にもあるんでしたっけ？　古典の授業で習いましたよ。なんでしたっけ、あれ……、源氏物語？　平家物語？　忘れました。もう受験生じゃありませんからね。

「ん。ああ、理由ですか。

「雲類鷲さん達の顔面を、布で覆った理由……、そうですよね、犯人が覆面をするならまだしも、被害者に覆面をさせるなんて、まるであべこべですよね。

「処刑スタイル？

「確かに、殺しづらいかもしれませんね、ターゲットの目を見詰めながらでは……、活け造りの魚とでも、目が合うと気まずかったりしますものね。

「考えたこともありませんでしたけれど。気まずくも後ろめたくもありませんでしたけれど。

「まして処刑のつもりなんてありませんよ……、あの人達が、いったい何をしたって言うんです？　処されるのはむしろ、我々でしょう？　隠し立てする気も、黙秘権を行使する気もありませんが、正直、掛け値なく正直、その辺りの我々の心理の分析は、専門家にお願いしたいところですね……、子供時代に巾着をかぶせられていたトラウマとか、それっぽいことを言ってくれるんじゃないですか？

「我々に訊かれましてもと思います。

「他人事ではなく、自分事のように。

「どうして右足から歩き始めたのかとか、どうしてそんな服を着ているのかとか、ねちねち掘り下げられているようなものです――なんとなくとしか言えませんよね。人間はどうあれ歩き始めなきゃならないんだし、何かの服は着なくちゃいけないんだし。そこを掘っても、何も出てきません。石油も、千両箱も、死体もね。ヴェールを剝がしても、中身はからっぽみたいなものですよ。

「どうしても書類に何か書かなきゃいけないのであれば、イタリアの彫刻家に憧れてと書いておいてください。

「それがうっかり真実になってくれれば――我々、顔を覆いたくなるほど、恥ずかしくなるでしょうね」

第六幕　撲殺二択問題

1

ぼくの妹は生意気で気分屋で、架空の世界を生きるＶＲ探偵ではあるけれど、世界（彼女の世界）中にフレンドがいる関係上、その年齢にしては語彙はむしろ豊富なほうで、一番最初に紹介したように、横文字にも強い——つまり、どんなに調子が悪いときでも、嘘寝とソナチネを言い間違えたりはしない……、ソワレやマチネも、もちろんのこと。

つまり、それとなくぼくにほのめかそうとしたけれど、鈍《にぶ》い兄がまるでぴんと来ない様子だったので、やむを得ず、彼女の第二の脳（第一かもしれない）である液晶タブレットを活用したのだろう。

わざわざ片仮名で表記したのは、必要のない予測変換機能の活用と同等の悪ふざけとして、筆談ならば、ベッドの上で、少なくとも目を閉じている首吊り子ちゃんには内容が伝わらないから——たとえ彼女が昏睡状態であろうと、偽睡状態であろうと。

すんでのところで、ぼくは驚きの声をあげるリアクションを我慢したけれど……、いや、しかし、嘘寝だって？　修学旅行の夜に、担任の先生が見回りに来たわけでもあるまいし……、どうして嘘寝？　つまるところ、ぼく達だけでなく、医師や看護師に対しても、首吊り子ちゃんはそうしているということで——なにゆえにそんなことを？　いつから？　ひょっとして最初から？　目的はいったい？　クエスチョンマークが渦巻く。

事情聴取というのは、あくまで僕の、育った家庭環境ゆえの大袈裟《おおげさ》な物言いにしたって、もしも首吊り子ちゃんが自らの口で、自発的に己の身元を語ってくれていれば、病院側も強硬に警察へ連絡しようとはしなかっただろうに——あるいはそれ自体が目的か？　意識不明、かつ身元不明であり続ければ、何もせずとも警察を呼ぶことができる——つまり、黙して語らないままに、自分の病室に警護をつけることができる……、とか？

それだけじゃない。

ヴェールドマンであるにせよ、違う誰かであるにせよ、誰かが彼女を殺そうと目論んでいるとして、ぼくという飛び入りのライフセーバーに妨げられたせいでその企ては失敗したわけだけれど、しかし救急病院に搬送されたのちも、首吊り子ちゃんが昏睡状態を装い続ければ、ぼくが危惧していたような『殺し直し』を、犯人は思いとどまるのではなかろうか？

見《けん》に入ると言うのか、放っておいたら勝手に死ぬ可能性、もしくは、一生目覚めることがないような脳死状態である可能性をあからさまに示せば、犯人はわざわざ、リスクを冒してまで病室にはやってこない——かもしれない。

じわじわ死なせる——生かさず殺さず。

そんな選択をするのでは？

そこまで考えての『寝たふり』なのだとすれば——だとすれば、ここで半端《はんぱ》な横槍《よこやり》は入れられない。『起きても大丈夫だよ、ぼくが守るから』なんて、責任の取れない上滑りな声をかけるわけにはいかない。

むろん、お医者さまの手にかかれば、意識不明なのか嘘寝なのかなんて、簡単な検査で判明するのだろう……、しかるべき計器で脳波を測れば……、いや、まぶたをこじ開けて、瞳孔の動きを観察するだけでも、ある程度のことは——もっと言えば、わざわざ医療従事者を動員しなくとも、この場で彼女の腋《わき》をくすぐるだけで、真実が判明する。

けれど、それではその後の信頼関係はとても望めまい……、特に腋をくすぐるアイディアはありえぬ暴挙だ。首吊り子ちゃんからの信頼だけでなく、十代の実妹からの信頼も失う——覚《かく》醒《せい》したところで、彼女から事情聴取ができないのであれば、ぼくには、首吊り子ちゃんを起床させるメリットがない。

他の家族のように職務上の使命を帯びているというのなら話は別だろうが（推理作家の高山おじいちゃんでも、作品のための取材という名目はある。弟ならば役作りのため、とか）、ぼくは無職だ。

自殺しようとしているのであれば、どんな暴挙を働いてでも止めるけれど、もしも首吊り子ちゃんが、知恵を巡らせて生き延びようとしているのであれば、ぼくの出る幕はない。彼女に、彼女なりのプランがあるのなら、部外者は謹んでその計画を尊重しよう。

あくまでぼくの基準でしかないという前提だが、不法侵入が許されるのは、犯行現場までだ——閉ざされた被害者の心に、令状もなく土足でずけずけ踏み入るのは、重罪である。こればかりは、たとえお姉ちゃんの厳命でも聞けない——クラウディちゃんが首吊り子ちゃんの嘘寝を、くすぐりもせずに看破したのは、この妹自身がよくする行為だからだと思われる。ＶＲゴーグルを装着しての『寝たふり』で、一時間目をサボろうとする彼女ならではの発想……、と言っても格好はつかないだろうし、シンプルに同世代としての勘ならぬ共感というのが、一番適切かもしれない。

病室で待ち伏せをしていたのは、ぼくにその所見を伝えるためだと言ったけれど、事情が判明してみれば、案外、首吊り子ちゃんを病室にひとりにしないための見張りという側面もあったのだろうか。ベッドの脇でぼくとの会話をある程度聞かせることで、我ら兄妹（家族）が味方であることを、首吊り子ちゃんに教えようとしていたのだとすると、今のところその試みでは、首吊り子ちゃんの心を開くことはできなかったようだが……、ぼくがうっかり、スマホのゲームはここのところやっていないみたいな、理解のない大人の姿勢を表明したのがまずかったのかな？

一応、ぼくは命の恩人のはずなのだが、ううん。

どうあれ、その可能性にまったく思い至らなかった兄の分際で、それを子供の浅知恵と評するわけにはいかないけれど、どの道嘘寝なのだったなら、遠からず露見することは間違いない——ぼくがこそこそ密告しなくとも、いずれは担当医も不審に思って精密検査をすることだろう、たぶん一両日中に。

ぼくにできることは、否、ぼくがやるべきことは、少女の嘘を無慈悲に暴《あば》くことではなく、そのタイムリミットまでに結論を出すこと、せめて次のステップへと進むことである。

信頼を獲得できる程度に。

贅沢を言えば、彼女を脅かす犯人を特定できればベストである——当然ながら、自殺に失敗したことが気まずくて、短絡的に、後先考えないセンシティブさでひたすら嘘寝を続けているという線も、考慮に入れる必要があるにしても。

嘘寝じゃない線も、もちろん残す。

2

ヴェールドマン仮説、その第二の事件が何かという当たりをつけるにあたって、ぼくには結局、お姉ちゃんからの助けが必要だった――と言っても、壁にぶちあたった哀れな弟を見るに見かねて、お姉ちゃんが答を教えてくれたということではない。

そんなにほだされやすくはないのだ、吹奏野家のお姉ちゃんは。ぼくが料理に失敗したり、掃除が行き届いていなかったりすると、きちんとそれを、容赦なく指摘するのが愛情だと思っているタイプの姉である。正直、昔は嫌われているのだと思っていたくらいだが、今ではそんな姉のありように心底感謝している。

なので、助けというのは、もうちょっと偶発的で、しかも間接的な出来事だった。

翌日、水曜日の早朝のことである。

いつも通り、お姉ちゃんが（家庭内とは打って変わって）テレビの中ではきはきと喋っているのを、朝ご飯やお弁当を作りながら横目で見ていると、こんなニュースが流れたのだ――断っておくと、それは傘下散花さんとは何の関係もない別件だった。

お姉ちゃんも、ヴェールドマン仮説を追求することだけが仕事ではない……、地域密着型のモーニングジャーナルには、報道しなければならないニュースが他にも山ほどある。天気予報とか、猫のニュースとかもちゃんとやる。重要事項だ。で、この日、トップニュースではないにせよ、セカンドとして特集されていたのは、三十年前に起きた連続殺人事件の裁判の、再審が決定したという吉報だった。

たとえ自分のお姉ちゃんがアナウンスしていなくとも、これは耳目を引く——ぼくは調理の手順を一旦《いったん》停止し、リモコンで音量を大きくした。なんでも、最新の科学鑑定で、かつての証拠が完全に否定されたとかで……、当時の自白も信憑性が薄いと判断され、まず間違いなく無罪判決が下されるとのこと——無実の人間が、三十年近く身柄《みがら》を拘束されていたことを思うと、そりゃあ単純に手を叩いてばかりはいられないけれど、地球よりも重いと言われる再審の扉が開いたことは、素直に喜ばしい。言祝《ことほ》ぐべきだろう。

いや実際、弁護団にはどうやら、母方の一族がかかわっているようなので、ぼくにとっても他人事ではないニュースなのだが、ホームズ一家の一員でなくっとも、考えるところのあるニュースでもある……、ミステリーで名探偵は、物語の終盤でスタイリッシュに犯人をずばっと指摘するけれど、それが冤罪《えんざい》だったケースは、どのくらいあるのだろう?

終盤なんかじゃなかったケース。

ゼロじゃあないように思えるのだ。

たとえ真犯人が自殺し、犯行を告白する手記が発見されたところで、その『自白』の信憑性が、平均でどのくらいあるのかという話にもなる——そう簡単に白黒つけられはしない。だからこその両論併記で、だからこそ弁護士がいる——子供の頃は、『なんで悪い人に弁護士がつくんだろう?』と素朴に考えたこともあったけれど……、そういうことではない。無邪鬼とも言えない。一族からはやや距離を置いている母さん本人だって、何度も、無罪判決を引き出している。何度も、だ。もっとも、無罪判決にしたって、『本当に無罪だったのか』という疑いと表裏一体だ——無罪を主張して、逆に刑が重くなることもある。

反省していないと思われるからね。

うん、立場のないぼくは、それでも好き勝手に放言ができるけれど、母さんはもちろん、検事である父さんや、刑事のお兄ちゃんにはもっと、それぞれ違う意味を持つ、難解にして複雑なニュースだろう――と、そんな風につらつら考えているうちに、番組はスポーツコーナーへと移行した。

ぼくも朝ご飯&お弁当作りに戻って――戻ったところで、

なんて、自分の抜けた思い込みに気付いたのだった。

「ああ、そっか。見誤っていた」

と言うのは、例の検索条件についてだ。

救急病院で、管轄の警察署から派遣されてきた警察官からの聴取に、ぼくが話せる限りの情報を提供して(つまり、首吊り子ちゃん発見時の状況説明に限るという意味だ――ヴェールドマン仮説はもちろん、セーラー服がコスプレ衣装であることも、治治木さんのスルー力についても、現時点では伏せた)、バイオリン教室に立ち寄って品物とお釣りを受け取ってから帰宅し、そして家事のかたわら、再度データベースに当たって、ブラックジャック、またはそれに類する凶器が使用された未解決事件がないかどうか洗ってみたものの、しかしながら一件もヒットしなかった。

予想通りとも言え、さしてがっかりもせず。

事故や自然死、自殺に見せかけた可能性も油断なく考慮し、条件をスライドしながら検索をかけてみても、効果はなかった――まあこんなものかと思っていたけれど、しかし、それから一晩を経て、半分諦《あきら》めかけていたところで、天啓を得た。モーニングジャーナルから……、いや、肉親が登場しているからとかじゃなくって、やっぱりニュースには触れておくものだ。

そうだ、最初に検索をかけたとき、事故や自然死、自殺に見せかけた殺人の可能性を除外していたのと同じように、ぼくはそれが当たり前のように、『解決済みの事件』を、調査対象から除外していた——対象を、特に深い考えもなく、未解決事件に限定していたのだ。

その結果ヒットしたのが、雲類鷲鷹子さんの事件、ただ一件だったわけだが——しかし、もしもこの数ヵ月の間に、どこかで、誤認逮捕による冤罪事件が起きていたとしたら？　弁護士のみならず、警察官や検察官が身内にいるからこそ、常に心に留《と》めておかねばならない推定無罪の原則を、ぼくは迂闊《うかつ》にも失念していた。

許されざることである。

プロフェッショナルであるお姉ちゃんのチームが、そのような初歩的なミスを犯すとは思えない……、一昔前ならいざ知らず、その点への配慮は、最近のＴＶショーでは特に慎重だ。むしろ案外、真のスタートはそこだった可能性さえある——逮捕された被疑者が、犯行を否認しているような事件を取材しているうちに、似たような凶器が使用された別ルートの事件にふたつ（雲類鷲鷹子さんの事件と、傘下散花さんの事件。首吊り子ちゃんの事件も含めればみっつ）、行き当たったとか……。

その経緯を逆算するようにアプローチすれば——出題者の意図を探るようなアプローチだが——つまり、逮捕された被疑者が犯行を否認している事件をまずピックアップして、それらを精査すれば、ブラックジャックが凶器に使われた殺人事件に遭遇できるかもしれない。

あ、いや、否認しているとは限らないか。

きっかけとなったニュースでも、被疑者は犯行を自白してしまっていた——取調室の中や、どころか裁判所の中でも、様々な理由から、やってもいない犯罪をやったと言ってしまう被告人は、少なくないのだ。

なので、幅はもっと広く取らなければならない……、まとめると、新しい検索条件は、以下のようになる。

『ここ三ヵ月以内に、この周辺で起きた解決済みの殺人事件で、ブラックジャックか、それに類する凶器が使用されている』

顔に布をかぶせられていたかどうかは、ここでもいったん置くことにした——その情報は、報道に乗るとは限らないというのが、雲類鷲鷹子さんの事件を調査しての結論だ。そして思うに、ブラックジャックというワード自体は、どう考えても漫画のキャラクターのほうが有名であるがゆえに、犯罪の公表時には広がりにくいようにも感じるので、普通に『撲殺』と調べるべきかもしれない……、しかし、そこまで手を広げてしまうと、かなりの数の殺人事件が該当してしまうので、如何せん個人の手には余る（棍棒で殴ったほうが早いと考えるのは、ぼくの妹に限らない）。

なので、脳内出血とか内臓破裂とか、その類《たぐ》いの死因でくくって、三度目の正直にチャレンジしたのが、家族を送り出してのち、昼食前の隙間時間のことである。

なにせ昨夜、照合が空振りした直後のことなので、調べ物にあたって過度に期待しないよう自らをきつく律していたのだが——結果としては驚いたことに、なんと二件の解決済み事件がヒットした。思わず前のめりになってしまう。

一件に絞り込めた雲類鷲鷹子さんのときよりも、複数候補があるのは、むしろ望ましいと言える結果である……、遂に選択肢が生まれたことで、初めて、手応えらしいものを感じたと言える。

ようやく希望が見えてきた。

いや、冤罪事件が発生していて、真犯人、ないしはヴェールドマンが野放しになっているのだと考えると、見えてきたのは希望ならぬ社会の絶望かもしれないけれど、ぼくの午後の予定ははっきりした。

さしあたり治治木さんに連絡して、本日のショッピングもお任せしてしまうことで、私的捜査のための時間を捻出《ねんしゅつ》しよう——毒を食らわば皿までだ。文字通り一児を抱える未婚の母に迷惑をかけるのはぼくの本意ではないけれど、そもそも先に迷惑をかけられているのはぼくなので、その点を過剰に気に病むのはよそう。

そこは持ちつ持たれつだ。

……もたれ合いにならないよう気をつけねば。

さてと、どちらの解決済み事件から調査しようか？　事件発生地域がまちまちなので、今日中に両方を巡ることは不可能だ——多忙を極めるぼくの自由時間は、捻出できてもたかが数時間なのだから。

確率を二分の一より上げたい。

どちらかが正解ならどちらかが不正解だ。

お姉ちゃんが提唱するところのヴェールドマン仮説を尊重するなら、第一の事件（雲類鷲鷹子さん）から第四の事件（首吊り子ちゃん）の事件までの中に、殺しの手口が完全に一致するケースはないはずだ——意味があるのか、それとも無意味になのか、こだわりなのか、執着心なのか、散らしてきている。そりゃあもちろん、どちらの事件もヴェールドマンの仕業である可能性も考えられるけれど、ブラックジャックが使用された事件は、起きていて一件だと考えていいはず。

内出血。

できれば首吊り子ちゃんの嘘寝が露見する前に、ヴェールドマン仮説の検証を終えてしまいたいことを思うと、ここでへまはしたくない……、横着するつもりは更々ないけれど、二度手間は避けたいのが本音である。

どちらだ。

二十四歳の新妻が、早朝ジョギングの最中にストーカーに襲われた傷害致死事件か——閉店後の小料理店で、その日ひとりで居残っていた店の亭主が空き巣の常習犯に殺された、強盗殺人事件か。

両方の事件で、既に被疑者は逮捕されている——前者ではストーカーは犯行を認めていて、後者では空き巣は犯行を否認している。それが冤罪事件の絶対的な基準でないことは重々承知した上でも、機械的に考えれば、後者のほうが誤認逮捕の確率は高かろう。

たとえストーカー犯が公判で証言をひっくり返すにしても、悠長にそれを待ってはいられないし……、どうしよう？　むろん、どちらも外れであるという、ダブルゼロの悲劇もあることも、ギャンブラーは念頭に置かねばならない……、その場合、ぼくはただただ、時間を（自由時間を）浪費することになる。吐き気《はけ》を催すような凶悪犯罪に、自分からのこのこ近づいていって、その凄惨さに、たちまち気分を悪くするのみだ。

かと言って、うだうだ迷っている時間も勿体ない。

逮捕された被疑者の認否以外に、両者に違いがあるとすれば——ようし決めた、こちらの事件のほうから接触しよう。大丈夫、当てずっぽじゃない勝算はある。その勝算が、なるときには敗因になるだけのことだ。

3

この日の調査対象に、新妻ストーカー傷害致死事件のほうを選択した理由は、論理的だったとも合理的だったとも言いにくい——強いて言うなら芸術的だった。と言うのも、ぼくはこのたび、お姉ちゃんからの言いつけに従って唯々諾々と動いているわけだが（今となってはそれだけとは言えないが）、基本的にはヴェールドマン仮説の検証を、反証という形でおこなっていた——怪人の実在よりも、怪人の非実在を証明するというのがスタンスだった。

むろんお姉ちゃんもそれは承知の上だろう……、背理法の大切さを、テレビマンに説く必要があるとも思えない。

ただし此度の決定に関しては、ぼくは臨機応変に（見様によっては優柔不断に）、取材班側の気持ちになったつもりで考えてみた——被害者の気持ちになることも大切だし、場合によっては被疑者の気持ちをトレースすることも必要だが、ぼくは（みんながそれぞれの探偵道を歩む家族の中で、常にそうしてきたように）第三の道を歩む。つまり、調査グループの思考を辿ってみた。

ヴェールドマンという、いかにもテレビ的でセンセーショナルな名付けは、雑木林で首を吊っていた少女に首吊り子ちゃんと仮名をつけたセンスレスなぼくにとって羨望《せんぼう》の的だが、それはさておき、その出典であるイタリアの芸術家、アントニオ・コッラディーニについて、お姉ちゃんはどう語っていただろう？

ヴェールをかぶった女性の像を、多く手がけた彫刻家だと言っていなかったか？　だからこそ一連の作品は、通称ヴェールドウーマンなのであり——つまり、ヴェールドマン仮説における被害者は、女性に限定されるんじゃないのか？　これまで判明している被害者が全員女性だから、次も女性だと考えるのではあまりに安易だが、『名前の由来』を含めて勘案すると、むしろここは安易であるべきではないのか。

ならば、取材班がヴェールドマンの第二の犯行と見込んだのは、小料理店の亭主が殺害された事件よりも、新妻が殺害された事件のほうじゃないだろうか？

一度そう考えてみると、そういう風にしか見えてこないのが不思議だ——先入観ならぬ後進観とでも言うのか。それに、強盗殺人となると、つまり金銭やらを奪ったということで、そちらは他の事件との違いのほうが際立つ。逆に、新妻が被害者だったなら、どうだろう、ウエディングヴェールを、元よりかぶせられているようなものじゃないか？　見立て殺人——被害者の肩書きそのものを、見立ての道具立てにするケースも、中には存在する。

むろん、牽強付会《けんきょうふかい》だ。

穴だらけの論理であることは自覚している。

もしも強盗殺人で亡くなった小料理店の亭主が、トラットリアの店長であったなら、『彫刻家の出身国であるイタリアを連想させるから』という理由で、そちらを選んだかもしれない程度の脆弱《ぜいじゃく》な発想である。

でも、それで構わない。要するにぼくは、決め手に欠ける平等な二択を、決断する理由が欲しかっただけみたいなものなのだから——そんなわけで、ぼくは新妻ストーカー傷害致死事件の現場となったジョギングコースを、運動がてらロードレーサーで訪ねることにした——つまり今日は夜露は、寝坊しなかったということだ。

ぼくの弟も常に遅刻するわけじゃない。十日に九日くらいだ。

予告しておくと、ぼくは賭《か》けに勝った――お姉ちゃんが言う第二の事件を、ものの見事に引き当ててみせた。けれど、勝利の味と、久し振りのサイクリングの感想は、正直、思っていたのとかなり違う感じだった。

幕間　Ⅵ

「うっかり、どうしてそんな服を着ているのかなんてなんとなくだと、我々はさっき言ってしまいましたけれど、あれは取り返しのつかない失言でしたね。

「それこそがまさしく、顔を覆うべき発言です。二度と表を歩けません、少なくとも、面《おもて》を上げては。

「老若男女かかわらず、伊達者ならば、自分の着ている服を、一から十まで説明できなきゃ嘘でしょう――さっきの発言は、我々には服のセンスが一切ありませんと、自白したようなものです。

「自白と言いますか、自爆と言いますか。

「自縄自縛と言いますか。

「こうなってしまうと、首吊り子ちゃんの謎のセーラー服に関して、ここで我々が見解を述べることは、とても許されないでしょうね。いえ、既にとっくに謎ではないのでしたか――一から十まで説明できる、とは言えなくとも……、ね。ＶＲ探偵なんて我々とは縁遠い存在だと思っていましたが、吹奏野家の末の妹さんも、侮れませんね。

「しかしまあ、制服に関しては、許されずとも、我々としてはついつい、考えずにはいられません。

「それが被服、つまり布だから――では、ありませんよ？　制服という記号、それらしさについてはね……、思うところはあるわけです。いや本当、言葉遊びではなく、制服まさに、人を制するための服だと感じてしまうわけですよ。

「見る者も、着る者も。

「服に制されている――征服されている。

「繰り返しますが、言葉遊びではなく、正真正銘――肩書きにも似ています。いっそ肩章《けんしょう》と言ってもよいほどに。我々の母親は、母親という感じの人ではなかったですが、しかし関係上、我々は彼女を、母親と呼ぶしかありません。

「保護者でも、家族でもないはずなのに、そう呼ぶしか――産めば母親。案ずるよりも産むが易し。そうでなければ、だいぶ楽だったんですがね。易かったんですかね。裸の王様はもはや王様ではない。王者のマントを羽織った者が王様なのです――そう考えると、あれは風刺の利いた童話ですよね。

「刺されたところが、焼けるように熱くなりますよ。

「あのねえ、『紙と電子』と言えば、書籍ではなく煙草の話になる家庭環境で育成された我々の身体って、なぜか火傷の痕だらけなんですが、そんなの、服を着ちゃえばわからないわけですよ。服を着ている間は、我々は元虐待児童ではないんです。

「身体の傷も、心の傷も、見えなきゃないのと同じですよ――我々のろくでなしな母親も、掛布団にくるまれば、まともな人間に見えました。まあ、実際は蓑虫のようでしたけれど。まともな蓑虫でした。

「中身よりも器のほうが本体になる――覆っている布が、信用を生む通行手形になってしまう。書類の大切さを強調した我々ですが、紙切れよりも布きれですね。

「あなたが言うところのブラックジャックもそう。

「中身は関係ありません——我々の使用した殺人道具は、布こそが本体です。中に何が詰まっているかわからないのは、人間と同じですがね」

第七幕　ジョギングコースの献花

1

　昨日、昏睡状態、もしくは偽睡状態である首吊り子ちゃんの病室を訪ねるときには、突然の慌ただしい呼び出しだったこともあって、不覚にも手ぶらだったぼくだけれど（厳密には弟のサインを携えていたが、あれはナースさん宛《あ》てだ）、新妻ストーカー傷害致死事件の発生現場を訪れるにあたっては、さすがにその道中のフラワーショップで、花束を購入した。

　雲類鷲鷹子さんの亡くなったマンションを検分する際には、身分素性を偽っていたこともあって、それが叶わなかったけれど、仕事でもないのに犯罪現場をうろちょろする素人探偵には、あるべき当然の礼儀と言えるだろう——だが、この礼儀が、考えてもみなかった展開を差し招くことになる。

　被害者の新妻は、綾町楓《あやまちかえで》さん（24）。

　事件が起きたのは約一ヵ月前のことで、殺害時刻は午前六時台、健康のための日課であるジョギングの最中に、結婚する以前から彼女につきまとっていたストーカーに襲われたとされている——報道記事には、凶器がブラックジャックであると明記されていたわけではないが、『後頭部を殴打され』とか『脳内出血を起こし』とか、それらしい記述が散見された。

調査してみる価値はある。

それにしても、ストーカーにつきまとわれているというのに、明け方から女性がひとりでジョギングとは、やや不用心に感じる……、悪質なストーカーに怯《おび》えて日々の行動原理を変えたくないという負けん気があったのだろうか？　それとも、単純にそこまでの脅威とは見做されないストーカーだったのか――だとすれば、撲殺犯が別にいる可能性も、あるように感じなくもない。

だったらその撲殺犯の動機は何だという話になるが、それはヴェールドマン仮説に基づく一連の事件、すべてに言えることである。

犯人の目的がまったく見えてこない。

殺しの手口にいちいち布を絡めてくる理由はもちろん、彼女達を狙う理由もわからない――金銭目的でなく、怨恨でもないのなら、なぜ殺す？　ただの快楽殺人にしては、衝動的とも思えない。時間と手間をかけて、ゆっくり殺している。被害者の共通項が女性であること以外に見当たらない。

それがわかれば、調査の新たな軸となるのだが、しかしそれがわからないから、捜査が難航しているとも言える。リアルタイムの未解決事件である傘下散花さんの事件の捜査も、どうやら進展はないようだし――まあ、それ以前に、事件発生から一ヵ月が経過している現場を訪れたところで、事件発生翌日に逮捕されたストーカー犯の冤罪を晴らす新たなる遺留物の発見があると信じているわけじゃあないのだが、ここはクラウディちゃんの、向こう見ずな行動力を見習おう。

ロードレーサーを漕《こ》ぎ漕《こ》ぎ、犯行現場に到着してみると、先客がいた――それもたくさん、先客がいた。

　首吊り子ちゃんが首を吊っていたのが森林公園の中の散歩道なら、綾町楓さんが撲殺されたのは、球技場周辺のジョギングコースだった——これは、共通項には数えにくい、似て非なる両者である。少なくとも、こうして昼間に訪れると、円環を描いているジョギングコースの周辺は拓《ひら》けていて、見晴らしがよく、犯罪とは無縁の健康的な雰囲気がある。

　こう言っちゃなんだが、打って変わってあの雑木林は、いつか何かが起こるんじゃないかというような万端の怪しさがあった——あそこで森林浴をしようなんて思うのは、天然素材の治木さんくらいのものだ。

　データベースを探っても、ネット上の、ジョガー達のコミュニティを探ってみても、ジョギングコースの何キロ地点で綾町楓さんが襲われたのかを特定することはできなかったのだが、意外なことに、こうしてじかにやってきて、自転車を降りて、ひとまずコースを一周してみると、その地点は一目瞭然《いちもくりょうぜん》だった。

　三・五キロ地点の看板のすぐそばに、大量の花束が捧げられていたからだ——たくさんの先客、である。

　どうやら綾町楓さんは、多くの人に愛され、多くの人に慕《した》われていた新妻だったらしい……、こうなると、ぼくが犯罪調査の口実に道すがら花束を購入してきたことが、薄っぺらい社交辞令にしか思えず、ひたすら後ろめたくなる。

　一ヵ月経《た》っても献花が絶えないとは。

　少なくともこの人は、ミステリーの登場人物一覧表で、『綾町楓——第二の被害者』と書かれて終わるだけの人ではなかったということである。別にそうしようと思ったわけじゃないのに、葬儀が身内のみでおこなわれそうなぼくとはえらい違いだ。

彼女を愛したその『多くの人』の中に、ストーカー犯が含まれていた事実は、残念という他ない副産物だが……、申し訳ないような、いたたまれないような気持ちになりつつ、ぼくは一番端《はし》にこそっと、紛れ込ませるように、偽善の花束を置かせてもらった。ここまで来て、まさか持って帰るわけにもいかないし。

そして反省の意も込めて、いつもより長く、両目を閉じて両手を合わせる――

と。

「――ですか？」

そこで不意に、右側から声かけをされた。

ジョギングコースだということを忘れ、走者の妨害をしてしまっていたかと思ったが、そうではなかった――咄嗟に開眼して身構えると、

「楓のお友達ですか？」

そう訊かれた、訊き直された。

コースを十周以上走った直後なのかというくらいに疲れ果てた雰囲気を持つ、ぼくと同世代の男性だった――しかし、走ったにしては、着用している分厚いスウェットは、まるっきり汗に濡れていない。

「ありがとうございます。楓のために」

「――え、えっと」

そんな深々頭を下げられても……、友達じゃない、どころじゃない。解決しているはずの事件を掘り起こしにきたという意味では、ほとんど墓荒らしみたいなものだ……、誰だ、この人

は？　ぼくとは違って、真っ当に献花に来たかただろうかとも思ったが、見る限り手ぶらのようである——どこかで見たような気もするのだが……、あ、もしかして。

「生前は、妻がお世話になりました」

やつれた男性は、頭を下げたままで言ったのだった。

2

新妻がいれば、そりゃあ新郎がいるのは当然である——そして、被害者がいれば、被害者遺族がいるのも、また当然である。シングルマザーの傘下散花さんの、残されたお子さん——そのお子さんを引き取った実家のご両親。一人暮らしだった雲類鷲鷹子さんにも、離れて暮らす息子さんがいると言っていたし、身元不明の首吊り子ちゃんにも、あのまま亡くなっていたら、悲しむ人がいたはずだ。

心苦しさが倍増する。

いや、ぼくもはばかりながら、吹奏野家の一員であり、こんな形のイレギュラーな非公式で家族の調査に協力したことは、一度や二度ではない……、十度や二十度でもない。なので、被害者遺族と、これまで接したことがないとは言わない。だけど、なるべく避けてきたことではある、ぼくのやっていることがそのくらい無神経だという自覚はあるので。

相手を慮《おもんぱか》るためでもあり、自分を守るためでもある——どうしても会わなければならないときには、それなりの心の準備をしてから会いに行く。つまり、こんな覚悟のない状態で、不意にというのは初めてだった——ぼくがたまたま事件現場を訪れたタイミングで、被害者の旦那さんがたまたま現れるみたいな、こんな偶然があるなんて。

ならば、憔悴《しょうすい》していて当たり前だ。

ぼくからすれば、一ヵ月も前の傷害致死事件の現場を、今更のこのこ検証しに来たようなものだけれど、新郎にしてみれば、愛する新婦を失って、まだほんの一ヵ月しか経っていないのである。そしてどこかで見たような気がするのも当たり前なのだ、きっとデータベースを浚《さら》う中で、掲載されていた顔写真を見たのだろう——こうもやつれられては、写真の古かった綾町楓さん以上に、わからなかっただけで。

名前は——くそう、出てこない。

ど忘れした、とは言うまい……、最初から、覚えようという気概に欠けていた。被害者遺族のフルネームまでは……。かと言って、今、本人の目の前で、スマートフォンを取り出し、データを確認するわけにもいかない。

「失礼しました、急に声をかけたりなんかして。最近、やっと外出できるようになりまして……、あそこのベンチで、座って見ているんですよ。ずっと。妻のために、手を合わせてくださる皆さんのことを」

葬儀には出られませんでしたから、と彼は言った。

「人任せにしてしまいました。夫の癖にね。情けない限りです。だから、せめてここで、妻を思って——」

「……ご愁傷様です」

かろうじて、そう言うことしかできなかった。これこそ社交辞令でしかない。

一方で、納得はできた——なるほど、あながち、たまたまでも偶然でもなかったわけだ。今日に限らず、彼がずっとこの三・五キロ地点で、亡き妻を偲び続けていたのであれば、ふらっと現れた自転車乗りと、こうして遭遇するのは必然である。

いやはや、本当に申し訳ない気分だ。

言うまでもなく、ぼくには綾町楓さんとの、語れるような生前の思い出なんてないのだから……、そんな風に、新郎から丁寧な挨拶をされる義理なんてない。ここがジョギングコースでなくとも、走り出してしまいたいくらいの恥ずかしさだった。

葬儀と言うなら、飲み食いをするためだけに、参列した奴みたいなものである――ただ、ぼくも遊びに来たわけじゃない。探偵ごっこなんて、遊びに来たようなものだろうと言われるかもしれないし、実際、仕事でないことだけは確かだけれど、しかし一応は、任務を帯びてきたのである。崇高かどうかは定かではないが、とにかく任務を。

ここで黙って、心の痛みに耐えきれず、すごすご帰宅してしまうようでは、吹奏野家の第三子は務まらない……、どれほど気まずくても、家紋を背負っておきながら、逃げるわけにはいかないのである。むしろこれを好機と捉えるくらいの図太さもなければ。

……とは言え、まあ、ぼくも空気を読むのが得意なほうじゃないけれど、この出会いをむしろ好機と捉えて、いきなりずけずけ、新郎を質問攻めにしちゃいけないことくらいはわかるのだ。

貸主兼管理会社の塔条さんにそうしたように、新妻ストーカー傷害致死事件の詳細をあれこれ、寝掘り葉掘り聞き出したいのは山々なのだが――とりあえずぼくは、被害者遺族の怒りに同調するように、

「ストーカーなんて、実に許せませんよね」

と切り出した。

下心があることを思うと、未亡人（男性の場合でも、そう言ってよかろう）の気持ちに寄り添ったとは言いにくい――下手な機嫌取りだと怒られても仕方なかったが、ここで新郎は、意外な反応を見せたのだった。

「……捕まった男は犯人じゃありませんよ。真犯人は、別にいるんです」

「え？」

「いえ、失礼。余計なことは言わないように、警察から言われているんでした」

すぐさまそう前言を翻《ひるがえ》したかと思うと、新郎はすっとぼくに背を向けて、ベンチのほうへ戻っていく――疲れ果てた風の彼が、一瞬、感情を爆発させそうになったようだけれど、今、なんと言った？

ある意味、ぼくが一番望んでいた言葉であるだけに、耳を疑った。

「すみません、どういうことですか？」

その背中を黙って見送ることなんてすかした真似ができるはずもなく、ぼくは新郎を追いかけた――結局、ずけずけと、彼が腰掛けた、ここのところずっと腰掛けているというベンチに、並ぶように勝手に座る。

神経のダイエットを心掛けなければ、いつかは。

「真犯人は別にいるって。捕まった彼は犯人じゃないって」

「失言でした。忘れてください」

「冤罪ということですか？　だとすれば、真犯人は誰なんです？」

しつこいぼくを――それこそ、ストーカーのようにつきまとうぼくを、新郎は追い払おうとこそしなかったけれど、さりとて、何も語ってくれそうになかった。

ただただ首を振るばかりである。

気になるところではあるが、しかし被害者遺族を苦しめることが、ぼくの本懐ではない――ここは一旦落ち着いて、アプローチを変えてみるか。彼が答えやすい質問を用意しよう。

「そう言えば、テレビ局の人間が取材に来たりしませんでしたか？　ぼくも、この間取材を受けたんですけれど、そう、楓さんの友人として……」

「……ええ、はい、取材を受けましたね。何度か。何度も。えらい別嬪《べっぴん》さんに、マイクを向けられましたよ」

お姉ちゃんだ。

これで確信が持てた、お姉ちゃんがヴェールドマン仮説を立証するために追いかけていた事件は、小料理店の強盗殺人ではなく、こちらの新妻ストーカー傷害致死事件のほうだったのだと……、反則とは言わないまでも、ちょっと変則的な確認手段ではあったけれど。そして、『別嬪さん』で姉だと理解するあたり、ぼくも自分で思っているほど、問題のない弟ではなさそうだけれど。

いずれにせよ、そのインタビュアーの弟であることを隠すために、自分もインタビューを受けたと下手な嘘をついたものの、そうするまでもなく、新郎からはそこを不審がられてはいないようだった――『どうしてそんな質問をするのか』と、訊き返して来ない。

最近ようやく外出できるようになったと言っていたけれど、昼間からこんなところで――こんな悲劇があったところで――日がな一日ずっと座っているようでは、本調子からは、やはりほど遠い精神状態と見るべきなのだろう。まして、妻を殺害したとされるストーカーを、真犯人と思っていないのであれば。

逮捕イコール有罪ではないよう、逮捕イコール事件解決ではない――未解決事件。ヴェールドマンのかかわりにかかわらず――

……ふと気になったが、インタビューの中で、お姉ちゃんはこの新郎に、どんな風に質問したのだろう？　彼女がぼくよりも聞き上手であることは確かだが……、ぼくに対してそうしたように、ヴェールドマン仮説について、持論を語って聞かせたりしたのだろうか？　そんな怪しげな真犯人のイメージを、被害者遺族に与えてしまったのだとすれば、報道機関としていささか罪が重い気がするが……、もしもその話を聞いたから、『真犯人は別にいる』と思っているのなら、事情聴取の意味がない。

情報源がぼくと同じなのだから。

昨日見たテレビ番組の内容でわいわい盛り上がってるようなものだ――まあ、『りか姉』と呼んでいないあたり、この新郎は、早起きの人ではなさそうである。

「新聞とかを読んだ限りじゃ、いろいろ言われていて、何が真実なのかわかりづらいんですけれど……、楓さんは、ストーカーにどんな風に殺されたんですか？」

わざと『ストーカーに』と、強調して質問してみた……、挑発的だし、『いろいろ言われていて』という思わせぶりな表現も、やや嘘だ。むしろこの事件に関しては、世間ではあまり語られていないくらいだ、事件が『早期解決』したせいで……、ただ、多少回りくどくとも、これは確認しておかなければならない項目だ。肝心なところなのだから。

まったく、罪の重さじゃ、お姉ちゃんと変わらない。

「ブラックジャックですよ」

思いのほかストレートな答だった。

クラウディちゃんはマイナーみたいに言ったが、推理小説の読者以外にも、意外と知られている凶器なのか？　いや、事件の当事者ゆえに知っているだけか——いずれにせよ、新郎はぼくに対して、それがどんな凶器なのか、医者ではないことも、まして海賊のマークでないことも説明しようとはせず、

「ジョギング中に、こう、後ろから殴られたそうです。ぱっと見た感じじゃ外傷はなく、綺麗なものだったんですけれどね……、倒れたときに、膝をすりむいたくらいで……」

と、淡々と語った。

淡々としか語れない内容である。

うなだれている彼に、じゃあじゃあ次はと、質問を重ねるのは心苦しい……、が、そこまでは知っているはずの情報でも、当事者の口からリアリティを持って語られてみると、疑問が出てきた。

ジョギング中に後ろから殴られた？

「つまり、犯人もまた、ジョガーだったということでしょうか？　少なくとも奥様よりも足が速くないと、ジョギング中の人物の後頭部を、殴れませんよね？」

それも、想像するに、ほんのわずかに速い程度じゃあ駄目だ……、綾町楓さんが前方に向かって走っている分、ブラックジャックの威力が減殺されてしまうのでは？　もちろんノーダメージではなくとも、致命傷にはならないような……、ジョギングコースに自転車で、ましてバイクなんかで乗り入れるわけにもいくまいし。

「ああ……、ジョギングと言っても、妻の場合は、ウォーキングに近いものでしたからね。あ

くまで健康のための、一日一万歩ですよ」

なるほど。

高山おじいちゃんの朝の散歩より、ちょっと動的なアクティビティと言ったところか。

「イヤホンで音楽を聞きながらのウォーキングでしたから、後方からの接近には気付かなかったようです」

被害者を責めたくはないし、また被害者遺族に言いたくもないが、やはり不用心ではあるな……、ストーカーがいなくても、女性じゃなくても不用心なくらいである。まして女性を狙うストーカーにとっては、あまりに狙い目過ぎる。

「凶器がブラックジャックだというのはわかりましたが……、えっと、奥様のご尊顔に、布がかけられていたというようなことはありましたか？」

被害者の友人という立場で質問しているのだから、『奥様』という言いかたも、『ご尊顔』という言いかたもやや過剰で他人行儀だが、ともあれ、これは訊いておかねばならないことだった。

「布、ですか……」

新郎は、そこでそんな風に顔を起こした。

「布と言っていいのかどうかわかりませんが、帽子をかぶっていましたね。日よけ用の……、昔は妻は、夜に走っていて、その際にはキャップくらいのものだったんですけれど、日が出ている時間だと、やはり太陽光が気になったようで」

ジョギングの時間を夜から朝に変更している辺り、まるっきりの不用心というわけでもなかったのだろうか？　日よけ用の帽子というのは、確かに、ものによっちゃあ顔を完全に隠してしまうものもある……、まさかスキーヤーばりの目出し帽ではあるまいが、条件は満たしているように思える。

速度はスローリーだとは言っても、ジョギング中という、ターゲットがじっとしていないシチュエーションを犯人が狙ったのは、手間をかけるまでもなく、被害者が自《おの》ずから、顔をヴェールで覆っていたから、と仮定できるか？

ヴェールドマン。

布で覆って、布で殺す。

その後も僕は、しょげている新郎から、綾町楓さんが他のジョガーに発見されたときにはもう心肺停止状態で、犯人らしき人物はそばには見当たらず、近くの大学病院に搬送されたものの、『じわじわ』亡くなっていったとか、音楽をインストールしているスマートフォンを含め、盗られたものはなかったとか、あれこれ情報を引き出した——デリカシーを欠いた際どい問いでも、答えられることには、すべて答えてくれる。気力のなくなっているところにつけ込んでいるようで、ますます心苦しいが、ここで手は抜けない。

例のゲーム、『スクリーン・スクール』のユーザーだったかどうかも尋ねてみたが、これに関しては、

「いえ、妻はゲームはむしろ苦手なほうだったかと……、運動が得意というほどではありませんでしたが、アウトドア派でした」

との答だった。

そりゃジョギングしているしね。

被害者が全員、特定のソーシャルネットワークゲームのプレイヤーだったという仮説は、こ

れで不成立か……、だとすれば新郎は、なぜぼくがそんなことを訊いてきたか意味不明だったろうが、その点、訊き返してはこなかった。

そんなわけで、罪悪感でぼくが精神的ダメージを受けたという感情論を抜きにすれば、事情聴取は上首尾に終わった——とは、実は言えない。訊きたかったけれど、訊くに訊けなかったことが、ひとつだけあった。

綾町楓さんの誕生日だ。

彼女が殺された一ヵ月前の日付は、彼女のバースデーでしたか？　と、できることなら訊きたかったのだが、亡き妻の友人という立場では、それは難しい——友達でも、誕生日を知らないことはままあるだろうけれど（たとえば、ぼくは治治木さんの誕生日を知らない。正確な年齢も知らない）、身分詐称が露見するリスクを無闇に増やしたくない。

どちらにしても、切り上げどきだ。

これ以上長居をして、本物の弔問客が現れたりしたらまずいことになりそうな気がする——そりゃあ、その弔問客からぬけぬけと事情聴取ができたらベストだが、新郎がこのベンチに座り続けている以上、そのベストは尽くせない。

ぼくは最後の質問のつもりで、もう一度問うた——駄目元である。

「ストーカーが犯人じゃないのなら、真犯人はいったい誰なのでしょう？　誰がいったい、楓さんを——」

「……知りたいですか？」

と。

そこで新郎は、前触れなく立ち上がった——すわ、本当に弔問客が現れて、また挨拶にいくつもりなのかとぼくは慌てたが、さにあらず、彼は献花の辺りとは、てんで逆方向へと蹌踉の歩みで動き。

弔問客も来ていなかった。

「知りたいなら、ついて来てください。お教えしますよ——ヴェールをかぶった、新妻の真実を」

3

どこでどうして気が変わったのか、教えてくれると言うのなら、なぜその場のベンチじゃ駄目だったのか、問いただす場面では、もちろんない——神経質なことを言って、また気が変わられては敵《かな》わない。流れに乗らなければ。情緒不安定な精神状態につけ込むようで申し訳ないが、たとえ気の迷いでも、話すつもりになってくれたなら、そんな千載一遇を逃すような英才教育を、ぼくは受けていない。

ともかく、被害者遺族の寡夫によって案内されたのは、果たして彼の自宅だった——ついこの間まで、新婚夫婦の愛の巣だったはずの、庭付き一戸建てである。

道中はほぼ無言で、気まずいと言ったらなかった……、下手なことを訊かないほうがいいと判断したのだが、これではこの先が思いやられる。当たり前だが、ジョギングコースからそう離れていない徒歩圏内だ——なので気まずい道中は、実際にはそんなに長時間ではなかったはずだ。余裕で取りに帰って来られる距離だと判断して、ロードレーサーは駐輪場に置いてきた。

もちろん、ぼくは調査段階で、綾町楓さんの生前の住所を把握していたのだが、それを新郎に悟られないようにしないと……、うっかり先導する形にならないように……、誕生日同様、『友達』が自宅の住所を知らないのは不自然かもしれなかったが、『ヴェールをかぶった新妻の真実』なんて途方もなさそうなことを教えてもらうためには、完全なる無知蒙昧《もうまい》を装ったほうが利口そうだ。

「お見せしたいものがあるんです」

玄関の鍵を開けて、靴脱ぎに這入ったところでようやく、新郎はそう教えてくれた。

「どうぞ、何のお構いもできませんが……、男やもめで、子供もまだでしたので。そっちの、右手奥の、客間のほうへ、先に行っておいていただけますか。あなたにお見せしたいものは――お見せしなくてはならないものは、そこにおいてありますので。私も準備をして、すぐに向かいますので」

煽《あお》ってくるなあ。期待か、恐怖を。

そうは言いつつも、お茶くらいは出してもてなしてくれるつもりなのか、新郎はキッチンのほうへと向かった――初めて這入る家屋でも、ぼくには本能的に、キッチンの場所はわかるのだ。

お言葉に甘えて、言われるがままに客間にお邪魔して――ぼくは思わず呻《うめ》いた。

襖を開けた瞬間に感じたのは、他人の家の匂い、というだけではない。生理的に思わず、後ずさってしまうような……、雲類鷲鷹子さんじゃないが、物理的に鼻面をぶん殴られたんじゃないかと思ったくらいだ。フルーツでも腐っているかのようである。

見せたいものというのはドリアンか？

しかし、和室の中央に置かれたこたつの上には、ドリアンはおろか、籠に入ったミカンがあるわけでもない……、真夏なのに客間にこたつ、それも分厚い布団が装着されたままというのは、ややバランスの悪いインテリアだが、そこはそれ、家々ごとの個性であり、生活感と見ていい——こたつを片付ける余裕もなかったと解釈することもできよう。大家族であるがゆえに、客間も私室として使い切っている我が家に比べれば、客間があるだけまだしも常識的だ。

問題は、鼻をつく異臭はどうやら、そのこたつの内部より放たれているということだ——もしかして、内部で漬物でも発酵させているのだろうか？　こたつで牛乳からヨーグルトが作れるというのは聞いたことがある……。

そう思い、いささか礼を失した行為だとは思いつつ——否、正直、礼儀作法にまで頭が回らなかった——親の顔が見たいと思われたらどうしよう——布団をまくってみると、内部は掘りごたつになっていて、真下に足が下ろせるようにくぼんでいて、そして、そこで。

底で成人男性の死体が腐乱していた。

一目で死んでいるのだとわかるし、一目で腐っているのだとわかるほどに、それは死体だったし、それは腐乱していた。

首吊り子ちゃんを『発見』したときと違って、こんなの、写メを送信してやすでおばあちゃんの所見を待つまでもない——こたつ布団をまくることによって、更に強まった臭い、つまり腐乱臭に、ぼくは脊髄《せきずい》反射で立ち上がってしまう。

え？

誰だ、この男は？

成人男性と言ったが、もっと細かく言えば、掘りごたつの掘られた部分に、体育座りの姿勢で埋め込まれていたのは、裸の男性だった——それこそ発酵のように、全身がずるずるに腐っていて、外傷の有無などは一目じゃ確認できなかったけれど、少なくとも『女性』ではない。布ならぬこたつ布団で覆われていたという意味では、ヴェールドマンの犯行だとこじつけられなくもないが……、しかし、男性では、ヴェールドマン仮説の被害者たる条件を満たしておらず……。だったらなぜ、綾町楓さんの生前の家に、まだ被害者遺族が暮らしている家に、死体がある？　第一、ひとつ屋根の下に死体があって、ましてこんな異臭を放っていて、新郎が気付かないわけが——え？

じゃあ、これがまさか、『お見せしたいもの』？　『お見せしなくてはならないもの』？

腐乱死体が？

「————っ！」

そのとき。

とにかく、現場を保存する意味でも、腐乱臭から逃げる意味でも、この客間から離れようと考え始めていたぼくの後頭部に、がつんと、今度は本当に、物理的な衝撃があった——意識が遠のく。前のめりに倒れ込みながら、ぼくはぐるりと反転する視界の端っこに、右手に布の袋を携えた、新郎の姿を捉えた。

ずっしり重そうな布の袋——ブラックジャック。

ぐんと高く振り上げられた、そんな『布の凶器』が、再び、うずくまったぼくの頭にヒットして——そしてバースト。

幕間　Ⅶ

「ヴェールドマンという呼称はいたく気に入りました我々なのですが、贅沢を承知の上でひとつ言わせていただけるのであれば、怪人扱いには思うところがあります——確かに我々は異常者かもしれません。

「少なくとも少数者ではあるでしょう。

「マイナーであり、マイノリティであり、怪しいでしょう。

「しかし、だからと言って妖怪みたいに言われるのは心外です……、人権の侵害ですね。

「大体、本当に我々が怪人だったなら、小細工を弄したり、小知恵を駆使したりはしません——第一の殺人を犯したのち、何の躊躇《ちゅうちょ》もなく、流れるようなステップで、第二の殺人に臨んだでしょう。

「でも、我々は考えました。

「さすがに立て続けの人殺しは、疑われるんじゃないかと——あらぬ疑いをかけられるのではないかと。ある疑いですが。なので、我々の他にも容疑者候補が存在するターゲットを、狙うことにしました。

「我々の身代わりに捕まってくれる誰か。

「勝手だと思われるかもしれませんし、実際に勝手なのですが、それこそが我々が人間である証なのではないでしょうか……、怪人《かいじん》ではない、不快な人《ひと》です。とは言え、罪を他人になすりつけることだけが目当てだったように責められるのも、また心外なのです。

「ヴェールドマンゆえに、濡れ衣までも使いこなす、なんてね、そういうジョークじゃないんです。

「我々としては、いつか近いうちに、誰かに殺されそうなターゲットを、先んじて殺して差し上げたというつもりもありました。

「雲類鷲さんのことを、どうせもうすぐ死ぬ人なのに、どうして殺したんだと責められても、我々は、だからこそなのだと答えざるを得ません――どうせもうすぐ死ぬ感じだったなら、我々が殺したっていいと思いませんか？

「駐車違反で捕まったかたが、どうして自分だけがと訴えるのと丁度逆ですよ――いえ、我々もいいとは思っていません。

「けれど罪は軽くなるような気はするんですよね……、これもまた、我々の協力がなければ、そのうち耐えがたいほどに困窮し、過労死していたであろう傘下さんを殺すのと、彼女の一歳の子供を殺すのと、どちらのほうが罪深いと思いますか？

「まるでトロッコ問題ですね。

「このまま五人を轢き殺すか、それともレバーを切り替えて、ひとりを轢き殺すか――ちなみにこの難題の正解例っていうのを、我々は聞いたことがありまして――ちょっと話が逸れちゃうんですけれど、興味ありません？

「なんと、レバーを切り替えずに、そのまま五人のほうへ向かわせるのが期待値的には正解だとか……、なぜなら、問題のルール上、解答者の創意工夫は許されていませんけれど、しかし命の懸かっている轢かれる側が、そんなルールに縛られるわけがありませんよね。人間が五人も集まれば、トロッコくらい、なんとか止められそうでしょう？　工夫するに決まっています。ほら、バリケードを作るとかで。

「逆に言うと、ひとりだと、工夫の余地なく、なすすべもなくトロッコに轢かれるわけです

……、少数派は怪しくなくとも、悲しいですね。

「少数派は、悲しい。少なからず」

第八幕　掘りごたつの死闘

1

　弟が出演しているネットドラマでは、主人公やその仲間が、背後から首元を殴打されたりすると、失神してブラックアウトし、次回の配信へと続くのがお約束だが、現実にはなかなか、人間はそう都合よく、失神も気絶もしない。できない。

　ブラックジャックで頭を二回どつかれても、気持ちよくブラックアウトとはいかない――ただ痛いだけだ。

　いや、ことによると、痛いだけというのはあくまでぼくの自己診断で、綾町楓さん同様に内出血を起こしているかもしれない――蜘蛛ノ巣家の孫でもあるぼくが蜘蛛膜下《くもまくか》出血なんて冗談にもならないが、しかし、横になって安静に過ごすわけにもいかない――まろびつころびつ、その場から逃げ惑わなければ。ブラックジャックの三撃目を食らっても、なお意識を保っていられたら、そちらのほうがご都合主義だ。

　別に、狙ってそうしようとしたわけではないのだが、ぼくは這々《ほうほう》の体《てい》でこたつを回り込むように、反時計回りで百八十度移動して、つまり、腐乱死体を真ん中に挟んで、客間入り口の敷《しき》居《い》をまたいで立つ、『布の凶器』を持った新郎と向き合うポジショニングになった――やれやれ、凶器を携えた暴漢から身を守るためのバリケードがこたつとは、なんとも家庭的なぼくらしい。もっとも、家庭的なのはお互いさまかもしれない――どうやら新郎がキッチンで用意してきたとおぼしきブラックジャックは、よく見れば鍋つかみ用のミトンである。

だとすると中身は小麦粉か？

厨房を司る者として、キッチン用品や食材を軽んじるつもりは毛頭ないけれど、できればそんな即席の凶器で殺されたくはない……、まあ、土を詰められた靴下で殺されるのもいい加減御免である。

せめてストッキングであって欲しい。

「ど、どういう……ことですか？」

後ろからいきなりどつかれて、それも二回もどつかれて、話し合いの余地などこの四畳半にはあるはずもないけれど、とにかくぼくはそう訊いた――時間稼ぎ以上の意味はない。まともに考えることができないくらい、頭の中がぐわんぐわんしているコンディションから、少しでも快復したい。

「教えてあげると言ったじゃないですか。真犯人を」

と、新郎は静かな声で言った――ベンチで、ぼくの事情聴取に答えていたときと、まったく同じ口調だ。

これから人を殺そうというのに。

「妻を殺した真犯人は、あなたですよ」

「え――」

どきっとした。

一瞬、そうだったのかと思ってしまい、動揺の色を見せてしまった――けれど、そんなわけがない。実はぼくが犯人だったなんてアンフェアな落ちを、本格ミステリの申し爺《や》と呼ばれる、公正なる高山おじいちゃんが許してくれるわけがない――信用ができない語り手にもほどがあるだろう、そんな奴。

けれど、違うとわかっていても、

「しょ、証拠は？　証拠はあるんですか？」

なんて、犯人っぽい反応をしてしまった。なぜか。

これが冤罪の恐怖なのか、正常なメンタルを保てない……、単純に、頭が痛くてうまく考えられないというのもあるけれど、相手が自分を犯罪者だと思い込んでいて、その上で裁きを下そうと――妻を殺された復讐《ふくしゅう》をなそうとしているというシチュエーションに、周章狼狽《ろうばい》せずにいられない。

「だって、さっき言ったじゃないですか……、妻の死体に、何か布のようなものがかぶせられていなかったかって。どうして知っているんです？　あの朝妻が日よけ帽をかぶっていたことを知っているのは、犯人だけのはずなのに」

「……えっと」

えっと？

それは確かに、当事者を除けば『犯人しか知り得ない秘密』かもしれないけれど……、それだけ？　たったそれだけのことで、ぼくを『真犯人』だと決めつけて、この人は後ろから殴りつけたというのか？　裁判制度の大切さを、まさか身をもって体験することになろうとは……、再審手続きが始まったという今朝のニュースを、もっとちゃんと聞いておけばよかった。

当然のリスクでもある。

頼まれてもいないのに（頼まれたが）、殺人事件に首を突っ込んで、あれこれかぎ回っていれば、いつかこういう目に遭うのだ……、行く先々で事件が起こるなんて、一番怪しいのは名探偵じゃないかという疑いは、思いのほか笑い話にならない。

「じゃ、じゃあ……その」

論理的な説得や、ぼくの抱える事情の開示が、意味をなすとも思えず——第一、この局面で、身分素性を偽ったことを告白するのは、どう考えても賢明ではない——、ひとまずは緊急避難的に、話を逸らすしかなかった。

「こたつの中の死体は？　誰なんです？」

話を逸らす先がそこしかないというのも、いよいよ追い詰められているが、

「その人も真犯人です。妻を殺した真犯人です」

と、新郎は、ますますぼくを追い詰めるようなことを言ってきた——いやいやいやいや、どういう意味だ？　まさか……、ぼくと同じように、この綾町家に招かれた弔問客？　あのベンチで、新郎と話をして……、連れてこられて、殺された？

なぜ？　復讐のために？

ブラックジャックで殺された妻の復讐を、ブラックジャックで果たそうとしているのだとすれば——これは思った以上に、まともじゃない……、まともな状況じゃないし、まともな新郎じゃない。ぼくが二発殴られたところまでは、自分の失言のせいだと素直に反省することもできたが、ちょっとでも怪しいと感じた人物を、家に招いて殺害し続けるというのは……、それを言うなら、そもそも犯人として、ストーカー犯が捕まっているのに？

……だから、か？

犯人が捕まってしまって、復讐することができなくなったから――余所に真犯人を求めているのか、この被害者遺族は？　復讐をし続けるために、あのベンチでターゲットを――獲物を待ち続けていた？　逮捕がイコールで事件解決じゃあないのは、法解釈のみならず、遺された者の胸中も、同じ……。

そして因縁《いんねん》をつけるように発見した『真犯人』を、『ヴェールをかぶった新妻の真実』とかなんとか、思わせぶりなことを匂わせて家に招いて、見事復讐を果たしたのちは、ジョギングコースのベンチに舞い戻り、虎視眈々と『次の真犯人』を探す……、まあ、それでも客観的に見て、ぼくが怪しかった事実は認めざるを得ない。嘘ばかりついていたのだから。どの嘘が駄目だったのか、わからないくらいだ。布がかぶせられていた云々《うんぬん》以前に、『奥様』とか『ご尊顔』とか、他にも失言はいろいろしていたのだろう。

しかしながら、反省すべきは反省するとして、さてと、だからと言ってその代償として、妻を殺害された寡夫に、大人しく殺されてあげるわけにはいかない――どうコンプライアンスに則《のっと》っても、まずまともな精神状態じゃないと評価せざるを得ない新郎を、巧《たく》みな弁舌で説得するのは不可能だ。第一、りか姉を凌駕する失言でこんな苦境に陥っているぼくに、巧みな弁舌など期待されても困る。

既に人をひとり、それもおそらくは見当外れな理由で殺《あや》めてしまった被害者遺族に、楓さんはそんなことを望んではいない、彼女のためにも自首をしましょう、武器を捨ててください、ぼくが同行しますからと、涙ながらに訴えて、改心させるというお涙頂戴《ちょうだい》のプランAは、まあ、この事件を高山おじいちゃんが小説化するときのためにとっておくことにして、ここはネットドラマ向きのプランBでいく。

このままこたつを挟んで対峙《たいじ》し続けての、平和的な消耗戦もそりゃあ悪くはないが、頭痛が快復する兆《きざ》しは一向に見えないし、どう考えてもぼくのほうが持ちそうにない――ここで倒れて、看病してもらえるとも思えないし、これ以上の時間稼ぎは、本気で命にかかわりそうだ。制圧するしかない。妻を亡くした夫を。

2

新郎が携える『布の凶器』、即席のブラックジャックの中身を、キッチンで調達された小麦粉であると見切ったぼくは、ポケットに常備してある折り畳みナイフを投擲《とうてき》し、ミトンの生地を切り裂くことで、その中身を客間に散乱させる――あとは電灯のスイッチを入れれば粉塵《ふんじん》爆発だ、どっかーん！

というのが、ぼくが瞬時に練ったプランB（BOMB）だったが、よくよく考えてみると、食べ物で遊ぶというのはキッチンの支配者に相応《ふさわ》しい振る舞いとは言えない。ぼくが常日頃から、ポケットに折り畳みナイフを常備していないという問題もあった。

そんなわけでプランCだ。

プランCではこたつを使用する――犯人とチェスで決着をつける探偵役はよく聞くけれど、こたつで戦う名探偵というのは、なかなか新しいんじゃないだろうか？　ぼくはえいやっと、チェス盤ではなく、天板をこたつから引き剝がした。

引き剝がしたというと、まるで尋常ならざるスーパーパワーを発揮したかのようだが、こたつ本体の上に、こたつ布団を間に挟んで、固定されることもなくただ置かれていただけの天板なので、持ち上げるだけなら、子供でも持ち上げられる。いや、さすがに子供ではちょっと持て余すサイズだが……、だが、この持て余すサイズこそが望ましい要素なのだ、盾として。

新郎が有している凶器が拳銃《けんじゅう》ならば、こたつの天板では、とても防ぎようがない……、刃物が相手でも（折り畳みナイフでも）、長時間は持たないだろう、強度の低い木製である。

だが、『布の凶器』が相手なら？

人間の外部ではなく、内部にダメージを与えるブラックジャックに対してならば、この天板は、イージスの盾と同等の防御力を誇る。人間の皮膚を破れない『柔かい凶器』が、こたつを破壊できるわけがない……、先程までバリケード代わりにしていたこたつを、ここから先はシールド代わりにしようという魂胆だ。

防御面も広い。

こたつの有効活用。

昔の武士が、賊から襲撃を受けたとき、畳を盾にしたようなものだ——この客間も和室ではあるが、畳を引き剝がして持ち上げるのはさすがに無理なので、ここは天板で代用だ。この天板に身を隠すようにして、ブラックジャックの直撃を躱《かわ》しつつ、まっすぐ全速前進して、新郎を室内から廊下へと押し出す——何ならそのまま押し倒してしまい、その隙にダッシュで屋外へと逃げる。

翻って客間の窓から逃げることも考えたが、やはり凶器を持った相手に背中を向けたくはない……、二回背後から殴られた直後では、尚更である。こうなると、対峙する相手の凶器がブラックジャックであることは僥倖《ぎょうこう》と言えた。そもそもブラックジャックでなく、キッチンから包丁を持ってこられていたら、最初の一撃で勝負は決していた——二の太刀いらずである。

ぼくは天板を引き剝がしたこたつを踏み台に、否、踏み台どころか、こたつを後ろに蹴《け》っ飛《と》ばすように反動をつけて、敷居で構える新郎へと跳躍した——ちょっと行儀が悪いくらいのはしゃぎようだが、なにせぼくの命がかかっている。

アクションを売りにする第三子ではないが（運動神経が一番いいのはもちろんアクターの弟だ。あいつは体操教室にも通っていた）、ぼくの命がかかっているということは、家族全員の生活（主に食生活）がかかっているということでもある——多少のおてんばは大目に見ていただきたい。こたつを飛び越えるのはまだしも、この動作は腐乱死体をまたいでもいるわけで、おてんばどころか不謹慎でもあるが、我が家の存亡がかかっているとなると、四の五の言っていられない。手を合わせるのは後回しだ。生き延びられれば、そのときいくらでもお悔やみを述べよう。

しかし、防御面の広さを買って天板をピックアップしたものの、これでは暴漢を押しのけることはできても、横幅が客間の出入り口に引っかかってしまうという問題にまで、ぼくは気が回っていなかった——背中を向けるとまではいかなくとも、身体を結構斜めにしないと、客間からは出られない。

それが致命的な隙になる、と気付いたときにはもう遅かった——ぼくはジャンプしてしまっていたし、その上、暴漢を押しのけることさえできなかった。

新郎はぼくの奇行に対し、怖《お》じることも臆《おく》することもなく、厚手のミトンをふりかぶったのだ——そして叩きつけた、天板の中央に。先程、この天板では、拳銃や刃物は防げなくとも、ブラックジャックによる攻撃は防げるみたいな風説を流布したけれど、そんなことはなかった

——確かにそれで、天板が真っ二つに割れたり、貫かれたり、木っ端微塵《こっぱみじん》にされたりすることはなかったけれど、インパクト時の衝撃は、ほぼ緩和されることもなくダイレクトに、盾を抱えるぼくの肉体へと伝播《でんぱ》した。

粉塵爆発が起こったのかと錯覚するほどの衝撃だった、実際のところ。

構造上、こたつの天板にはクッションやアブソーバーが装着されているわけではないので（と言うか、掛け値なくただの板だ）、このシールドには、ダメージを全体に拡散するという効果しかなかったらしい。

そもそも、人体の表面を透過して、内部にダメージを与える凶器なのだから、天板くらいの厚さの物体ならば、威力がすり抜けてきて当然だった——むしろブラックジャックこそ、ぼくの引き立てたイージスの盾の天敵だった。

致命傷は避けられても、全身でダメージを受ける羽目になった。

やはり、ぐらぐらする頭で考えた作戦など、こんなものか——決死の特攻は、トランポリンにでも衝突したかのように、哀れ元の位置まで撥《は》ね返され、ものの見事に引っ繰り返された。作戦もそうだが、身体も引っ繰り返された……、このダサさ、とんだスラップスティック・コメディである。なんて生き恥だ。いや、このままだと、死後の恥か？　まあ、亀《かめ》のように引っ繰り返されなくとも、縁もゆかりもない他人の家の客間で撲殺されたというだけで、十分に吹奏野家の恥だ。

相手を天板の下敷きにするはずが、自分が天板の下敷きになってしまったぼくは、どうにか起き上がろうとみっともなくあがくが、

「う——うわああああああああああああ！」

新郎は、つんざくような雄叫《おたけ》びをあげながら、畳みかけてきた──怖じることも臆することもなくというのはぼくの勝手な印象だったようで、明らかに我を失っている。笑いながら人を殺す殺人鬼でも、眉《まゆ》ひとつ動かさずに残虐行為に手を染めるヒットマンでもない。ヴェールをかぶった怪人でもない。危害を加えられたり、反撃されたりすると、慌てふためいてしまう、普通の人間の振る舞いだ──まるで自分が暴漢に襲われたかのように、被害者遺族はぼくにとどめを刺しに来た。

元々、ぼくを後ろから殴ったときだって、怜悧冷徹な復讐鬼ではなかったのだろう──我を失うというなら、とっくの昔に、我なんて失っているのだ。

とは言え、変に格好つけない姿勢は、ぼくも見習うべきだった──こたつの天板を利用するなんてユニークで小賢しい案を採用する前に、『悲鳴をあげて助けを呼ぶ』というコマンドを実行していれば、それで済んだかもしれないのに。

だが、結果としては、ぼくの採用したプランCは、ぼくの目論見とは違う形で成果をあげた──なぜなら、怯えた暴漢は、ぼくの眼前で、ブラックジャックを振りかぶったまま、原子分解でもしたかのように、消滅したからだ。

消滅した、これは嘘じゃない。

なんとかぼくの手柄《てがら》にしたいところだったが、しかし公平に見て、それは新郎の自滅だった──ぼくに復讐と自衛の一撃を食らわそうとした彼は、そのための一歩を踏み込んで。

そのまま踏み抜いたのだ。

畳を、じゃない……、そこに畳はなかった。踏み抜いたのはこたつ布団だ。そしてこたつ布団の下は、空白だった──掘りごたつ。ぼくが天板を引き剝がしたり、ジャンプ台として蹴飛ばしたりの大立ち回りを演じたことで、季節外れなインテリアのセッティングが、大幅にずれてしまったのだ。

ぼくがそうしたのと同じように、ショートカットしてこたつを乗り越えようとした新郎が、全体重をかけた一歩目は、そのままがくんとこたつ布団を貫《つらぬ》いた——セッティングされたテーブルから、テーブルクロスだけを抜き取る宴会芸があるが、この場合、こたつやぐらだけが抜き取られていたようなもので、言わばこたつ布団による落とし穴だ。

日本の風物詩、受け継ぐべき文化遺産が、まさかかような危険性をはらんでいようとは——やはりこたつは、冬が終われば片付けるべきなのか。

こんなブービートラップを作戦通りだと強がることは無理があるが、しかし少なくともその後のぼくの俊敏さだけは褒めてあげたい——落とし穴に落ちた彼を、決してそのままにはしておかなかった。深さ五メートルの縦穴というわけじゃないのだ、混乱に乗じないと、新郎はすぐに這《は》い出《だ》してくる。

「ひ、ひい、うわあ——」

足のつくプールで溺《おぼ》れているような声をあげる新郎は、いきなり地面が消失したような出来事にパニックになっている——わけではなく、状況自体は理解できていても、謎の狭い空間に落ちてみると、腐乱死体が待ち構えていたという怒濤の展開に、失った我を、更に失っているらしい。

そう、彼の立場に立ってみれば、殺した相手が自分を、地中に引きずり込もうとしているかのように思えるだろう——信心深いほうじゃないけれども、しかし端で見ていてぼくも、ほんのちょっぴり、そんな風に思った。

だとすれば、ぼくは名も知らぬ腐乱死体に感謝しなくてはならない——綾町楓さんの、本物の弔問客に。新郎が落とし穴に落っこちた以上に、混乱に陥っていなければ、どうにか身体を起こしたぼくが、こたつやぐらを再度、今度は客間の隅まで蹴っ飛ばし、まだ未練がましく手にしていた、盾としてはほとんど用をなさなかった天板で、塹壕《ざんごう》に蓋《ふた》をすることはできなかっただろうから。

蓋をして、その上に、今度はうつ伏せにばったり倒れ込んで、フォールするように、ぼく自身が重石《おもし》になる。

臭いものに蓋、と言わないで欲しい、敬意を払うべきご遺体、感謝すべき腐乱死体に対し、とても慎みに欠けるので——棺桶《かんおけ》の上で寝転がっているようなものなのだから、その時点で相当罰当たりだが。

ただし……、それで当たる罰とて、現在、掘りごたつの壕《ほり》の中で、殺人犯が受けている罰ほどではないだろう。

「ひい、ひいいいい、わあああ、出して、助けて、助けて、助けて！　か……楓！　怖い怖い怖い怖い——あっちに行ってくれ！　痛い、痛い、痛い！」

わめき声が真下から響き、新郎が手当たり次第に暴れている様子が、天板を通じてひしひしと伝わってくる——さっき受けたブラックジャックでの一撃よりも、切実に伝播してくる。暴れれば暴れるほど、腐乱死体は絡みついてくるだろうに——痛い？　狭苦しい縦穴の中で暴れているのは、本当に新郎だけなのだろうか……、まるで復讐でもされているような悲鳴じゃないか。

「はあ……、疲れた。頭もくらくらするし」

決死の叫びと言うよりも、ＰＴＳＤ誕生の産声《うぶごえ》のような悲鳴を聞きながら、ぼくはようやく一息ついて、どうやら新郎が、深淵に落下するときに手放したらしいミトンへと手を伸ばした——回収した拳銃から弾丸を抜くように、こいつを使えないようにしておかないと。

中身は……、おや、小麦粉じゃなかった。これは砂糖だ。それもとげとげのハードシュガーである。こんなので殴られたらそりゃあ痛いや……、だったら、粉塵爆発のプランＢを採用しなかったことが、ぼくが今日成し遂げた、唯一の戦果と言えるかもしれない……、食べ物で遊ばなくて本当によかった。

こたつで遊ぶのもどうかと思いつつ、ぼくはのたりと身体を起こし、天板の上で、足を組んであぐらをかく。

「あー……、ところで、おなか空きません？　適当になんか作りますから、落ち着いたところで、メシにしましょうよ」

幕間　Ⅷ

「ドレスデンで思い出しました。

「聞いてください、その昔、これも受験生時代のことですが、我々は実に愚かな勘違いをしていました——首都であるベルリンは、ドイツ連邦共和国の中央にあると思い込んでいたんですよ。もっと正確に言うと、東西ドイツのちょうど境目に位置しているのだと、そう思い込んでいました——だってベルリンの壁が、両者を分断していたというではありませんか。

「花嫁のヴェールは、壁の暗示でもあるそうですが、東西冷戦の象徴であるベルリンの壁は、暗示では済みませんよね。

「つまり、東西ドイツの境界線に、さながら万里の長城のごとく、長い長い壁が連なっていて、ベルリンはその壁によって、東西に隔てられていたのだと、誰にそう教えられたわけでもないのに、我々はそんな風に考えてしまっていたのです——周知のように、もちろん、そんなことはありません。

「それではドイツの壁ですものね。ドイツの壁ではありますが。

「正しくは、ベルリンはドイツ連邦共和国内の、北東部に位置する都市です……、つまり、当時としては、完全にすっぽり、東ドイツの内部に位置づけられる街だったのです。その上で、ベルリン自体も壁によって、東西に分断されていたというわけで……、平たく言うと、西ベルリンは、東ドイツの中に存在する西ドイツだったわけです。

「東西のみならず東西南北、四方八方を、そびえ立つコンクリートの壁で囲まれた都市。

「文字情報として知ったときも衝撃的でしたが、実際に当時の地図で確認したとき、まさかこんな構図になっていたのかと驚きました。確かに我々は文化人としてありえない勘違いをしていましたけれど、だとしたら当時のベルリンが置かれていた状況も、相当ありえないでしょう――いえ、確かにそう言った飛び地自体は、現在の日本地図にも存在しますよね……、埼玉県の中にある東京都でしたっけ。神奈川県でしたっけ。しかし、己の無知蒙昧、不勉強さはあくまで、我々自身の問題として、猛省して受け止めるとしても、実際に西ベルリンの住民の気持ちになってみると、いろいろ考えてしまうと言うか……、かなり深刻な住宅事情だと思ってしまいます。

「そんな土地柄が、およそ三十年近く続いたって言うんですから。

「うん、やはり我々が無知蒙昧で不勉強なだけであって、そういう事情を抱えた土地柄は、きっと世界中にあるんでしょうね――そして世の中、勘違いばかりです。

「なので、落ち込まないでください。

「名探偵にも、勘違いはありますって」

第九幕　発覚×2

1

己を殺そうとした犯人と同じ釜《かま》の飯を食べて、仲直りをしてすべてを許すというのは粋《いき》であって乙でもあるけれど、しかしぼくは吹奏野家の一員であると同時に極めて良心的な常識人でもあるので、呼吸が落ち着いたところで、警察に通報した——もしもブラックジャックで殴られたのがぼくひとりだけだったなら、多少は躊躇の余地はあったかもしれないけれど、治治木さんと違って、死体の発見をスルーできる能力は、ぼくにはない。

それに、かろうじて生き延びたとは言え、自覚はなくとも、ぼくは脳内出血を起こしているかもしれないのだ。家に帰ってベッドに横たわれば、もう二度と目覚めないということもありえるのである——殺人犯を即席の地下牢《ろう》（？）に、閉じ込めはしたけれど、勝利を確定的なものにするためには、病院で精密検査を受けないわけにはいかない。

というわけで、立て続けに救急車も呼んだ。

巡り合わせと言うべきか、ぼくは首吊り子ちゃんの入院している救急病院へと、搬送されることになった……、やれやれ、ミイラ取りがミイラになるとは少し違うけれど、また手ぶらで、彼女のお見舞いにいくことになりそうだ。

あまり格好いいとは言えない現状を、言い出しづらくなる前に、家族のチャットルームで報告しておくべきかとも思ったが、今は脳を使う細かい作業は避けたほうがよいかと、先送りにすることにした……、それで頭の中の血管が裂けるとまでは思わないけれど、ここは神経質になっておこう。

どうせぼくが黙っていても、パトカーでやってきた警察官に、身分素性を（もちろん正直に）伝えたので、お兄ちゃんに連絡がいって、そこから家族全体にゴシップは波及することだろう。

結論から言えば、ＣＴ検査を受けた結果、ぼくの脳内に異常はないとのことだった――頭皮付近の内出血もないそうで、当たりどころがよかったのでしょう、このまま帰ってもらって結構ですと、担当医は保証してくれた。運がよかったと言うより、単純に、即席ブラックジャックの出来が悪かったのだと思う……、ミトンじゃあ、大して砂糖も詰め込めなかったに違いないし。やはりキッチン用品は、正しい用途で使わないと。

ともかくよかった。

どつかれた直後に結構暴れ回ったから、検査中も飄々と振る舞ってはいたものの、内心生きた心地がしなかったのだ――むろん、お医者さまが帰っていいと言ってくれても、そうすんなりとことは運ばない。時間的には、もうさっさと帰宅して夕飯作りに取り組みたいのだけれど、体調に異常がないのであれば、病院に同行した警察官からの事情聴取を受けなければならない――ふう、いよいよ聞き取りをされる側に回ってしまったぜ。

そりゃあ初めてってわけでもないし（なにせ最近では、昨日も受けたようなものだ――首吊り子ちゃん発見の件に関して）、一般市民として素直に応じればいいだけのことだが、もちろん、一般市民にだって、伏せておかねばならない諸事情がある。

特に、ヴェールドマン仮説の検証のために、ジョギングコースまで自ら出向いたという目的意識は固く隠しておかねば……、お姉ちゃんの信頼する取材班への義理立てもあるけれど、そうでなくとも、冤罪かもしれないと思って独自に調査しようと事件現場を訪れていたなんて言われて、気分のいい警察官はいないだろうし。

ただ、逮捕された新郎のほうがどこまで素直に事情聴取に応じているかによって、ぼくの言い分も変わってくる……、被害者遺族に対して新妻の友達を装ったことは、あまり褒められた行為ではなかろう。彼の思い込みは難癖みたいないちゃもんだったが、ぼくが『真犯人しか知り得ない秘密』を知っていたことも確かだ。ヴェールドマン仮説を伏せた上で、それを説明するためには……。

なので、病院の待合室で本格的な聴取を受ける前に、ぼくは逮捕された被疑者の様子について訊いてみた——自己都合もあったけれど、掘りごたつの中の、あの死体が誰だったのかも、つまびらかにされているようなら、被害者の弟さんだそうですよ」

「ああ。あのご遺体は、被害者の弟さんだそうですよ」

殺されかけた直後の若者を慮ってくれたわけでもあるまいが、ぼくからの聴取を担当する警察官はサービス精神旺盛だったのか、そう教えてくれた——なるほど、ただの『弔問に訪れた亡き妻の友人』じゃなくて、驚きの身内だったか。ならば『犯人しか知り得ない秘密』……もどきの、因縁をつけられるような発言があったとしても不思議はない。きっかけとなるような一言が。家族なんだから知っていて当たり前みたいな『秘密』でも、新郎が『復讐』を決意するには十分な理由だったのかもしれない。

お兄ちゃんとお姉ちゃんの弟でもあるぼくは、同じ弟として彼と不運を共有したことになるけれど、二番目に狙われたのがぼくだったのは、最悪を回避したとも言えるのか……、あの穴に放り込まれる被害者がもっと、際限なく増えていてもおかしくなかった。掘りごたつに、死体がもっと積み重なっていても——いや、ひとり死人が出てしまっただけで、十分に最悪である。

そう結論づけかけたぼくだったが、しかし、それに続く警察官からのサービス精神で、ぼくは二番目でさえなかったことが明らかになる。

「それに、あの男は、奥さん殺しも自供しました。自宅から証拠もわんさか出てきたので、虚偽の自白ではなさそうです。裏付けを取るのはこれからですが、どうやら現在逮捕されているストーカー犯との仲を、彼は疑ったようですね」

え？　奥さん殺し——新妻殺し？

じゃあ、彼こそが、お姉ちゃん率いる取材班が追跡していた怪人、ヴェールドマンだったとでも——

2

ヴェールドマンの正体を期せずして暴いた、というわけでは、残念ながらなさそうだった——というのも、これまでのプロファイリングと、かの新郎の行動原理は、まるで合致しないから。

ブラックジャックという同一の凶器で、ほとんど衝動的、場当たり的に同じ手口での犯行を繰り返しているし、被害者の顔に布をかけてもいない——綾町楓さんの日よけの帽子は、彼女が元々かぶっていたものだ。

新妻ストーカー傷害致死事件が冤罪であるという読みは、ある種正鵠《せいこく》を射ていたわけだけれど（それにしたって、警察官に詳しく聞いてみると、厳密には冤罪とは言えないようだ。ストーカー氏はあくまで、被害者につきまとっていた容疑で逮捕され、『自白』したという殺人罪での立件は、これからだったそうなので――別件で逮捕されているストーカーが殺人を自供すれば、そりゃあまあ、勾留を延長してでも、釈放するわけにはいかないだろう）、しかし真犯人がヴェールドマンだったかと言えば、そうではなかった。

アテが外れたということになるのだろう。

ぼくじゃない、お姉ちゃん達の、だ。

お姉ちゃんが実際にインタビューをおこなっている以上、新妻ストーカー傷害致死事件を、取材班がヴェールドマン仮説・第二の事件と見なしていたことは間違いない。取材の際、下手をすればお姉ちゃんが被害を受けていた可能性を思うと背筋が凍るが……、たぶん、複数人でインタビューに臨んだから、揚げ足を取られるような発言があっても、新郎から自宅に招待されるようなことはなかったのだろう。

なんのことはない、不用心なのはぼくだったたって話だ。

新郎は、『真犯人』に『復讐』し続けることで、自分は妻を殺していないと思い込もうとしていたのか……、やってもいない殺人を自白し、『真犯人』として綾町楓さんと繋がろうとしたストーカー犯と真逆に。

多くの人に愛されていた新妻――か。『ヴェールをかぶった新妻の真実』とは、その愛されぶりのことを、もしかしたら言っていたのかもしれない。

愛する妻と、妻を愛する者を殺し続けた夫。

夫という立場なら、ジョガーを足止めさせて、後頭部を殴ることはたやすかったわけだ。『ちょっと後頭部を見せて？』である。

ある殺人事件の真犯人の逮捕に貢献したという意味では、ぼくは遊撃部隊の役割を果たしたと言えるけれど、この成果は、ヴェールドマン仮説の否定とも言える。それもそれで、当初の目的通りではあるが——だって、サンプルがひとつ抜けたのだから。

第一の事件（雲類鷲鷹子さん）、第二の事件（綾町楓さん）、第三の事件（傘下散花さん）、第四の事件（首吊り子ちゃん）と、ずらり一覧に並んでこそ、ヴェールドマン仮説はかろうじて像を結ぶが、そのうち首吊り子ちゃんの事件はジャッジを保留にすべきだし、その上で、第二の事件も取り除かれるとなると、仮説は相当弱くなる。

星座の星がひとつ欠けたようなものだ。

これはもう何度も表明したことだが、第一の事件と第三の事件だけでは、ミッシングリンクは繋がらないというのが、ぼくの率直な感想だ……、仕方ない、だからと言って嘘はつけない。

調査においては嘘ばかりついたし、結局、いろいろ教えてくれた警察官のかたに対しても、すべての真実を話したとはとても言えないにしても（聞き取りにあたっては、皮肉にも新郎のほうが、その意味では正直だったわけだ）、家族に嘘はつけない。

意図的には。

調査の結果を、そのまま伝えるしかあるまい……、さすがにチャットルームでスタンプを使用して伝えるようなことでもないので、帰宅してから、直接話そう。そう思い、ぼくが病院を出る準備をしていると（ああ、ロードレーサーはどうしよう。あとで取りに行こうと考えて、

ジョギングコースに置きっぱなしだ——遥か彼方の駐輪場に）、

「あ、よかった。まだいらっしゃったんですね」

と、声を掛けられた。

弟のファンだった——つまり、あのナースさんだ。

その物言いからして、ぼくが頭部の打撲の精密検査を受けに来たことはご承知のようである——もしかして、心配して来てくれたのかと思ったが、「首吊り子ちゃん、目を覚ましましたよ」との報告だった——ナースステーションにまで首吊り子ちゃんの名称が浸透しつつあるのは、明らかに一線を越えてまずかったが、今更止めようがないその広がりはひとまずおくとして……、なんだって？

「目を覚ましたって……、それは、どういう——」

「それが聞いてくださいよ、実はあの子ったら、ずっと寝たふりをしていたらしくって」

それこそ精密検査か何かで露見したということだろうか……、嘘寝という妹の読みがどんぴしゃだったことを、誇らしく思ってはいられない。

「いえ、確かにそろそろ精密検査をって案も、出てはいたんですけれど、それ以前に」

「それ以前に？」

「昏睡状態が二日近く続いているっていうのもまずいけれど、それ以前に栄養失調や脱水症状が、まずは怖かったから、点滴でブドウ糖やら生理食塩水やらを、どばっと流し込もうとしたんですね。そしたら、あの子、『痛っ！』って……」

「…………」

予想外に間抜けなバレかたをしていた。

笑っちゃいけないんだろうけれど……、つまり、点滴針を刺されたときの痛みで、反射的に飛び起きちゃったってこと？　くすぐって起こすのと五十歩百歩ではあるし、目を閉じていたら、針が刺されるタイミングが読めないから、完全に無反応でいることはそりゃあ難しかろうが。ベッド周辺の気配や雰囲気でわかってもよさそうなものだけれど、案外そのときは、本当にうつらうつらしていたのかもしれない。

「それで今、大騒ぎってわけなんです。本当はもっと早く、吹奏野さんにはお伝えすべきだったんですけれど……」

「お構いなく、ぼくは本来、あの子の身元引受人ってわけじゃありませんので……、大騒ぎ？」

どういうことだろう。

嘘寝はそりゃあ褒められたことではないけれど、『昏睡状態』だった彼女がどうあれ意識を回復したことは、喜ばしいことなのでは？　救急病院的には、これでベッドがひとつ空くわけだし……、本人だって、いつまでもできる嘘寝だと、思っていたわけでもないだろう。いっそバレてすっきりしたくらいでは？

「いやいや、それがですね。首吊り子ちゃんったら、とんでもないことを言い出したんですよ。自分は首を吊ったんじゃなくて、吊らされたんだって」

ナースさんは言った。

神妙な顔つきで、腕組みをして。

「ヴェールドマンっていう怪人に、無理矢理、首吊りを強要されたんだって言って——ずっと嘘寝をしていたのは、生きていることがバレたら、『覆面をしたその男』が、また現れるんじゃないかと、怖かったからなんだって」

3

なんだか奇妙な展開になった——第二の殺人がヴェールドマンの仕業ではないことが、およそ立証された瞬間に、まるで入れ替わるように、まだ不確定だった第四の殺人（未遂）が、ヴェールドマンの犯行であると、被害者自身が証言するなんて。ぎりぎりのところでお姉ちゃん達取材班の仮説が、息を吹き返した——ように見えることは、なるほど、否めない。

　これで撤退できなくなった。

だが……、直感的に、胡散臭《うさんくさ》さを感じずにはいられないな。少なくとも、新たなる強力な証言の登場に、万々歳のガッツポーズという気持ちにはなれない。育ちのいいぼくがひねくれ者なのか？　嘘寝の理由が、あまりにそのまんま過ぎると思ってしまうのだ——いくらなんでも予想通り過ぎる。推理が的中したというなら、素直に喜んでおけばいいのかもしれないけれど、『首を吊ったんじゃなくて吊らされた』『怖かったから嘘寝をしていた』というのは、どうだろう、考えてしまう。嘘寝をしていた理由に、嘘をついているんじゃないかと——これは決して根拠のない疑いでもない。

　だって、ヴェールドマンという単語を出しているのは、明らかにおかしいじゃないか——それはあくまで、お姉ちゃんの取材班のみに通じる呼称のはずだ。暗号と言ってもいいコードネームである。実際に世間を、そんな名前で呼ばれて騒がせている怪人がいるわけじゃない……、内輪のトークだ。それなのに首吊り子ちゃんがその名を知っている理由があるとすれば、頑張って嘘寝をしていた際、ぼくとクラウディちゃんの会話に聞き耳を立てていたからに他ならない。あの時点では首吊り子ちゃんは、本当の昏睡状態にあると思っていたから、ぼくは構わずヴェールドマン仮説を論じてしまっていたけれど……、それで得た知見を、彼女は利用したのでは？　『覆面をしたその男』なんて造形は、言葉から着想した首吊り子ちゃんのオリジナルだとして（彫刻家のアントニオ・コッラディーニを知らなければ、普通、そう解釈するだろう）……、盗み聞きしたヴェールドマン仮説に乗っかる形で、嘘寝の動機を偽装したのでは？

なぜそんなことを？　それは不明だ。

誰かを庇《かば》うため……、真犯人を？　真犯人を、なぜ庇う……、身内だから？　たとえば彼氏とか……、いや、たとえ恋人だろうと、殺されそうになったなら、告発しそうなものだ。家族が相手でもない限り――家族を庇ってる？　寝たふりを続けていた動向と、その憶測はそれなりに合致する――嘘寝をすることで、首吊り子ちゃんは、保護者との連絡を絶っていた――けれど――いや――ともかく、鵜呑《うの》みにはできない。嘘寝にはすっかり騙されたぼくだけれど、その証言に関して言えば、嘘っぽいと言うより、薄っぺらい――じかに聞く必要がありそうだ。

「あの、出過ぎた真似かもしれませんが、これから首吊り子ちゃんに会うことってできますか？」

「そう、それを伝えにきたんですよ。間に合ってよかったって――こちらからお願いしようと思っていました。面会謝絶なんてとんでもない。命の恩人である吹奏野さんに、お礼を言いたがっているんです、首吊り子ちゃんってば」

それはそれは――殊勝《しゅしょう》なことで。額面通りには受け取れない言葉だね。

幕間 Ⅸ

「勘違いと言えば、もうひとつ。もうひとつふたつ。

「あの『スクリーン・スクール』でするような、スマホゲームの課金って、正しくは納金と言うべきだそうですね――『課金する』という表現だと、それは運営側の立場になってしまうとか。

「つまり募金みたいなものですね。募金は『お金を募る』と書くのだから、募る側からの表現であって、『募金する』じゃあ、お金を集めるという意味合いになるという……、なので、『課税する』『納税する』と言うように、『課金する』『納金する』と、言い分けるのが正しい用法だそうです。

「それを言い出すと、そもそもスマートフォンでプレイするああいったゲームを、ソーシャルネットワークゲームと呼称するのも、元々は誤用なんですって……、いわゆるソシャゲとは、ウェブブラウザで遊ぶゲームのことだけを指すそうです。でも、誤用だと言われても、この言い間違いを今更修正するのは、ほぼ不可能ですよね。『ら抜き言葉』や『役不足』、『確信犯』を直せというのと同レベルの問題を抱えています。

「酸素に酸は含まれていない、とかね。

「ブラックコーヒーは本来ミルク抜きであって、砂糖抜きではないとか――そりゃあミトンに入れるよりは、カップに入れますよね。

「なんだかもう、ここまで来ると元の意味のほうが間違っているような気さえしますものね……、自身がいろんな勘違いをしてきた分だけ、そういった他人の勘違いを見ると安心してしまうというのは、我々の悲しきさもしさではあるでしょうが、ここで言いたいのはそういうことではなく……、……ところで、まさか幕間を、『まくま』と読んではいませんよね？」

「話が逸れていると感じさせてしまったのなら申し訳ありませんが、したかったのは、ゲームの話です。怪人なんかよりもよっぽど現代社会の闇である、正式に現代病として認識されつつある、ゲーム中毒、ゲーム依存の話……、依存が『いそん』なのか『いぞん』なのかを、ついつい論じたくなりますけれど――我々は『いぞん』派です、進歩的で、先取的なもので――ええ、今論じたいのは首吊り子ちゃんが『それ』なのかどうかです。

「しかし、彼女のコスプレを看破した吹奏野家の末の妹さんの場合は、中毒とも依存とも、言いにくいですよね……、確かに学生生活には支障を来しているようですが、はっきり言って、普通の大人よりも稼いじゃっているんですから――活字中毒という言葉はありますが、活字依存と言われないのは、読書が役に立つ趣味だからでしょうか……、役に立つんですかね、読書？

「ジョギングも中毒になるって言いますもんね。

「ほら、例の新妻さんが、ストーカーに狙われていても、虚勢なのか惰性なのか、やめられなかったくらいに――あれは我々には何の関係もない、二重の意味での冤罪事件だったわけですが、依存性と必然性の違いとでも言いますかね。

「殺人にもあると思うんですよ。

「依存性。

「ひとり殺すもふたり殺すも同じ――と言いますけれど、それはぜんぜん違って、ひとり殺すと、ふたり目も殺したくなるんですよ。殺して解決するという方法を一度覚えてしまうと、二度目も三度目も、四度目も五度目も、その方法に依存してしまう——笑えますよね。笑えませんか?

「真実は、解決する側から、解決される側に回っただけだというのに。

「殺人は癖になります。

「好きだからじゃなくて、楽だから。

「快楽殺人とは違う意味で、殺人は癖になって、やめられない。

「いっそこいつを殺しちゃえば楽なのにって思う局面、誰にだってありませんか? でもやっぱり、殺しちゃ駄目なんですよ——一度楽を覚えてしまうと、他の手段が、すごく面倒臭くなる。だから、我々の手法を面倒だと思われるかもしれませんけれど、我々はこの気長で手間暇をかけたやりかたを、楽だからやっているとしか言えないのですよ。

「ああ、依存症は否認の病と言いますが、その点はご心配なく——ヴェールドマンは殺人を否認するつもりはありません。

「殺人を、容認するつもりです」

第十幕　ファイブスターの期待値

1

「父さん、どうして黙秘権ってあるの?」

ぼくのほうからそう訊いたのかもしれないし、あるいは父さんのほうから、

「真雲くん、どうして黙秘権があるのか、そろそろ不思議に思いましたか?」

と訊かれたのかもしれない——細かいところまでは覚えていないけれど、とにかく子供の頃、ぼくは自分の父親と、そんな会話を交わした。まあ、『どうして人を殺しちゃいけないの?』の、延長線上にあるような問いである——我が家におけるトークテーマとしては、ごくありふれた内容とも言えるけれど、しかし、どちらから話を振ったかこそ忘れたけれど、妙に印象に残っている、父と子の会話だった。

黙秘権。

言うまでもなくミランダ警告のひとつだ——すべての発言は証拠として取り上げられますが、あなたには自分に不利な証言を拒む権利があります。

大気中の酸素のように、あって当然のものに感じるけれど、それがなかった時代は、そこまで昔ではない——少なくとも、大気中に酸素がなかった頃よりは、ずっと最近に成立した権利

である。人それぞれ、そしてぼくの家族のそれぞれが、それぞれの意見を持っていそうな話題であり、特に検事の父さんにとっては、仕事の内容に直接かかわってくる権利だ。

「嘘をつかれるくらいだったら、いっそ黙っておいてくれたほうがいいよね。混乱や間違いを防ぐためにも。つまり、ミランダ警告の前半と後半は切り離せないというか――黙っている権利はあるけれど、黙っていても喋ったことにはなりますって言われたら、おいそれと無口にはなれないもんね」

ぼくは大人ぶって、そんなことを言った――ひょっとするとこの頃のぼくは、父の背中を追って、検事になろうとか考えていたのかもしれない……、今と違って、ぼくに未来があった頃の話だ。

しかしまさか、父どころか、何者にもなれないとは――ともあれ、黙秘権を認めないと残虐な拷問に繋がりかねないというのは当然として、どこかに線を引いて、己を律することを忘れては、社会正義の執行なんて成り立たない。

それじゃあ社会正義ではなく、社会悪だ。

倫理的な考えかたが、そんなところだとして……、捜査する側の、ただの損得で考えても、やはり黙秘権は認めておいたほうがいい。喋らないことが罪になってしまえば、人はなんでも喋り出す――虚も実も織り交ぜて。その真偽を精査するのは、検察側にとって、とても骨の折れる作業だ。

変に嘘を――下手に嘘をつかれるよりは、むしろ黙っていてくれたほうがよっぽどマシと言える。少なくとも、黙秘権の行使という選択に、嘘はないはずなのだから。

「単純に拷問を禁止したいだけなら、取り調べの可視化で防げそうなものだけれど……、父さんはあれ、反対派なんだっけ？」

「反対というほど強固に否定もしていませんよ。いい面と悪い面があるという感じですね」

「ふうん。カメラの前では被疑者との信頼関係が築きにくいから、だっけ？」

「そうでもありますし、さっきの真雲くんの回答が、ここでも理由のひとつに挙げられますね。取り調べの重要事項が、真実を聞き出すことよりも、嘘をつかせないことだというのは、真雲くんの言う通りですけれど——人はカメラの前では、演技をしますから」

それだって嘘でしょう？

と、若き日の父は語った——確かに。

その見解は、自分の姉や弟が、頻繁に画面に映るようになった今だからこそ、深く理解できる——写真にせよ動画にせよ、どうしたってそういう側面はある……、カメラを向けられて、笑顔を作ってみたり、ピースサインをしてみたり、おちゃらけてみたり、だけどそれが果たして本当の自分と言えるだろうか？　むしろ本当の自分を見失っているような……、でも、多くの視聴者にとって、『りか姉』や『夜靄くん』の真の姿は写真の中である。

ピクチャーデーにお洒落《しゃれ》しない子供はいないのも確かだ。

それはマグショットでも変わらないか。

その上でもぼくは、取り調べの可視化はしたほうがいいと思うけれどね——当時もそう思ったし、今なお思う。子供の、あるいは無職の浅知恵で言わせてもらえれば、取調室という圧迫された密室の中で、信頼も真実も、あったものではないだろうし……、その意味では、最近認められ始めた司法取引の制度のほうが、まあまあ合理的だとは思う。

「なるほど。オープンな場所で取り調べをおこなうというのは、いいアイディアですね。さすが僕と母さんの息子です。だだっぴろい野原かどこかで訊問をすれば、黙っていても、検事は被疑者と通じ合えるかもしれません。青空裁判所の設立を、今度上申してみましょう」

父さんはそんな風に納得したようだった――いや、ぼくはそんなことは一言も言っていないのだけれど……、青空裁判所だと？　言ってもいないことを言ったことにされる恐怖を、父として教えてくれたのかもしれない――ともあれ。

黙秘権のポイントは、黙することではない。

秘することだ。

最大で五十時間以上に亘り寝たふりを続けていた首吊り子ちゃんは、たぶんそれをわかっている。

2

むろん、（嘘寝から）目覚めて、対話が可能になった以上、首吊り子ちゃんの本名は、この夜の時点で割れている――保護者にも連絡が入って、明日の朝には両親が病院にやって来るそうだ。数日とは言え、行方不明だった娘の所在がわかったのに、おっとり刀で駆けつけないというのは、多忙だからなのか、住所が遠いからなのかそれともどうなのか、家庭環境をうかがわせるところもあるけれど――無理矢理前向きに捉えるなら、もしもぼくが、彼女から話を聞き出すのだとすれば、今晩がチャンスということでもあった。

話を戻すと、なので、ここからは彼女のことを本名で記載することもできるのだけれど、相手が未成年であることを考慮し、あえて首吊り子ちゃんで通そう。年頃の女の子にそんなニックネームをつけてしまった責任は、最後まで抱え込む。

ちなみに年齢は十六歳だった。とは言え、誕生日は間近に迫っているそうなので、ナースさんの初日の鑑定はかなりニアピンだったと言える——半ば家出中で、高校に通っていないという読みもビンゴだった。

つまり、少なくとも、首吊り子ちゃんがヴェールドマンに、誕生日に殺されそうになったわけでもないということは、ここでもう明らかなわけだ。

迷いもあった。

もしも首吊り子ちゃんが、目覚め一番に嘘の証言をしているのだとしても（寝ても覚めても嘘なのだとしても）、それを暴く権限がぼくにあるわけでもないのだから——ここから先は警察の仕事だと割り切って、命の恩人の責任として、社交辞令的なやりとりを済ませて、おうちに帰宅するというのは、真面目にありな選択肢だった。

だけど、裏を返せばこれは、ゾンビのように復活しかけているヴェールドマンという幻想にとどめを刺す機会でもあるのだ——ひとつだけでも十分なのに、星がふたつ欠けたとなれば、ヴェールドマン座は完全に消滅する。月曜日にお姉ちゃんから課せられた任務に、遊撃部隊として、きっちり引導を渡しておくべきだと、ぼくは判断した。

というわけで。

「ありがとうございました、吹奏野さん。あなたが発見してくれなければ、わたしはあのまま、殺されていたと思います——あの覆面の男に」

と。

首吊り子ちゃんは、神妙な表情でぼくに深々と頭を下げた——ベッドの上で正座をして、十代とは思えないその礼儀正しさは、どうも上っ面っぽくもあったし、まめに『覆面の男』を強調したがっているようにも思えた。

うがち過ぎかな？

現在、首吊り子ちゃんが入院していた個室の中にいるのは、ぼくと彼女——と、知らせを届けてくれたナースさんだけである。本当は一対一で向き合うのが理想的だったのだが、これも相手が未成年の女の子であることを思うと、あんまり世間体がよろしくないので、お願いして立ち会ってもらうことにしたのだ……、担当医や、駆けつけた警察官でもよかったのだが、どちらも男性だったから、命の恩人権限を発揮して（あるいは吹奏野家の威光を借りて）、遠慮してもらった。

「まあ、ぼくはたまたま通りかかっただけだから……、誰にでもできる、当然のことをしただけだよ」

そう謙遜《けんそん》したものの、これじゃあ嘘つきはお互いさまか……、治治木さんは、発見しながらもスルーしたわけだし。それを教えるって選択肢はないのだが、考えてみれば、死にかけを見逃されたって、ショッキングなエピソードだよね。

「いえいえ、とんでもないです。あのまま殺されていたらと思うと、ぞっとします」

実際に身体を震わせてみせる首吊り子ちゃんだったが、どうにもその仕草も演技っぽい……、実際のところ、先に聴取を終えた警察のほうでは、彼女の話をどう判断しているんだろう？少女の嘘を暴くことに未だに躊躇を覚えてもいたけれど、この様子ならぼくが何をしなくとも、遠からず露見すると思う……、ならば遠慮は無用なのかな。

傷が浅いうちに、何を隠しているのか、教えてもらおう。

「『覆面の男』に襲われたって言っているけれど、きみはどうしてあの公園に？　あの辺りに住んでるってわけでもないんでしょう？　無理矢理連れて来られたとか？」

「それがよく覚えてないんですよ。臨死体験をしたショックなんでしょうか……、どうも、あの日の記憶が定かじゃなくて。覚えているのはヴェールドマンの怖さだけです」

ヴェールドマン、ね。繰り返すなあ、折につけ。

その言葉は『犯人しか知り得ない秘密』ならぬ、モーニングジャーナルの取材班と、吹奏野家の人間以外は知り得ない秘密の合い言葉なのだと詰め寄れば、彼女の虚言は、あっという間に暴けるのだけれど……、その手段はあまりに有効過ぎて、ちょっと使いにくい。

ぐうの音も出ない、暴力的な正論である。

その後の信頼関係が望めないくらいの正論の行使は、できれば避けたい……、ぼくは首吊り子ちゃんに、開き直って欲しいわけじゃない。ぼくだって、議論の最中に『でもお前、そうは言っても無職だろ？』と指摘されれば、あらゆる反論を封じられるけれど、負けを認められるとは思えない。

敵愾心はむしろ増す。

その意味で望ましい最高形は、首吊り子ちゃんのほうから自発的に、どうして嘘寝の最中に聞こえてきた程度の、話半分に聞いても疑わしいであろうヴェールドマン仮説に乗っかったのかを教えてくれることなのだが、それを待っているわけにもいかないので、ここは次善の策を取る。

黙秘権はあっても告知義務はない——しかし守秘義務もない点を突く。

見込みはある。首吊り子ちゃんには首吊り子ちゃんで、ぼくに訊きたいことがあるはずなのだから……、単に、お礼を言うためだけに、ぼくを探してもらったわけじゃない。一度ついた嘘をつき通すために、ヴェールドマン仮説の詳細を聞いて、ついた嘘を調整したいという目論見があるから、こんな対話が成り立っているのである。

互いに知りたいことがある（両立はしない、ゼロサムゲームではあるものの）という状況を、最大限に利用しよう。

「ところで、あの制服は、自作なの？　ゲームのコスチュームだよね」

ぼくはハンガー掛けのほうを指さした。

話題転換がさりげなくできたかどうかは気にするまい。

「あ、はい。半分くらい自作ですけれど、なぜあれを、あの日、着ていたのかは謎と言うしかありません。着ていたのか、着させられていたのか……」

首吊り子ちゃんには『覆面の男』のディテールまでは不明だから、その辺は『謎』で済ませるしかないわけか……、そう言うしかないというのは本当でも、それで済むことじゃないということは、わかっているだろうに。

「でも、じゃああのゲームが好きだったことは、覚えてるでしょ？」

「え？　ああ、はい。『スクスク』のことですか？　まあ、そりゃあ……」

ここでちょっと、首吊り子ちゃんは回答に迷ったようだった——ぼくの質問の意図が読めなかったのか、反射的に否定しようとしたのを、ぐっとこらえたのか。

「あ、でも、スマホとかを、ヴェールドマンに盗まれちゃいましたからね。せっかく積み重ねた☆5のキャラカードが、これでパーです。あーあ、ちゃんとバックアップを取っておけばよかったなあと——」

「教えてあげようか？」

「え？」

きょとんとする首吊り子ちゃんに、ぼくは言う。段取りを崩すまいと、食い気味に。

「☆5のキャラカードを確実に引く方法。実は、知らないだろうけれど、ぼくの妹がゲーマーでね。きみの自作の衣装を見て触発されたのか、『スクリーン・スクール』――略して『ススク』って言うのかい？　とにかく、当該タイトルを、プレイしたそうなんだけれど」

この辺りまでは、ヴェールドマン仮説同様に、ベッドの脇でぼく達きょうだいが交わした会話から、首吊り子ちゃんは把握している……、『知らないだろうけれど』も何も。だから、デイールは成立する。

「――バグを発見したそうでね。必ず☆5のカードを出す方法があるんだって……、またキャラクターを一から集めるのも大変だろうし、もしも知りたいなら、教えてあげるよ？」

もちろん。

ただというわけには――いかないよ。

3

「それでー？　教えてあげたのー？　首吊り子ちゃんにー」

その夜、ぼくが帰宅した頃にはもう、お姉ちゃんのヨガが終わりかけていた――危ない危ない。いや別に、お姉ちゃんのヨガ合わせで帰宅したかったわけじゃないが、朝の早いお姉ちゃんはヨガが終わるとまたたく間に寝てしまうので、ぼくとしては間に合ったという感じである……、ぼくとしてはと言うか、専属調査員としては。

「ソシャゲで☆5のカードを引く方法なんて、あるんだったらお姉ちゃんも教えてほしいよー。クラウディちゃん、さっきまでここで一緒にフラフープを回していたんだけれどー、そんなこと一言も言ってなかったよー」

「言わなかっただろうね、そりゃ」

ぼくは手を洗って、そのままどこにも座ることなくエプロンを装着し、ダイレクトに晩餐《ばんさん》の調理に取りかかる――これが最終報告になるのだから、ながら報告にするべきではないかもしれないが、ぼくのルールでは、どんなときでも、調理が優先される。ぼくのルールがすべてに優先されるとは限らないだけである。

「？　言わなかっただろうねって、どういう意味ー？　クラウディちゃんとお姉ちゃんとの間に姉妹間の確執があるって意味ー？」

「そんな陰湿な意味じゃないよ。つまり、今回のクラウディちゃんは、協力者だったから。いや、まあ、都合よくそんなバグがあるわけないって話でね――作りたてのゲームだっていうんならまだしも、公開されて長いゲームのバグとしちゃ、致命的でしょ」

「じゃあ、もっくんはそんな嘘をついてー、首吊り子ちゃんからー、情報を引き出そうとしたってことー？　嘘で嘘を暴こうとしたってことー？」

「そう言われると、ちょっと心苦しいんだけど……」

「いいよー。お姉ちゃんはもっくんの、そういうところを評価しているんだからー」

嘘つきな部分を評価されてもね。

こてんぱんに叱りつけて欲しいところだ。

「でも、普通、そんな嘘に引っかかるー？　できっこないってことはー、プレイヤーの首吊り子ちゃんのほうがよっぽど承知しているんじゃないのー？」

「だからこそ取引が成立するんだよ。取引って言うか、勝負かな。『じゃあ、実際にぼくが、☆5のキャラクターカードを五連続で引くところを見せてあげるから、納得したら、こちらからの質問に正直に答えて』って話に持ち込んで」

「……五連続？　あらまー。それで、どうしたのー？」

「承諾してくれたんで、実践した」

冗談だと思ったのかもしれない。ゲームに理解のない、大人の悪ふざけだとでも。門外漢のぼくは正確なパーセンテージを把握しているわけじゃないけれど、☆5のカードを連続で五枚引くなんて、天文学的な確率に決まっているのだから——☆5だけに。百億分の一くらいかな？そんな大口を叩いた奴が、大口の大人が、どう失態を取り繕《とつくろ》うのかを見てみたいという罪のない気持ちも、首吊り子ちゃんにはあったかもしれない。

だから、まさか。

まさか本当に、五枚連続の引きを見せられるとは、思っちゃいなかっただろう。

「えー？」

お姉ちゃんが、ただでさえ無理な姿勢から、更に身体をひねってキッチンのほうを向いた——腰がねじ切れるんじゃないかというようなそのポーズに、こっちのほうが「えー？」って感じだ。

「引いたのー？　もっくんー。五枚連続ー？」

「うん。そういう約束だったから」

「引けるんじゃないー」

「厳密には引いていない。引いたように見せただけ」

そんなに難しいことはしていない。むしろシンプルに徹した。

ちょっと妹に協力してもらっただけである……、むろん、バグを教えてもらったとか、運営をハッキングしてもらったとか、そういう協力ではなく、もっと正攻法のアプローチである。正攻法なのは妹のおこなったアプローチであって、ぼくは例によって、姉から高く評価されている、嘘つきの才覚をいかんなく発揮しただけだけれど——要するに。

「制服がコスプレ衣装だっていうのがわかった火曜日の時点では、クラウディちゃんはまだユーザーじゃなかったんだけれど、その日の夜にはダウンロードして、プレイを始めていた。経験値一日の新参プレイヤーとは言え、その一日があれば、あの子なら相当、進めていることはわかっていたし」

「クラウディちゃんは、お姉ちゃん以上に課金を恐れないもんねー。自分の稼ぎだから好きにすればいいけれどー」

胸の痛い言葉だ。無職の弟としても、課金された弟としても。

聞こえなかったふりをして、ぼくは「だから、ぼくは首吊り子ちゃんの病室を訪ねる前に、クラウディちゃんに連絡を取って」と、続けた。

「『スクスク』のプレイ動画を送ってもらった。カードを引く画面を編集した奴」

それも厳密には、プレイ動画ではなく、ゲームアプリを立ち上げるところから始まる画面収録だ——ぼくは動画の展開に合わせてスマホの画面をタップしただけだ。音ゲーさながらの操作ではあったが、本当に画面をタップすると動画が止まってしまうので、寸止めである——遠目には、ぼくが五枚連続で、☆5のキャラクターカードを引いたように見えるが、その実、☆5の出現シーンがそう見えるようつぎはぎにされた動画を再生していただけである。

つぎはぎ——パッチワーク。

画面や操作を間近で凝視されたらあっけなく露見するリスクも高いので、命がけの局面では（凶器片手の新郎に殺されそうになっているときとか）絶対に使えないトリックだが、しかしまあ、スマートフォンの小さな画面で、しかも相手の目から画面までの距離をぼくがコントロールできるので（プライバシーの塊《かたまり》であるスマートフォンを相手に手渡さないことは、ごく普通だ）、手品としては十分成り立つ。

ぼくは派手さを求めて五回連続なんて馬鹿《ばか》な真似をしたけれど、『☆5を一回で引く』くらいの、編集不要の短期決戦で挑む安全策なら、更にバレにくかっただろう……、いや、ぼくだって本当はそうしたかったんだけれど、クラウディちゃんが勝手にそんな高度な動画を作製して、送りつけてきたんだよ。

幸い、首吊り子ちゃんは普通に驚嘆していた。素直じゃないか。

なまじソーシャルネットワークゲームの知識のある世代だけに、衝撃は大きかったようだ——その混乱に、すまないが乗じさせてもらった。ただ、あえて釈明じみたことを言わせてもらえると、たとえぼくが五枚連続で☆5のカードを引いたからと言って、首吊り子ちゃんはぼくからの質問に答えないことだってできたのだ。バグが存在しない以上、ぼくは彼女に、引く方法を教えようがないのだから——取引も勝負も、最初から成立していない。ぺてんでイカサマで最低だ。

もちろん、質問に答えてもらってから、『ああ、残念。バグはもう修正されてしまったらしい』

という、苦しい嘘を——心苦しい嘘を重ねるつもりだったけれど、結局、首吊り子ちゃんは、それを訊きさえしなかった。

ひょっとすると、ぼくみたいな生来の嘘つきと違って、彼女は、真実を吐露する機会——みたいなものを、求めていたのかもしれない。どのみち、『覆面の男』なんて、長く続けられる嘘じゃないことは、彼女自身が一番よくわかっていたのだから。

と、ぼくはぼくをフォローしておこう。

メンタルのメンテナンスは、大切だからね。

「つまり結局、『覆面の男』云々は嘘だったたってことー？　ゲームのバグ同様にー」

まだ一縷《いちる》の望みをかけていたのか、そんな風に訊くお姉ちゃん……、第二の事件の真相が、ヴェールドマン仮説に反した時点で、既に怪人の非実在が証明できたも同然ではあるのだけれど——まあ首吊り子ちゃんが、実体験だった『覆面の男』を、寝ているふりをしているときに聞いた、ヴェールドマンと結びつけたという可能性も、一応はあるのか。

でも、

「うん。嘘だったたってこと」

と言うしかない。

「嘘寝をしていた理由は、身を守るためじゃなくて……、意識を取り戻したら、言わざるをえなかったからだよ。自ら命を絶とうとしたわけを」

「……ん？　自らってことは——」

「首吊りは自殺だったたってことだよ、要するに。いや、自殺未遂か——それを隠したくて、首吊り子ちゃんは『覆面の男』をでっち上げたってわけ」

もっとも、嘘寝の理由はもうひとつある。

目を覚ましたあと、首吊り子ちゃんは、診断されることを嫌ったのだ――嘘寝は精密検査でバレるんじゃあという風にぼくは思ったけれど、むしろ彼女は、起きてからの精密検査を、怖がっていたのだ。

自殺に失敗した気まずさで、寝た振りを続けていた――だけじゃなかった。

怖かったのだ――死ねなかったことが。

「なにせ救急病院だからね。あそこには、産婦人科もあるから」

「産婦人科――って、じゃあ」

「そう。妊娠してるんだって、首吊り子ちゃん」

そしてそれが。

自殺の動機である――遺書には書けない。

4

生命の誕生は例外なく言祝ぐべきという建前は、まあおおよそは真実ではあるのだろうけれど、複雑な世の中で、すべての事例に適用できるわけではない……、当事者となれば尚更だろう。懐妊をもって自ら命を絶つなんて、極端から極端に走るような、自分だけでなく、胎児の命も絶つような行為ではあるけれど、逆に言えば、胎児だけを殺すことは、首吊り子ちゃんにはできなかったということでもある。我が国の法に則る限り、中絶が悪であるはずはないが、しかし迷いなくおこなえる絶対的な善とも言いにくいわけで……、母体の安全を、そして人権を、どう確保するか。胎児の安全を、そして人権を、どう定義するか。未成年が向き合うには、如何せん重い問いだったと言える。その辺、未婚の母である治治木さんなら、ぼくよりもずっと深い見解を持っているだろう——と言うか、男性であるぼくは、どれだけ知ったようなことを言おうと、見解を持っていないも同然である。

せめて『覆面の男』というのが、単純にヴェールドマン仮説からの派生であって、相手の男のメタファーでないことを、祈るばかりである……、なので、結論だけ言うと、彼女は共に死ぬことを選んだそうだ——相手の男とではなく、自分の子供と。どちらも選べないなら、すべてを捨てる。心中と言えばいいのか、無理心中《むりしんじゅう》と言えばいいのか——

「殺人ですよ」

と、彼女自身は語ったけれど、そこまで自虐的になられると、また違うような気もした——殺人という不法行為を、過大評価しているようにも思う。他の罪をすべてチャラに塗り潰せるような大悪のごとく。

それを言うなら逃避ではなかったか。

あの雑木林を死に場所に選んだ理由は、少なくともそうだったようだ——どうして自身とは縁もゆかりもない、何の関係もない公園で首を吊ったのかと言えば、それは縁もゆかりもなく、何の関係もなかったからとしか言えないようだった。家とか、勤め先とか、相手の男とか、そういうあれこれから離れようとし続けた結果、行き着いた場所が、うちの近所だったわけだ——消去法で死に場所を選ばれても、近隣住民や公園管理者にとっては迷惑な話だろうが。

いや、はた迷惑なのはぼくだ——謎を解くのは得意でも、無邪気に秘密を暴いたあとのことまではまったく考えが及んでいない、馬鹿な名探偵。真実を突き止めても、その扱いかたがまるでわかっちゃいない。

「靴を履いていた理由はー？　それがそもそも、自殺じゃなくて殺人なんじゃないかって、我らがお父さんが提起したポイントだったよねー」

「ちゃんと訊いたよ、漏らしてない」

「もっくんは、虫とかがいて、ストッキングが汚れるからじゃないかって言ってたよねー。そんな今時の理由だったー？」

「その今時すら、今時の十代にとっては過去のエチケットだったみたいで。『自殺にあたって靴を脱ぐ』って礼儀作法を、そもそも首吊り子ちゃんは知らなかったみたいだよ」

　ぽかんとされてしまった、その点は。なんで靴を脱がなきゃなんですか？　って。

　いや、まあ、確かに……、なんで靴を脱がなきゃなんですかと訊き返されたら、ぼくは未成年を納得させる答を持ってないよな。欧米諸国じゃあ、『公共スペースで靴を脱ぐ』という行為のほうが、むしろ極めて非常識なマナー違反だったりするわけで……、『今時の若い者は』と言うべき点は、そこではなかろう。『今時の若い者は』なんてフレーズは、紀元前から言い続けられてきた——なんてセンテンスも、きっと紀元前から言い続けられているのだとしても。

「『覆面の男』はいなかったとしてー、自分でナップサックをかぶっていた理由はー？　それは、もっくんが最初に思った通りー、首を吊って鬱血した顔を見られたくなかったからって理由でいいのー？」

「大枠ではそうなんだけれど、実はもうちょっと根深いと言うか——首を吊ったら顔面が鬱血するってことも、あの子は知らなかった。これはまあ、ぼく達のような人間の常識が、世間からいかにズレているかってだけのことなんだけれど……、１００円ショップで買ったというナップサックをかぶっていた理由は、コスプレ衣装を着ていた理由と、共通している」

「あ、それもだー。犯人に無理矢理着せられたわけじゃなければ、首吊り子ちゃんは死に装束にコスプレ衣装を選んだってことだよねー？　好きなゲームのキャラに扮《ふん》して死のうとした理由は、何ー？」

「第一発見者の目を意識したそうだよ——もしも自分が第一発見者だったら、絶対に写真を撮るし、それを友達に送るって」

そう言っていた。

だから顔を隠した——鬱血するからとかではなく、プライバシー保護のための自己配慮だったとか。マスクやサングラスが手に入れば、それらを装着しただろうが、そのことに思い至ったのは、いよいよという局面だったそうである。思い至るどころか、デジタル旧世代のぼくには、ない発想だ……、スマートフォンや財布といった、個人を特定できるアイテムを持っていなかったのも、第一発見者を警戒して、道中のゴミ箱に捨てたとのことだった……、これらは探せば、まだ見つかるかもしれない。

自意識過剰、とは言うまい。

確かに、第一発見者の治治木さんはそんな首吊り子ちゃんの自意識を、ものの見事にスルーしたわけだけれど、そんな天然ぶりな無関心こそが現代社会では例外であって、第二発見者のぼくは実際に、撮影した写真を、彼女の読み通り家族に送ったわけだし、ＩＤを探して、彼女の身体検査をおこなった——自意識過剰どころか、適切な配慮だったとさえ言える。

ずいぶん振り回された……。

「コスプレ衣装が死に装束だったのも、そういうことー？　己の個性を、架空のキャラクターで塗り潰すためー？　モザイクでもかけるみたいにー？」

「いや、あれは単純に、普通にカメラを意識してのことだったらしい。個人情報を保護するためじゃなくて――お洒落として」

ピクチャーデーにお洒落しない子供はいない――か。

思い通りにならなかった世の中で、最後は自分の好きだったキャラクターに扮して、しかも既製品ではない手作りの衣装で死にたいという気持ちだったら、そりゃあぼくにもわからなくはないけれど……、写真映えを気にしてあの格好をしていたというのは、やや理解の外だ。男性向けゲームであるがゆえに、強要されたのではなくとも、パートナーの趣味に合わせてのコスチュームプレイでなかったのは――ちゃんとゲームのファンだったのは、救いに数えるべきなのだろう、しかし……。

百円のナップサックを利用した覆面もそうだが……、さっき言った、靴を脱ぐ脱がないというのも、写真に撮られることを前提にして、彼女なりにマナーを遵守したとも言えるわけで……、遺書を残さなかった理由も、それが撮影されて、インターネットにアップされたらたまったものじゃないからという、自衛の気持ちもあったのかもしれない。

自殺中の自衛……、それが推しキャラに対する冒瀆になると思い至らなかったのは、明白な知見不足と指摘するしかない。キャラクターから死ぬ勇気をもらおうとしたというつもりもあったのかもしれないけれど、ファンが自分だけだとでも思っていたのか。細かいニュアンスの違いなんてむごく無視して、ゲームの影響で自殺したと、論じられかねない危険もあった。

理想の高校生活への憧れもあったかもしれない子供の夢を、更に潰すようなことを言えば、実際の首吊りは、顔面の鬱血にとどまらず、胴体のほうだってもっともっと、それどころではなく無惨な体を晒し、折角のおべべが台無しになっていても不思議はなかったのだが、首吊り子ちゃんにはその知見ももちろん、なかったようだ——祖母に法医学者はいないらしい。

「新世代の自殺って感じだねー。死ぬ前に、自分で自分を自分なりにエンバーミング処置したみたいなものー？　死に顔を盛るって言うか……、マスコミの人間としてはー、考えさせられちゃうなー。死ぬときまで人目を気にするなんて、言いたいことを言えないなんて。どう報道したらいいんだろー」

そこでどう報道するかを既に考えている辺り、お姉ちゃんはどこまでもマスコミの人間だし、それも首吊り子ちゃんが決して自意識過剰ではなかった証明とも言える……、うん、いろんな意見があるだろうけれど、『報道しない』って選択肢は、報道の死だよ。

「生き恥ですよね」

と、首吊り子ちゃんはそう締めくくった。首ではなく、供述を——その通りではあるのだが、生き恥は、生き残ったからかける恥だということも、命の恩人としては、わかってほしい。命の恩人に対して、『余計なことをしやがって』と思っているに違いないけれど、ほら、近いうちに限定キャラや新規イベントも配信されるかもしれないし。

「自警団のクラウディちゃんは、自殺の動機がゲーム絡みじゃなくて胸をなで下ろしてるだろうねー。あの子はそういうとこドライだからー。でも、せっかく助かっても、それじゃあ同じことを繰り返すんじゃないのー？」

「どうあれ、これで秘密がオープンになったわけだから、極端な行動は取れなくなるんじゃないのかな？　両親や相手の男との話し合いになると言うか……、まあ、その辺は同席してくれたナースさんが、親身に話を聞いてあげていたよ」

ぼくは嘘を暴いただけで、その後のケアを、なんと弟のファンに丸投げしたと言える——いや、嘘を暴いてさえいないのだ、実際のところ。通報者であり、書類上の身元引受人ではあっても、部外者であり、また異性でもあるぼくには知らされていなかっただけで、病院に運び込まれた時点で、当然の手順として、婦人科の簡易検査はされていたはずなのだから。それが彼女が、個室に案内された理由だったとは……。

それこそコンプライアンス、守秘義務って奴だ。死守すべきルール。

バレバレの嘘を、あえて暴かないという優しさもある……、嘘寝を放置したクラウディちゃんも、ならばドライとばかりも言えない。こういう現実が嫌で、彼女は架空の世界に拠点を置く、VR探偵になったのだから。

ぼくの弄したトリックも、彼女の嘘寝も、そういう意味では徒労だった……、てっきりまた、弟のサインを要求されるのかと思ったが（今度は直筆の一品を）、ナースさんからは何も言われなかった。職掌の範囲内ということだろうか——だとすれば、プロ意識に頭が下がる。

「そ。じゃ、めでたしめでたしだね」

「何もめでたくないけれどね」

妊娠のことをおめでたと言うが、望まぬ妊娠に関してそう言っていいのかどうか……、首を吊って酸欠になった悪影響が、胎児に及んでいないとも限らないわけで——それで流産になるのは、首吊り子ちゃんとて望むところではあるまい。その辺りの精密検査は、これからということになるのだろう。

思えば、ぼくが暴いたのは、嘘ではなく、夢だったのかもしれない。寝たふりをして、あの子は夢を見たかったのかも——そんな感傷も結局、傷を感じるだけの現実逃避に違いない。

「それに、お姉ちゃんにとってでも、これは万々歳の結末じゃあないでしょ。優秀な弟が、ヴェールドマンの不在を証明しちゃったんだから」

「そうだねー。望外の結果ならぬ、妨害の結果だねー。第一の事件と第三の事件だけじゃ、さすがに繋がりが弱いもんねー。残念無念ー」

その割には、やけにあっけらかんとした口調で、お姉ちゃんはヨガのポーズを一通り取り終えた。

「今もっくんが報告してくれた首吊り子ちゃんの自殺未遂を、報道するかどうかはともかくとしてー？　もっくんが命がけで捕まえた、新妻殺しの新郎だけでも、ニュースバリューは十分だからー。まさかあの人が犯人だったなんてねー。玄関までは行ったんだけど、弟さんとも電話で話したことがあったんだけどー、あの家の中に死体が隠されていたなんてねー。欲しかったものとは違うけれど、成果はあったよー。ありがとう、もっくん。成長したねー」

「老成した気分だよ」

ま、いちいちへこんでられないのか。

チームが追っている特ダネのための仮説は、これひとつだけというわけでもないのだろう……、ならばぼくは、最大限とは言わないまでも、最低限の役割を果たしたと言える。今回はあちこちで嘘ばっかりついていたので、任務を果たしたぞという爽快感《そうかい》はないが——もしも次の機会があるのなら、誠実に臨もう。

もちろん、次の機会なんてないのが何よりなのだ——テレビ的においしいシリアルキラーの怪人が、いないほうがいいに決まっているのと同じように。

水曜日、ぼくはそう思ったのだった——思い過ごしたのだった。

幕間　X

「ところで、布で殺すヴァリエーションが、ブラックジャックとやらを最後にもう思いつかないと仰っていたそうですね——泣き言を。こんなこと言っちゃいけないんでしょうけれど、ちょっとがっかりしちゃいます。失望させないでほしいです。

「あなたは布の可能性をなめている。

「我々があの母親から、どんなぼろ切れを着せられて学校に行かされていたか、じっくり武勇伝を語って聞かせたいところですよ。ああ、お気遣いは結構。そのくらいになると、学校では逆にいじめられません。誰も話しかけてこなくて、楽でしたとも。

「余談ですが、そんなうらぶれた佇まいの子供を学校に送り出すことに、母親は喜びを見出していたようですよ……、代理ミュンヒハウゼン症候群っていうんでしたっけ、そういうの？　それはそれで、魂の殺人行為……、布による殺人術ですよね。

「ええと、たとえばですけれど——こんな趣向はいかがでしょう？

「シーツで全身をくるむんです。リネンのベッドシーツで……、ぐるぐる巻きにします、芋虫のように。我々の母親が、ちょうどそんな風に亡くなっていたように——むろん、焼き直しではありません。

「我々のアイディアは豊富ですからね。

「そうやってぐるぐる巻きにすれば、あるいは窒息させることもできるでしょうが、それではヴァリエーション上、既出とまでは言わないにせよ、いささか物足りません……、我々ならこうします。

「布にガソリンをぶっかけて、点火です。

「凍らせたハンドタオルや濡れたハンカチを凶器にしましたけれど、燃える布というのも、異論なく人殺しの道具になると思いませんか？　火事ではたいてい、人は煙による窒息で死ぬといいますけれど、この方法なら、ちゃんと火で死にますよね……、シーツが火鼠の皮製でもない限り。

「……ガソリンじゃなくて、シーツにぶっかけるのはアルコールでもいいんでしょうけれど、それこそ、我々の母親の焼き直しになってしまいそうです……、焼き直すまでもなく、こんがりなのに。

「母親を思い出して、悲しい気持ちにはなりたくありません。

「手早く点火しないと、揮発したガソリンの匂いで中毒症状を起こしかねませんが、まあ、それは何と言うか……、ねえ？　相応しいんじゃないでしょうか？

「ゲーム中毒だった首吊り子ちゃんの死に様としては。

「はい、そうです。

「ベッドシーツという単語から、既にお察しでしょうが、実は今のは、たとえ話なんかじゃなくって、具体的なプランだったのです。

「病床にある、首吊り子ちゃんを殺すプラン。

「警護の警察官もいなくなりましたし、今がチャンスだと思いました――正直言って、ほとんど諦めかけていましたからね。我々はラッキーなのだと感じました。

「名探偵がいてくれてよかった。

「犯人とて、そう思うことはあるんです——我々が首吊り子ちゃんを殺すと決断したのは、あなたが謎を解いたその瞬間でした。

「子供を孕んで、自ら命を絶とうとした、大人になれない母親——我々が、そんな人物を殺さずにいられるとお思いですか？

「首吊り子ちゃんがもう一度首を吊る前に。

「思いやって、殺してあげなくちゃ嘘です」

第十一幕　マザーシップ敗北

1

　事態が急変したのは、木曜日と金曜日と土曜日を経た、休日の日曜日のことだった——うるさいことを言えば、ぼくにとっては日曜日だって完全なる休日ではないのだけれど、それだけに、ヴェールドマン仮説のことなどすっかり忘れて、遅れを取り戻すかのように、日常のスケジュールに回帰していた。特に遅れる何かはないが、気分の問題として。

　なので、急変と言うより、再燃と言ったほうが正しかろう——断っておくが、これに関しては、後ろ立てとなる吹奏野家の無尽蔵なパワーは一切使用されていない。推理作家の発想力も、法医学者の専門知識も、検事の判断力も、弁護士の洞察力も、刑事の交友力も、ニュースキャスターの取材力も、俳優の演技力も、ＶＲ探偵の電子力も、もちろんぼくの家事力も、まったく関係ない……、強いて言えば、不動産会社の営業努力だ。

　塔条香奈太さんの功績である。

　それこそすっかり忘れていたけれど、ぼくはあのマンションを借りるかどうか、保留にしたままで内覧を終えていたのだった——なので、営業熱心な彼から、『その後、いかがですか？』というメールが、偽名で作ったアカウントに来るのは、考えてみれば至極当たり前の展開である。

これは変に応答して脈ありと思わせてしまうより、既読スルーするのが商取引における優しさなのだろうかとも考えたが、文面を読んで、はっとさせられた。

他の似たような高齢者向け物件を、写真付きでいくつか紹介したのちに、追伸として、塔条さんは、あの日ぼくが最後に投げかけた質問に答えてくれたのだ。刑事コロンボの物真似で投げかけた質問に——いや、物真似はしていない。

即ち、

『雲類鷲さんが殺されたのは、確かにお誕生日のことだったそうです』

と。

そんな質問をしたことさえも、ぼくは失念していた——ヴェールドマン仮説が崩れた以上、連鎖的に『重要でないフォルダ』に分類してしまっていたけれど、しかし、この個人情報の漏洩《ろうえい》は（いくら告知義務があると言っても、たぶん、内覧者にここまで教えちゃ駄目だ）、状況を一変させる。

布をかぶせられて殺される、布を凶器に殺される。

そんな共通点がある殺人事件は、解釈次第によっては、多数あるだろう——事実、新妻ストーカー傷害致死事件の犯人は、傘下散花さんにも雲類鷲鷹子さんにも無関係だった。ナップサックをかぶり、スカーフで首を吊っていた首吊り子ちゃんは言うに及ばず。

だが、そこに誕生日に殺されたという情報を加えれば、どうなる？　崩れ去ったはずのヴェールドマン仮説が、再び息を吹き返すのではないか？　人工呼吸も、心臓マッサージもしていないのに。みっつあった殺人事件の数はふたつに減ったが、ふたつだったミッシングリンクがみっつに増えた——どれくらいの確率だ？

三百六十五分の一の日に殺された被害者……、が、ふたり？

いやでも、三十人くらいの同じクラスに、同じ誕生日の生徒がいる確率は、七十パーセントを超えるというよな？　それが殺された日ならどうなのだろう……、よくあることとは言わないまでも、ままあることか？

とてもそうは思えないけれど、数学的直感に従うかどうかはともかく、発信元のお姉ちゃんさえもう放棄した、ヴェールドマン仮説を復権させるならば、もう一押し欲しい——こんな偶然はあり得ないと、そして、どれほどありえそうになくとも真実だと言えるだけのワンプッシュが。

こうなると、新妻ストーカー傷害致死事件を解決してしまったことがマイナスに働く……、いや、殺人犯を取り締まったという意味ではマイナスなわけがないのだけれど、あんな経験をしていると、『どうせまた、勘違いなんじゃない？』という気持ちが否めない。綾町楓さんの誕生日は結局わからずじまいだったけれど……、大体、もうチップももらえないのに、またあちこちで嘘をついて、殺人事件に首を突っ込むというのは……、まあ、スカーフで作った輪っかじゃないが、首を突っ込めるような殺人事件が、もうないんだけれど——あったな？

あと一件、殺人事件が。

冤罪かもしれない、撲殺による殺人事件を、ぼくは取捨選択した——新妻ストーカー傷害致死事件と、小料理店亭主強盗殺人事件。

熟考の末、ぼくは前者を選択し、思っていたのとは違う感じだったけれど、確かにそちらは、冤罪と言っても差し支えのない事件ではあった——けれど、だからと言って、もう一件が冤罪ではないと証明する背理法では、それはなかったのではないか？

お姉ちゃんの取材班が、ヴェールドマン仮説・第二の事件を前者だと考えていたからと言って、それが唯一無二の真実だとも限らない——後者も冤罪で、しかもそちらこそが怪人の仕業だったという可能性は、果たしてどのくらいある？

百億分の一くらいか？

ヴェールドマンの被害者は女性に限るなんてのは、イタリアの芸術家に引っ張られた、ぼくの、そして取材班の推測に過ぎない……、男性で悪いということもない。確か、そちらの容疑者——空き巣は、殺人容疑については否認しているんだったよな？　しかし、データベースを探るだけじゃあ、そもそも亭主が、ブラックジャックで殺されたかどうかもわからない……、お姉ちゃんの取材班はテレビチームであるがゆえに、ヴェールドマンというキャッチーな、そして由来のはっきりしたネーミングの犯人像を作り、だからこそ一見無関係な事件同士のミッシングリンクを繋げたけれど——逆にその先入観ゆえに、男性の被害者を見落としていた、とか？　パネリストはどう言うか知らないが、ぼくは取材班からの課題には正解を出したものの、しかし出題が誤っている可能性について、あまりに無頓着だった。反証が狙いなら、見落としちゃいけないポイントだったのに……。

繰り返しになるが、既にそのお姉ちゃん達が手を引いた以上、ぼくが再び腰を上げる理由はない……、ほぼ立ち仕事のぼくが腰を上げる理由は。せっかく助けた首吊り子ちゃんが、再びヴェールドマンに襲われるかもという危惧は、たとえヴェールドマンが実在していても、彼女が正真正銘の自殺未遂であった以上、なくなったのだから。

心はともかく、首吊り子ちゃんの身の安全は、あの病室で確保されている。

ならば正直、気になると言うほど気になるわけでもない……、それを言ったら、日々のモーニングジャーナルで流れるすべての犯罪報道を、気にしなければフェアじゃない。治治木さんじゃないが、ぼくが普段どれだけ、犯罪事件をスルーしていると思っているんだ？

ぼくは家族の誰とも違う。職業探偵じゃあないのだ。

だから、たとえ第二の事件の調査時に、小料理店の住所や最寄り駅を突き止めていたとしても、亭主を失ったその店が、既に一時休業期間を終えて再開していることや、日曜日の夜も早い時間から営業していることをたまたま知っていたとしても、頭の中では既に現在進行中である家族の夕食の準備をなげうって、訪問する理由はないのである。

どうせ警察だっていつかは気付くだろうし、ぼくが幼稚な使命感や、まして知的好奇心とやらにかられるのは、それこそ犯罪的でさえある。

第一、ぼくはキッチンの司令官だ。どんな事情があろうと、外食は敗北である——確かにイレギュラーな要素が現れたかもしれないけれど、今更ヴェールドマン仮説を検証し直す必要がどこにある？

決めた、ぼくは絶対に行かないぞ。

2

「ええ、確かにあの日は親父の誕生日でしたよ。もっとも、あのくらいの年齢になると、誕生日なんてどうでもよくなるみたいで、ひとりでこの店に遅くまで残って、私を帰してから銭勘定をしていましたけれどね——一日の収支が合わないと、合うまで計算するタチでして。別にいいんですけれど、うちでケーキを準備していたってわけでもありませんし」

一円二円を気にして空き巣にぶっ殺されてるんだから世話がありません——と、カウンターの向こうの二代目亭主は、熱っぽい口調で、そう語った。

熱っぽいと言うか、愚痴っぽい口調である。

二代目亭主という言いかたも、また正確ではないかも知れない……、古風な店構えからは、二代目なのか三代目なのか十代目なのか、皆目見当がつかなかったし、それにそもそも、カウンター越しの正面でぼくの注文した料理を、慣れた手つきで作ってくれているのは、女性である。

なので女将《おかみ》と言うのが正しい……、のか？

先代の実の娘で、父親が存命のうちは、ふたりで店を切り盛りしていたそうだ——被害者の名は、分切交吾《わけきりこうご》さん、五十三歳。先程聞いた女将さんの名は、分切九重《ここのえ》さんで、お姉ちゃんと同い年だった——言っておくが、これは自分から教えてくれた。ぼくは女性に年齢を訊いたりはしない——親の殺された状況を訊いたりはしても。

店内はいい意味でこぢんまりとしていて、カウンター席のみで椅子は九つ——一見の客がコンサルタントぶったことを言わせてもらえるなら、新しく人を雇うことなく、女将ひとりでも営業には問題なさそうだった。ただし、経営には問題があるかもしれないけれど——日曜日の夜の夕食時に、九つある椅子に座っている客がぼくひとりじゃあね。おかげで、こうしてじっくりマンツーマンのテータテートで、女将からお話が伺えているわけだが。

まあ、事件の傷跡って奴か。

空き巣が這入った程度ならまだしも、亭主が殺された小料理店から足が遠のいたところで、常連客を責められない。

「いえいえ、当時から閑古鳥が鳴いていましたよ。常連客なんて、数えるほどしかいませんでした——私も行きがかり上、仕方なく店を継ぎはしましたがね、こんなの、敗戦処理みたいなものです」

自虐的な女将である。

外食を敗北と見なすぼくは不勉強でよく知らないけれど、こういう小料理店では、お酒と肴と、小粋な会話を楽しむものでは？　しかし、もちろん、ぼくとてそんなあれこれを求めて、大切な家族に、作り置きの晩ご飯を残してきたわけではない——目的は事情聴取であり、聞き取り調査だ。

けれどやっぱり、プロの料理はうまいな……、美味く、そして上手い。外食が敗北と言うより、普通に敗北感を味わわされている……、レシピと言うか、作りかたはわかるのだが、なぜこんな味になるのかがさっぱりわからん。あのマンションでハウスクリーニングの技術を見せつけられたときにも似たようなことを思ったけれど、本当の仕事を見せられてしまうと、自分のことを二度とシェフとかコックとか、言いたくなくなる。これで閑古鳥が鳴き続けていたというのだから、やっぱり商いは簡単じゃない。

出された小鉢をおべっか抜きで素直に褒めると、

「ありがとうございます。一子相伝で、父からしばしば叩き込まれましたから」

との答——父かあ。

冗談抜きで、冗談なわけがないが、今度こそ、掛け値なしの被害者遺族である——しかも、前回はまだ、お姉ちゃんからの指令で動いていたという大義名分があった。責任転嫁先があった。今回は完全に、釈明の余地なく独断専行である。

席に着くなり、がっつくように、先代の誕生日について訊いたりするし、たぶん女将には、ぼくが興味本位で店を訪れた、物見高い野次馬同様であることはバレているだろう……、店を出たあと、塩を撒かれるかもしれない。

ただ、そんな客でも、お客様は神様なのか、それとも、さっき口にした、社交辞令抜きの素直な称賛の言葉を受け止めてくれたのか、

「本当にまあ、酷い死にかたでしたよ。ざまああありません」

と、被害者遺族は、まだ尋ねてもいないことを、自分から語り出してくれた。

「新聞には載っていませんがね、本当に酷くって。ちっちゃい金袋《かねぶくろ》を、こう、頭にフードみたいに、無理矢理かぶせられて……、それで胴体を、そこにあるような日本酒の酒瓶でしこたま殴打されての内臓破裂ですって。ろくな死にかたはしないと思ってましたけれど、あそこまでとはねえ」

「……酒瓶、ですか」

ブラックジャック、じゃないのか？　酒瓶で殴ったりしたら、一度で瓶のほうが砕けちゃいそうだけれど……、いやしかし、金袋を頭にフードみたいに被されて、と言うのは、もろに……、少なくとも日よけの帽子よりは、はっきり覆面って印象だ。しかし、内臓破裂？　外傷ではなく、内傷――

「ええ。酒瓶を、こう、風呂敷でくるんで、血が飛び散らないようにしていたって、警察のかたは仰っていました。ですから、強盗致死ではなく、空き巣は最初から殺すつもりだったんじゃないかと――驚きはしませんがね」

風呂敷でくるんだ酒瓶。

……砂糖を詰め込んだミトンのような可愛らしさとは無縁だが、確かにそれでも、即席のブラックジャックは完成する。僕はできないけれど、あるんだっけ、日本文化には、専用のくるみかたが……、どちらかと言えば、酒瓶を保護するために包んでいるって感じだ……、いつまでも殴り続けられるように。だが、ブラックジャックで、胴体を殴り殺すなんて話は聞いたことがない……、あれは頭を狙う凶器では？　最初に目隠しをして、嬲り殺しにするためだとしか思えない手順である――『じわじわ』と。

まるで拷問のように、わざわざ時間をかけて殺している――警察とは違う視点になるが、確かにそれは、一刻も早く現場を立ち去りたいはずの、空き巣の手口とは思いにくい。

血が飛び散らないように、か。

それもそれで理由っぽいけれど、しかし結果的には外傷にはならずブラックジャックさながらの内傷になったわけだし、風呂敷で巻くというのは、ここまで来ると偏執やらこだわりやらと言うより、ただの癖にも思えるな――新郎氏が、まさしく、ぼくを殺そうとするときにさえ、ブラックジャックを使っていたように……、酒瓶は……、犯人はアルコールに因縁でもあるとか？　身内に酒乱が？　それとも小料理店のあり合わせ？

いや、しかし、それはさておき、一点。

「……『ざまあない』とか、『ろくな死にかたはしないと思っていた』とか、『驚きはしない』とか、女将さん、結構厳しいですね。お父上に」

「あら失礼。お食事時にするお話じゃあありませんでしたね」

「いいえ、それはいいんですけれど――」

「死んだ人のことを悪く言いたかありませんけれど、生きているうちは、とても言えませんでしたからねえ――私はずうっと黙秘権を行使していましたよ。兎角、昔気質の父でして。さっきは一子相伝なんて格好つけましたけれど、その実、本来跡を継ぐはずだった兄が、母と一緒に家から逃げ出したってだけのことで」

逐電し損ねた私が、兄以上のスパルタで鍛えられたってだけなんですよ、本来が失われての未来です――と、そう言われてしまうと、料理の味が変わってきてしまう。血の味が滲むというわけではないにせよ……、そうだな、被害者遺族だからと言って、必ずしも身内の死を、嘆き悲しんでいるわけじゃないことも、理解しておかないとな。

実の娘だからと言って、地の底まで落ち込んで、心の傷を負うべきだなんてのも迷惑なレッテル貼りだ――ひょっとすると、『父親が亡くなったのにこんなに早く店を再開するなんて不謹慎だ』とかなんとか、あらぬ説教を、各所から受けているのかもしれない。それで一見の客であるぼく相手に口が軽くなっているのだとすれば、この多弁さにも納得がいく――首吊り子ちゃんの口を割らせるのに労した努力が嘘みたいだ。

労した努力というか、弄した小細工と言うか……。

「ここだけの話、本当ね、あの空き巣さんには感謝しているくらいで。だって、あの人が殺してくれてなきゃ、私が殺していたかもしれませんもん――最近は膝を悪くしたとか腰が痛いとか肩が上がらないとかなんとか、そんな言い訳をうだうだして、料理をぜーんぶ私に押しつけて、自分はぺちゃくちゃ、若い女性客とのお喋りに興じていたんですから」

酒の席での軽口だとわかっていても、しかし、殺していたかもしれないというのは、文字通り殺伐とした親子関係である――いや、特筆して暢気な我が家でも、あの弟がグレていた反抗期があるくらいだ。どこの家庭にも、事情はある――むしろこれを、軽口と聞き流すことが、その後の事件に発展していくのかもしれない。

塵も積もれば山となり、愚痴も積もれば殺意となる――殺意があるから殺すとは限らないにせよ。

逮捕された空き巣は、殺人については認めていませんよと、お利口さんなことを言うべきではないかな――それについてどう思うか判断を仰ぎたかったのだけれど、先手を打って答えられてしまった感じである。

どうあれ父親を先に殺されてしまったことを、残念だ、自分で殺したかったのにと言わないだけ、この人にはまだ救いが――本当に先に殺した、のだとしたら？

先手を打って。

空き巣がではない。ヴェールドマンがだ。

娘さんは懐疑的なようだが、膝やら腰やら肩やらを痛めていたと言うのが本当なら、先代が厨房に立てなくても無理はないし、苛々して、身内に当たり散らす頑固親父になっても無理はないし、そして――ろくに抵抗できず、殺されてしまっても無理はない。

殺しやすく、殺されやすそうな人間。

どうせいつか殺される人間なんだから、自分が殺してもいいだろうと考えて……、実の娘の殺意にあやかろうと……、さあ、どのくらい可能性がある？　小料理店の亭主を誕生日に殺害して、推理小説とは真逆の発想で、あえて現場を密室にせず、不用心にも開け放つことで、空き巣を招き入れたという可能性は――冤罪とおぼしき撲殺事件が、最近、近隣で二件もあったことが、そもそもおかしな話なんだし、そこに何らかの意図が働いていたとみるのは、あながち牽強付会でもないように感じる。

確実性はゼロに等しい。

けれど『あわよくば』、その後の不法侵入者に罪をなすりつけようとしたなら――『泥棒に這入ったら人が死んでいました』なんて供述よりは、信頼性の高い仮説という気がする。一方で自分は、不仲とは言え、娘も帰されるようなレジ締めの現場に、口実を設けて居合わせるだけの信頼関係を築いていたとか……、たとえば、数少ない常連客として、この店に足しげく通っていたとか……。

いずれにせよ、こうなると他のミッシングリンクなんて、一切必要なくなったようなものだ――第一の事件と第三の事件の間に、文句なく第二の事件が割り込んでくる。

なんなら布という要素さえなくてもいいくらいだ。

『凶器が布』を遥かに超える、揺るぎない共通項――誕生日に殺しに来る怪人、バースデーマン。

……急激にダサくなったし、モーニングジャーナルよりはバラエティ向きの怪人になってしまったけれど、ただ、ヴェールドマン仮説ならぬバースデーマン仮説を成立させたところで、しかしあまり実際的でないのも事実だ。

役に立たない仮説である。

首吊り子ちゃんが殺し直されるかもしれないという危惧があったヴェールドマンと違って（それもまた壮大な勘違いだったわけだが）、バースデーマンの次の行動はまるで読めない。

誕生日は誰にだって来るのだから。

誕生日のない人間はいない。

ゆえに誰だって被害者となりうる……、だからこそ危険度は、以前より飛躍的にアップしているとえるわけだが、しかしそんな怪人を、どうやって警戒しろと言うのだ？　普通に通り魔に、あるいはスピード違反のクルマに気をつけるのと変わらない……、たとえ不良刑事に注意を喚起したところで、ぼくが矜持を放棄してまで発見したこのミッシングリンクだけじゃあ、どうしようもないと言われるだろう。

ぼくもどうしようもないと思う。どうしろと言うのだとも思う。

警察やテレビ局をすっ飛ばして、勇を鼓して世間に発表したところで、ヴェールドマン以上に、ただただ混乱を呼ぶだけであって……、誕生日に気をつけろと言われても、そんなめでたい日に、何を？　ヴェールドマン仮説に唯一あった、ターゲットは女性限定という、現代社会ではもはや古風とも言えた縛りもなくなって、バースデーマンは、誰彼構わずに、その日年齢を重ねた人物を殺しまくっているわけで……、信頼を重ねた上で、年齢を重ねた人物を殺しまくっているわけで……、独居老人、小料理店の亭主、シングルマザー……、次にどんな属性が並んでも不思議じゃない。

そう、他ならぬぼくでも――もっとも、ぼくの二十六歳の誕生日はずいぶん先なので、その点に関して本気の心配はいらないが、でも、家族の誰かが狙われる可能性は十分ある。本日の時点から一番誕生日が近いのは、えっと、クラウディちゃんだっけ？　ホームズ一家なんて、小料理店の偏屈親父よりも、よっぽど狙われそうな集団じゃないか。実際、ぼくはヴェールドマン仮説の検証中、ある新郎に殺されかけている。変に首を突っ込んで、知り合いが手に掛けられでもしたらどうする？　ぼくにとってのことの始まりである未婚の母、治治木知秋さんや、考えたくもないけれど、その息子のムロくんだって――未婚の母？

もしも治治木さんが次の被害者に選ばれるようなことがあれば……、傘下散花さんから数えて連続で、シングルマザーが狙われたということになるよな？　あの朝、父さんが言っていた、シングルマザーのヴァリエーションである……、そして高山おじいちゃんは、『社会的弱者を狙うなんて許せない』みたいに、義憤に駆られていた。なるほど、『弱者』の定義で、ぼくとは見解の不一致があったけれども、基本的にその意見の方向性は正しい。姑息にも、社会的弱者を、卑劣にも、狙うなんて――だけど。

社会的弱者を狙ったのではなく。

社会的弱者だから狙ったのだとしたら――特定の社会的弱者を。

ヴァリエーション。

クラウディちゃんが言うところの、被害者側のミッシングリンク。

確かに、一般的なイメージでくるならば、ヴェールドマンの被害者の中で、シングルマザーは乳飲み子を抱えた傘下散花さんだけだ……、治治木さんが襲われるかもなんていうのは、ぼくのただの妄想である。

でも、たとえば高齢の雲類鷲鷹子さん――彼女の身内は、離れて暮らし、家賃を支払っている息子だけと言っていなかったか？　離婚して『シングルマザー』になったのか、死別して『シングルマザー』になったのか、そのパターンはわからなくても――そしていかに高齢であろうとも、シングルはシングルだ。

更に、この小料理店を継いだこの腕のいいざっくばらんな女将も、母親がいて、兄がいたとしても、そのふたりは強権的な父親に嫌気がさして、家を出ている――その結果、逃げ遅れた娘は、一子相伝である。父ひとり子ひとりの――ああ、むろんマザーじゃなくてファーザーだけれど、シングルファーザーだって、高山おじいちゃんに言わせれば、『社会的弱者』だろう、そこに男女の区別はない。たとえ本人は強権的であろうと、困っていたのはこき使われていた娘であろうと——彫刻の統一性なんて無視して、女性ばかりを狙っているわけではなかった怪人像、しかし。

老若男女を問わず、世代を問わず、性別を問わず。

片親家庭をターゲットにしている？

未亡人、寡夫、寡婦、離婚経験者、未婚の母——未婚の母に限らず子持ちで、それもおそらく、子だくさんではない『ひとりっ子』。

そうなると、なんとなくだが、被害者を、よりにもよって誕生日に殺している意味不明な理由の、真意が見えてこなくもない——誕生日、つまりは誕生。産むとか産まれるとか——たぶん、そういうことに執着しているんだ。ならば、ぼくや、ぼくの家族がターゲットになることはない——この状況でそれを幸いとはとても思えないけれど、ぼくは家族の人数にだけは自信がある。

そして父でも母でもない、赤ちゃんのムロくんももちろん安全——でも、天然素材である治木さんに対する危惧が、今初めて、リアリティを帯びた……、のか？

それは誕生日次第だ。

何度も繰り返したいことではないけれど、ぼくは誕生日を知っているほど、彼女と親しくはない……、親身になっているつもりなのに、親しくはない。所詮買い物仲間でしかないわけで、しかし逆に言うと、誕生日を知るくらいには、被害者達と犯人は、親しかったことになる。

信頼させてから殺すスタイル。

被害者が置かれている状況に応じて、巧みに関係性を築いていく中で、それとなく誕生日を聞き出して——いや、違う違う、親しくなるのは、最初から殺すためでしかないのだから、被害者の誕生日は、最初の最初に把握していなければならない。一昔前ならいざ知らず、怪人は三人の個人情報をどうやって入手した？　言っちゃあなんだが、ぼくだって、かなりイリーガルな手段を使用している……、不良警官のツテを辿ったり、貸主兼管理会社を騙したり、客の振りをして訪れたり。

イリーガルなだけでなく、それなりの労力を払っている……、犯人が手間暇を惜しまないタイプなのは間違いないけれど、現実的に、どこから漏れたのだ、個人情報は？　誰ならば、三人の誕生日を、不自然なく——怪しまれない形で入手できる？　てんでばらばらだった片親家庭の中心には、何があって誰がいるのだ？

「あ」

そこで気付いた——三角形を構成するみっつの点の、四つ目に。大三角の四角目に。

前進ではない。はっきり言って振り出しに戻った。

シングルマザーのヴァリエーション……、その定義には——父さんはあの朝、挙げなかったけれど——現在懐妊中である首吊り子ちゃんも、該当してしまうのではないか？　懐妊した時点で『お母さん』だと見なす考えかたも、ちゃんと認めなければならない——そしてこの場合、彼女の病院に姿を現わしもしなかった、パートナーを父親と認めることは、一般的には難しいだろう。パートナーと認めることすら難しい。

そしてぼくは知っている。

当初は年齢不詳で、見識のないぼくなんかは、中学生かもしれないとまで思ってしまっていた首吊り子ちゃんが、現在十六歳であることを、もうすぐ十七歳を迎えることを――つまり、誕生日が間近に迫っていることを、知っている。

そんな若さで妊娠したことは、彼女が自ら、我が子と共に命を絶とうとした理由であって、決して怪人に狙われる理由ではなかったはずだが――しかし、そんな情勢は、とっくに翻っている。

否、ぼくが概要を、ずっと裏側から見ていただけだ……、裏地ばかりを見ていた。ああ、首吊り子ちゃんの誕生日が間近に迫っていると言って、それはどれくらい間近だ？　一ヵ月後？　一週間後？　それとも――数日後？

今日だったりして？

既に木曜日や金曜日や土曜日のうちに経過している可能性もある――だが、そんな可能性を追うのなら、同様に、首吊り子ちゃんがシリアルキラーの怪人に狙われている可能性も、再び考慮しなければならない。

発想の飛躍なのはわかっている。

他にも、近いうちに誕生日を迎えるであろう広義のシングルマザーが、この町内に限っても、山ほどいるだろう――山ほどはさすがに言い過ぎだが、現在の社会情勢を思えば、少なからずいるはずだ。

だけど――発想を飛躍させずに、何を飛躍させるって言うんだ？

「すみません、外で電話をかけてきてもいいですか？」

腰を上げ、被害者遺族である女将にそう訊くと、「他にお客様もいませんし、そのままお席でどうぞ」と返された――たとえ店内にいるのが自分だけでも、悪質なマナー違反には違いないけれど、ここはご厚意に甘えさせてもらうことにした。今は一秒一刻が惜しい。一秒一刻で、どうにかなる問題じゃないことがわかっていても、どうしても、雑木林での心肺蘇生を想起してしまう――もしも間に合わなければ、一生悔やむことになる。

そう思うと、日曜日の夜に、大して親しくもない相手に、しかも異性を相手に、いきなり電話をかけるマナー違反さえ、この際気にかけている余裕はなかった。ぼくのぐだぐだな妄想を、テキストメッセージで逐一説明しようと思えば、あまりにもまだるっこしい長文化を避けられない。

架電先は、もちろん救急病院のナースさんだ――彼女が勤務中であることを祈ろう。この働き方改革の時世に、フルタイムな夜間勤務を願うなんて間違っているけれど、今度弟が撮影中に怪我したときは、真っ先にあなたのところに連れて行くから堪忍してほしい。こうなると、彼女が弟のファンだったことは僥倖である、サインを送信するために直接の連絡先を交換していたおかげでぼくは、交換台を通す繁雑な手続きをすっ飛ばして、ダイレクトに彼女と繋がれるのだから。

「すみません、ぼくです、吹奏野真雲です――今、病院ですか？　だったら何も訊かずに、今すぐ首吊り子ちゃんに、もう一度警護をつけてもらえませんか？　それと、できれば彼女の誕生日を――」

自分でも無茶だと思いつつ、そうまくしたてずにはいられなかったぼくを、そういう電話への応対には慣れているのか、「落ち着いてください、大丈夫ですから」と、電話に出たナースさんはなだめた。いやしかし、大丈夫ですからって――大丈夫じゃないから電話しているのに。

「ちょうど今、帰ろうとしていたところですけれど――どうか我々を信頼してください」

「いや、それはもちろん、信頼していますが――」

「我々は、我々を増やしたかったんです」

と、ナースさんは続けた。

ん？　何？　何を増やしたかったって？

「信頼してください」

彼女は繰り返した。

あくまでぼくをなだめるために――包み隠さず、白状した。

「ヴェールドマンは、我々ですから」

終幕　ヴェールドマン真説

「……では、本日のトップニュースです。先週お伝えいたしました、百貨店勤務の傘下散花さん、二十七歳、が自宅で殺害された事件に、急展開です。自らを犯人だと名乗る布袋布施美容《ほていふせみ》疑者が、昨夜、警察に出頭しました。布袋容疑者は、他に二名の殺害をほのめかしており、警察の発表では——」

翌月曜日。

いつも通りの時間に起きて、いつも通りキッチンに立って、お姉ちゃんがニュースキャスターを務めるモーニングジャーナルを眺めていると、そんな一報が流れた——急展開どころか急転直下だが、ヴェールドマンという、番組が独自に考案した怪人名を使用しなかったのは、もしかして良識が働いたのだろうか？　まあ、バースデーマンほどじゃないにしても、実際に人が死んだ事件で使うには、悪ふざけと取られても仕方のない名称である……、あくまで、ヴェールドマン仮説は、作戦名みたいなものだったのだろう。単純に犯人の正体が女性だったので、『ヴェールドマン』ではそぐわなくなった程度の理由かもしれない。

いずれにせよ、先んじて取材を進めていただけに、他局をリードする報道になるだろうことは確実である——お姉ちゃんが全国区になる日も、そう遠くはない。

「——しかし、今回の事件で考えなくてはならないのは社会的弱者に対するケアの薄さであり、犯罪を未然に防ぐために、セーフティネットや受け皿を増やすような、できる試みはなかったのかを――」

……また余計なことを言っているな。

実は全国区になりたくないのだろうか――まあ、余計ってわけでもないか。

「なんだなんだ。捕まったのか？　例の犯人。ふん、顔がよく見えんな」

散歩から帰ってきた高山おじいちゃんが、テレビ画面を一瞥して、そんな風に毒づく。確かに、警察車輌で連行される被疑者の顔には、布――のようなものが掛けられていて、更に俯《うつむ》いているので、果たして今、彼女がどんな表情を浮かべているのか、うかがい知ることはできない。未成年というわけではないけれど、自首した犯人に対する、せめてもの温情と言ったところか……、まあ、彼女の自首で、またしても冤罪がひとつ暴かれたわけだから（ストーカー犯同様、空き巣のほうでは有罪っぽいが）、三名を殺害したと思われる凶悪犯にしては、個人情報への配慮がされているのも、その辺り、扱いが神経質なのかもしれない。

個人情報ね……、もっとも、ぼくは彼女が誰だか知っている。

三名どころか、四人目を殺すかもしれなかった凶悪犯であることも――そして、彼女が弟のファンであることも。

「救急病院に勤めていたナースさんだよ。首吊り子ちゃんの件で、とてもお世話になった――それも、初めから、殺すためだったわけだけれど」

殺すために信頼させる。

彼女の手腕が如何なく発揮されたのは、シングルマザーの傘下散花さんに対してだけじゃあない――独居老人の雲類鷲鷹子さんに対しても、小料理店亭主の分切交吾さんに対しても、そうだった。

「ヴェールドマンは被害者達の個人情報を、いったいどこで仕入れたんだろうって不思議だったんだけれど、そんなに考えるようなことじゃなかったよ――一見ばらばらだった三人には、誕生日に殺された以外にも、布が凶器って他にも、共通点があった」

「？　シングルマザーと、独居老人と、小料理店の亭主に共通点なぞあるか？」

「病院通い」

それも、救急病院。

そりゃそうだって話でもある……、まだ免疫力の弱い赤ちゃんは何かと病気になりがちだし、ご老人は言うに及ばず――矍鑠としているようでいて、うちのやすでおばあちゃんだって自宅療養中で定期的な通院は欠かせない。

「なるほど。このわしも健康体とは言いがたいの。しかし、小料理店はどうした？　五十代では、働き盛りとは言わんまでも、まだ齢《とし》というほどでもあるまい？」

「どっこい立ち仕事で、腰とか膝とかを悪くしてたって、娘さんが言ってたよ。まあ、三人が同じ病院に通っていたかどうかは、定かじゃなかったけれど……」

裏を返せば、同じ病院に通っていたとしたら、個人情報は滞りなく集まるというわけだ――健康保険証やら身元引き受けやら承諾書やらの必要書類には、家族構成も誕生日も住所も、はっきり記載されているのだから。吹奏野家のデータベースどころじゃない、救急病院のデータベースなんて、個人情報の宝庫だ――守秘義務の集合体だ。ぼくがイカサマにイカサマを重ねてようやっと暴いた未成年の妊娠なんて究極のプライバシーさえ、手当てをする者にとっては前提条件でしかなかった。今時じゃあ、病院間でもカルテを共有する動きが活発だし……。

「そんな環境が、ヴェールドマンを犯行に走らせたって言ったら、言い過ぎなんだけれど、スタート地点にはなったんだと思う。もっとも、それを閲覧する権限が彼女にあったかどうかは別の話……、でも、権限はなくとも、のぞき見くらいはできただろうね」

もちろん重犯罪だが、しかしその後、人を殺すつもりなのだ——大事の前の小事と言って、差し支えないだろう。そう、懐妊したことを、自殺で塗り潰そうとした首吊り子ちゃんのように……、懐妊も自殺も罪じゃあないが、首吊り子ちゃんはそうやって、罪悪感を処理しようとした。

「合法的に使ったのは、看護師という立場かな。初対面がその位置関係なら、被害者達の信用を勝ち取るのは、そんなに難しくなかっただろうから」

信頼してください——か。

しかしまあ、もちろん、思うほど簡単でもなかっただろう——傘下散花さんには職務の壁を超えた副業のベビーシッターとして近寄ったり、雲類鷲鷹子さんには職務の壁を超えた厚意のケースワーカーとして近寄ったり、分切交吾さんには職務の壁を超えた常連客として近寄ったり……、いろいろ小細工は弄していたようだ。

フェイスヴェールは壁なんだっけ？

事件のあった日、小料理店に空き巣が這入ったのは、基本的にはラッキーだったが、やはり完全に運任せだったわけでもなく、店舗の戸締りをしない逆密室はもちろんのこと、亭主の名義で偽の公式アカウントを作り、ＳＮＳで『夜の店には現金がある』とか『誕生日は早めに店仕舞いして旅行に行く』とか、そんな発信をして、泥棒を歓迎するような、細かい創意工夫もおこなっていたらしい……、犯意誘発型の囮捜査みたいなことをしていたわけだ。これに関してはぼくの調査が甘かったが、特に削除もしていないとのことなので、腰を据えて探せばそれも見つかるだろう。

首吊り子ちゃんに対しても、退院後、寄り添うつもりでいたのだろう……、どういう立場で、どう職務の壁を超えるつもりだったかは知らないが――心の壁も。

「それで？　お前はどうして、そのナースがヴェールドマンだとわかったのだ？　孫よ。気付いてすぐに、自首を促すために電話をかけたのだろう？」

「いや、わかってないよ。それは孫を買いかぶり過ぎだ、高山おじいちゃん」

ぼくは病院の中に犯人がいると思っただけだ――むしろぼくは、彼女だけは信頼できると思って、首吊り子ちゃんを守って欲しいと電話したのである。その意味で、彼女の人を信頼させる才能は本物だった……、弟のファンであることをああもアピールされて、信頼せずにいられるかい？　今から思うと、ぼくはとんでもない悪手を打っていた。ぼくからの連絡を受けて、焦った彼女が誕生日のルールを無視して、首吊り子ちゃんを手に掛けてしまう可能性は十分にあったのだから……、危うく取り返しのつかない結末になるところだった。

ちなみに首吊り子ちゃんの誕生日は来月だった――ぼくの二重のマナー違反は、その意味でも勇み足だったわけだ。

「だから、彼女が自首を選んだのは、あくまで自分の判断だよ……、ぼくが促したわけじゃない」

ルールは絶対だった。病的なルールではあったとは言え。

この逮捕が、医療従事者に対する不信感みたいな社会問題に繋がらなければいいが……、信じられるのは物言わぬ死体だけと嘯くやすでおばあちゃんなら、医療従事者というだけで信頼するほうが社会問題だと言いそうだ――透けて見える中身よりもそれを覆う布、白衣やナース服、つまり制服の信頼感か。

着るだけじゃあコスプレだと言いたいところだが、コスプレだって侮れないことは、首吊り子ちゃんが教えてくれた。

ヴェールドマンという名前に引っ張られて、男性の被害者を見落としていたのと正反対だ――確かにぼくは、彼女を『ナースさん』という記号でしか捉えていなかった。塔条さんとそうしたように、名刺交換こそしていなかったものの、ナース服のネームプレートだってちゃんと見ていたはずなのに、彼女のフルネームを知ったのは、ついさっき、お姉ちゃんが読み上げたときである。未成年である首吊り子ちゃんの本名を伏せたのとはわけが違う。思えば、ぼくはぼくを殺そうとした新郎の名さえ知らずじまいで、これは恥ずべきことだ――アドレス帳にも『ナースさん』で登録していたなんて。

「ふむ。とすると、なぜ自首を――逃走するならまだしも」

「逃げ切れないと思ったのでしょう」

お父さん、おはようございます――と言いながら、ぼくの父親が、ダイニングに、ぼくの母親と共に、お揃いのパジャマで登場した。

「どうせ逃げ切れないなら、自首をして、いくらかでも罪を軽くしようという、犯罪者の小賢《こざか》しい判断です」

それでも三人を殺害したなら、間違いなく求刑は死刑ですがね――と、死神検事が、朝から物騒なことを言っている。

怖い怖い――とは言え、ぼくも父さんの意見に、半分は賛成する。求刑に関してではなく――彼女が逃げなかったことは確かだ。出頭した時刻から逆算すると、ぼくとの通話を終えてから、彼女は即座に警察署に向かっている。覚悟は最初から決まっていたというように。

逃げ切れないと思ったのだろう——ただし。

死にたくないわけではないのだろう。

「夜霧くんのファンなんでしょ？　だったら、母親のわたしが弁護しなきゃ嘘でしょうね——抱えている事情次第じゃ、死刑を回避することくらいはできると思うし」

母さんはいつもの調子だ。夜霧に限らず、母親だからこそ、むしろ弁護したがらないかと思ったが……、その程度で軸はぶれないということか。

抱えている事情ねえ。

動機……、ってことになるんだろうけれど、どれだけ聞いても、ぼくには理解できなかった。小料理店の中で、結構な長電話をしたけれど……、彼女が何を言っていたのか、一晩反芻《はんすう》してみても、よくわからない。半分もわからない。

また言われてしまうのだろう、恵まれているお前には、罪を犯してしまう人間の気持ちなんて一生理解できないと——特に、彼女の言ったあの台詞の意味は、完全に不明だ。

『我々は、我々を増やしたかったんです』

……一応、家族チャットでその文言はお姉ちゃんにも、原文ママで伝えておいたが、番組を続けて見ていても、それが報道に乗る気配はない。百戦錬磨の取材班をしても、すんなり理解できる一文ではないのだ、きっと。

あえて知った風なことを言うなら、自己実現、みたいなことだろうか？

額面通りに受け取れば……、社会的弱者を殺すことで、自分は弱者を殺す強者だと、自己を形成、増幅していこうとしていたのだとすると、本物の異常者である——だけど、彼女のことをそんな風に思えなかったことも事実だ。

番組内では心理学者のコメンテーターが、容疑者自身、片親家庭で虐待に近い形で育てられており、しかしそんな親は誰に裁かれることもなく、お酒の飲み過ぎという自業自得で、身体を壊して死んだ——それゆえに、代理の片親に、彼女は復讐をし続けていたのだ——と、なるほど、それっぽい動機を語ってくれていて、まあ、実際にそんなところだったのだと思う。

結局は怨恨殺人——そんなところに落ち着くわけだ。

そんな生い立ちを理由にするほうが、母さんとしても情状酌量《しゃくりょう》を勝ち取りやすいのかもしれない。

「それはどうだろーな」

しかし、三人が食事を終えて、ダイニングを去った後に現れた不良刑事のお兄ちゃんは、心理学者とは違う見解をお持ちのようだった。

「もうちょっとねじれてると思うぜ。文章の意味を解釈するなんて、国語の授業みてーで嫌気がさすけれど——ほら、お袋が、どうして犯人は赤子を殺さなかったのか、とか言ってたらしいじゃん？　殺せばよかったのに、とか」

「殺せばよかったのにとまでは言っていないよ」

「その赤子が、ヴェールドマンにとっての『我々』のひとりだったんじゃねーの？　だから殺すどころか、傷ひとつつけなかった——『我々を増やしたかった』っていうのは、片親家庭の片親を殺すことで、自分と同じ環境の人間を増やすって意味だろ、どー考えても」

ぞっとした。

ひねくれ者のお兄ちゃんが、ひねくれたことを言っただけ——そう思いたいところだ。

ただ、ぞっとはしても、馬鹿にはできない見解だった……、自分と同じ境遇の人間を増やそうという行為。

自分みたいな人間が、これ以上現れないように――なんてスローガンの、真逆である。

奇妙にも通話中、彼女はずっと、自分のことを『我々』と言っていた――最初は、病院ぐるみの犯行を匂わせているのかと訝しんだけれど、そうではなかった。ひとりじゃない、寂しくない、孤独じゃない、『我々』はシングルじゃない。

『我々』は私だけじゃない。たくさんいる。どこにでもいる。

社会的弱者は、弱いんじゃなくて、困っているだけ――弱いとすれば、それは立場が弱いのだ――それがぼくの、思えば薄っぺらい理解だったけれど、更に言えば、困っているのは、弱者が少ないから――少数派だからだ。数が増えて、多数派になれば、強弱はひっくり返る。

……と言うほど単純ではないが、してみると、彼女の犯罪は、お姉ちゃんが朝一番に提起したような、社会のせいで起きた犯罪と言うよりも。

社会のために起こした犯罪、とも言える。

何にぞっとすると言って、そんな風に言えてしまうことに、何よりもぞっとする――お兄ちゃんは、からかうように、「冗談だよ。怖がらせて悪かった」と、ぼくの頭をぽんぽんして出勤して行った――何歳だと思っているんだ、お互いに。

ともあれ、そこは怪人らしく、殺人の動機は謎めかせておくのがいいとしても、彼女が布に執着していた理由については、弟との会話を通じて、語っておくべきかもしれない――この日も例日通り、遅刻をしかけて、朝食抜きでお弁当を持って駆けだそうとした、ナチュラルに身体を絞っている弟との会話を通じて――先週は結婚式の撮影だったはずだが、今日は出産シーンのロケなのだと言う。

ハイペースで撮影が進んでいるようで、結構だ……、首吊り子ちゃんを勇気づけるような映像になればいいと思う一方で、それはこの間聞いたような、昨今のコンプライアンスでは難しいのかもしれないとも思った。

「そうだね。赤ちゃんが人形なのはもちろんとして、出産シーンを演じるのも男だからね」

「コンプライアンスを守るのはいいとしても、そろそろコンプライアンスから身を守る方法も考えたほうがいいんじゃないの？　ウエディングヴェールもないし、さすがにバレるだろう」

母親のことを『お袋』と呼ぶお兄ちゃんの『冗談』が正しいなら、ヴェールドマンは首吊り子ちゃんの出産を待ってから、殺すつもりだったのだろうか——来月ではなく、十月十日後の来年を待って。

「大丈夫だよ、分娩《ぶんべん》台の中央には仕切りのカーテンがあるし、赤ちゃんも、ほら、布でくるむわけだから」

あ、と思ったのは、仕切りのカーテン以上に、赤ちゃんをくるむ布のほうだ……、ウエディングヴェールの見立てではなく、お葬式の見立てでもなく、被害者達を包む布が、おくるみの見立てだったというのは、すとんと胸に落ちる解釈だった。

『我々を増やしたかった』という動機が、『我々を出産したかった』という意味だったなら——むろん書類上に記される事実は、ヴェールの表現にこだわったイタリアの芸術家さえ関係なく、救急病院勤めだった彼女は、病床のシーツの交換やら患者衣の洗濯やら包帯の交換やらに接しているうちに、布の扱いに長《た》けていったとかなんとか、そちらも、そんなところに落ち着くのだろうけれど。

ともあれ、男性の育児どころか、男性の出産を応援するという、なかなか難しい役どころを演じることになった弟を、ぼくは送り出した——で、この流れだと、ぼくは末の妹のクラウディちゃんからも、一連の事件に関する何らかの所見を得なくてはならないが、残念ながらかのVR探偵は、首吊り子ちゃんの自殺未遂が『ゲームに影響されて』でなかった時点で、本件への興味を失っている……、そう言えばいつだったか、やすでおばあちゃんに教えてもらったな……、若い頃彼女は、推理小説みたいな人殺しのお話を書いて、影響を受けた模倣犯が現れるかもしれないと思ったら怖くないかと、高山おじいちゃんに訊いたことがあるそうだ——ふたりが結婚する以前の会話らしいので、その頃の時代性からして、これは軽口ではなく、かなり真面目な話題だったと思われる。

高山おじいちゃん——もとい、高山青年は、理系女子のやすで嬢からの心配に、こう答えたそうだ。

「現実に先行されるほうが怖い。同じような事件が起こる前に書いてしまわないと。小説家が現実の後追いをするようになったらおしまいだよ」

例の『スクリーン・スクール』も、あまり肌に合わなかったようで、既にアンインストールしたらしい。ぼくには全部同じに見えるゲームも、千差万別か——余計なお世話だろうけれど、クラウディちゃんの場合、課金しないほうが長く楽しめるんじゃないの？

ただ、三時間目に余裕で間に合う時間帯に、ようやくゲーミングチェアから立ち上がった彼女が、「よかったら兄貴、これ見とけば？　設定は終わらせといてあげたから」と差し出したVRゴーグルのことは、特記しておく必要があるだろう——この妹、兄を電脳世界に引きずり込む算段かと訝しんだが、終わっている設定とは、ゲームの設定ではなかった。

おっかなびっくりかけたゴーグルの中に見えたのは、四方八方が彫刻に満ちた風景だった――世界中のありとあらゆる美術・博物館から、彫刻芸術を蒐集《しゅうしゅう》した、架空の一大ミュージアム。なるほど、これなら二次元という写真ではその造形美が完全には伝わらない彫刻も、立体感をもって味わえる――レ・ルーブルまで行かないと見られないはずのミロのヴィーナスもあったし、サモトラケのニケもあったし、そして、アントニオ・コッラディーニの作品群もあった。

『ヴェールドウーマン』。

確かに、ここまで散々名前を出しておいて、出典であるこれらの作品を見ずに終わったんじゃあ、締まらないというものだろう。布で始まり岩で終わるというのも、やっぱりなんだか皮肉ではあるが――とは言え、いつか渡航し、本物を拝みたいものでもある。

さて、そんなこんなで一連の出来事は、今度こそめでたしめでたしと相成ったわけだが、あるいはならなかったわけだが、家族以外にも、その報告をしなければならない相手が、ひとりだけいるのを、ぼくは忘れていない。断っておくが、首吊り子ちゃんではない……、彼女は、自分が殺されかけたことさえ、知るべきではなかろう。

むろん、『信頼できる相談相手』になるはずだったナースさん……、信頼を勝ち取り、未成年に出産を勧めるつもりだったであろう布袋布施美さんがいなくなった以上、首吊り子ちゃんの『退院後の経過』は、慎重に見守らねばならない――このぼくが。恵まれている人間の、それは義務だ。選挙に行くのと同じくらいの。

つまり未婚の母の治治木さんである――源流を辿れば、ぼくは彼女の一言から、丸一週間に亘って、ヴェールドマン仮説にかかわることになったのだから。なのであの人と、日常に回帰した会話を交わすシーンをエンディングに描くことで、ようやくぼくは、筆を擱《お》くことができるわけだ……、もちろん、スーパーの行列の中で、ことの真相は語れない……、ぼくが粉塵爆発でピンチを切り抜けたり、謎の怪人・ヴェールドマンを、血で血を洗う格闘の末にねじ伏せたことは、永遠の黙秘権だ。

スルーしたとは言え、あなたの第一発見が、結果として連続殺人犯の逮捕に繋がり、ひとりの未成年の命を、二度にわたり救ったんですよと、未婚の母の功績を称《たた》えたくとも、それも叶わない――ぼくが唯一やっていない家事である、育児を成し遂げているという点で、それら功績が讃《たた》えられなくとも、ぼくが十分敬意を払うべき相手ではあるのだが。

「そう言えば先週のタイムセールではすみませんでした、真雲さん。私の見間違いで振り回してしまって……、地面に落ちていた木の蔓を死体と見間違えるなんて、どうかしてますよね、私」

照れたように言う治治木さん。

……胸に抱えたムロくんと負けず劣らずのチャーミングさだが、しかしぼくは、それとは別の点が気にかかった。折角丸く収まりそうなところに――丸くではなく刺々《とげとげ》しくはあっても、収まりそうなところに、余計な推理はしたくなかったが、『地面に落ちていた木の蔓』だって？　そりゃあ『木の蔓』というのはぼくのついたつたない嘘だけれど、地面に落ちていたなんて言っていないぞ？　だって、首吊り死体だったんだから――そんなの、枝からぶら下がる蔓に決まっているのに。

ぼくは、ＶＲゴーグルをかけたときよりおっかなびっくりと、

「あの、治治木さん。首吊り子ちゃんを発見した当時のことなんだけれど」

と、これまで深掘りを避けていた、発見時の状況を尋ねようとしたのだが、それを遮るよう

に治治木さんは、「首吊り子ちゃん？　おかしな呼称ですね」と、ぼくの胸中を先取りするように首を傾げた。

「なんでそんな呼びかたをするんです？　私が発見したと見間違えたのは、雑木林に横たわる、若い男性の死体でしたのに」

「――若い男性」

「ええ。一糸まとわぬ産まれたままの姿で、目のやり場に困りました」

「一糸まとわぬ――」

「額の辺りに刃物が根元までぶっすり刺さっていて、木の根元で刃物が根元までなんて駄洒落みたいと思っていましたが――見間違いでよかったです」

「刃物――」

言っていなかった。

確かに、治治木さんは、死体を発見した、そしてスルーしたとしか言っておらず、セーラー服だとも、首吊りだとも、ナップサックをかぶっていたとも言っていなかった――かく言うぼく自身、公園に到着して最初に探したのは、雑木林に横たわる死体だった。いや、裸体の男性が刃物で額を刺されていたからと言って、買い物を優先していい理由にはまったくならないけれど――会話の噛み合わなさを、とことん彼女の性格のせいにばかりしていたけれど……、若い男性の死体だと？

ぼくが到着したときには、そんな死体は、絶対に、どこにも――ヴェールドマン仮説の検証中に、かたわらで進行していた殺人事件を、ぼくは見逃してしまっていたというのか？　ぼくの住む町からは、これでなくなったとばかり思っていた未解決事件が――新たに、そしてひそかに、発生していたと。

　あたかも入れ替わりトリックのように消失したその死体が、首吊り子ちゃんとまったく無関係であるとは、とても考えられない——ならば、立てられるのはどんな仮説だ？

「……あの、吹奏野さん。顔色が悪いようですけれど……、平気ですか？」

「もちろん平気だよ。ご心配なく」

　天然なりに察するところはあったらしく、不安げに問うてくる未婚の母に、ぼくは太鼓判を押した……、虚勢ではない、絶対に平気だし、本当に心配いらない。

「なぜなら、ぼくのおじいちゃんは推理作家で、おばあちゃんは法医学者で、父さんは検事で、母さんは弁護士で、お兄ちゃんは警察官で、お姉ちゃんはニュースキャスターで、弟は探偵役者で、妹はＶＲ探偵なんだから」

　だから何があっても平気だし、何が起ころうと心配いらない——たとえどんな犯人だろうとなんとかなるし、たとえどんな怪人だろうとなんとかする。

　あらゆる仮説を反証する。

　ええと、でも、誰か忘れてなかったっけ？

　ああ、そうだ。あとひとり。うっかり最重要人物を忘れていた。

「それに、ぼくがいるんだから」


（幕引）

あとがき

子供の頃は誰しも『名探偵』に憧れるものですが、成長するにつれ、それは無理だと思い知らされます。成長したことで、成長の限界に気付くというのも皮肉な話ですが、それでどう目標が下方修正されるかと言えば、次は『名探偵』の『ワトソン役』を夢見たりします。理解されない天才を支えるんだと言わんばかりに——しかし、理解できない天才は、やっぱり自分にも理解できなくて、天才に振り回されるのが心底嫌になるのがその夢の現実だったりして、だったらとちょっと距離を置いた、協力的な警部だったり、ライバルの検事だったりを目指してみるも、仕事になっちゃう感じが思っていたのと違ったり、そんな階段落ちみたいな挫折を繰り返しているうちに、結局『私』は、『登場人物一覧表』の、しかも結構後ろのほうに記載される、普段何をしているのかよくわからない人間にしかなれないのだと理解せざるを得ません——さて、人間が試されるのはここからです。そのポジションに納得できるのか、それとも一発逆転を狙って、『意外な犯人』になろうと奮起するのか——それすらも叶わないのであれば、いっそ殺してくれとばかりに、『被害者』になりたいと願うのか。『どうせ殺すのなら、完全犯罪で頼むぜ』なんて、いかした決め台詞を考えたりしてね——これも被害妄想でしょうか？　厳しいことを言えば、実際のところは『登場人物一覧表』に載るような、名前のあるキャラクターになることさえ難しい世の中なわけで、じゃあどうすればいいんだよと知恵を絞り尽くした頭を抱えたくもなりますけれど、たぶん本書の主人公が出した答が、『語り部』になることだったのでしょう。何者じゃなくても、語ることはできますから。

　というわけで、今回書いてみたかったのは、コンプレックスが一切ない彼でした。劣等感を抱かない完全無欠の人間——ということではなく、完璧じゃなくとも、それで満足している人間です。評価されなくても、威張ったりしなくても、己を尊重できる人間。どんな家庭に育てば、そういう人間に育つだろう？　とか、そんなことを考えながら書きました。書き終わっての結論としては、吹奏野真雲はそういう人間になったのではなく、そういう人間であることを、自ら選んだのでしょう——結論と言うより、あくまで仮説ですが。しかし、コンプレックスが欠けている人間って、めっちゃ怖くないですか？　怪人よりも怪人ですよね。そうそう、りか姉は知らなかったみたいですが、ドレスデンにはもう一体、アントニオ・コッラディーニ作の布芸術があって、公園の中で雨ざらしになっているそちらを先に知っていれば、取材班の事件に対するアプローチはまったく別になっていたかもしれません。美術品が必ずしも美術館の中にあるとは限らないというお話でした。そんな感じで仮説シリーズ第一弾、『ヴェールドマン仮説』でした。第二弾以降があるかどうかについては、仮の話はできません。

　本書の装画は米山舞さんにお願いしました。九人家族を全員描いていただくという難題を見事果たしていただいて、感謝の念でいっぱいです。本書は一応、西尾維新の百冊目の小説なのですが、その話はまた、二百冊目のときに。ありがとうございました。

西尾維新

本書は書き下ろしです。

この作品はフィクションです。

登場する人物、団体は、実在するいかなる個人、団体とも関係ありません。

西尾維新（にしお・いしん）

作家。1981年生まれ。2002年に『クビキリサイクル　青色サヴァンと戯言遣い』で第23回メフィスト賞を受賞し、デビュー。同書に始まる「戯言シリーズ」、テレビアニメ化され大ヒット作となった『化物語』に始まる「物語シリーズ」、初のテレビドラマ化作品となった『掟上今日子の備忘録』に始まる「忘却探偵シリーズ」など著書多数。漫画原作者としても活躍し、代表作に『めだかボックス』『症年症女』がある。本作『ヴェールドマン仮説』が著書100作目となる。

ヴェールドマン仮説《かせつ》
2019年7月29日　第1刷発行

著者　西尾維新《にしおいしん》
発行者　渡瀬昌彦
発行所　株式会社　講談社
〒112-8001　東京都文京区音羽2-12-21
電話　［編集］03-5395-3506
［販売］03-5395-5817
［業務］03-5395-3615
印刷所　凸版印刷株式会社
製本所　加藤製本株式会社

N.D.C.914 268p 20cm
ISBN 978-4-06-516494-5

1 クビキリサイクル　青色サヴァンと戯言遣い
2 クビシメロマンチスト　人間失格・零崎人識
3 クビツリハイスクール　戯言遣いの弟子
4 サイコロジカル（上）　兎吊木垓輔の戯言殺し
5 サイコロジカル（下）　曳かれ者の小唄
6 ヒトクイマジカル　殺戮奇術の匂宮兄妹
7 きみとぼくの壊れた世界
8 零崎双識の人間試験
9 新本格魔法少女りすか
10 ネコソギラジカル（上）　十三階段
11 新本格魔法少女りすか　2
12 ネコソギラジカル（中）　赤き征裁 vs. 橙なる種
13 ニンギョウがニンギョウ
14 ネコソギラジカル（下）　青色サヴァンと戯言遣い
15 化物語（上）
16 零崎軋識の人間ノック
17 化物語（下）
18 刀語　第一話　絶刀・鉋
19 刀語　第二話　斬刀・鈍
20 刀語　第三話　千刀・鎩
21 新本格魔法少女りすか　3
22 刀語　第四話　薄刀・針
23 刀語　第五話　賊刀・鎧
24 刀語　第六話　双刀・鎚
25 刀語　第七話　悪刀・鐚
26 刀語　第八話　微刀・釵
27 刀語　第九話　王刀・鋸
28 刀語　第十話　誠刀・銓
29 不気味で素朴な囲われた世界
30 刀語　第十一話　毒刀・鍍
31 刀語　第十二話　炎刀・銃
32 零崎曲識の人間人間
33 傷物語
34 きみとぼくが壊した世界
35 偽物語（上）
36 真庭語　初代真庭蝙蝠　初代真庭喰鮫　初代真庭蝶々　初代真庭白鷺
37 不気味で素朴な囲われたきみとぼくの壊れた世界
38 偽物語（下）
39 難民探偵
40 零崎人識の人間関係　匂宮出夢との関係
41 零崎人識の人間関係　無桐伊織との関係
42 零崎人識の人間関係　零崎双識との関係
43 零崎人識の人間関係　戯言遣いとの関係
44 猫物語（黒）
45 猫物語（白）
46 傾物語
47 花物語
48 囮物語
49 少女不十分
50 鬼物語

51 恋物語
52 悲鳴伝
53 憑物語
54 悲痛伝
55 暦物語
56 悲惨伝
57 終物語（上）
58 悲報伝
59 りぽぐら！
60 終物語（中）
61 終物語（下）
62 悲業伝
63 続・終物語
64 掟上今日子の備忘録
65 悲録伝
66 掟上今日子の推薦文
67 人類最強の初恋
68 掟上今日子の挑戦状
69 愚物語
70 掟上今日子の遺言書
71 美少年探偵団　きみだけに光かがやく暗黒星
72 悲亡伝
73 掟上今日子の退職願
74 ぺてん師と空気男と美少年
75 業物語
76 屋根裏の美少年
77 人類最強の純愛
78 掟上今日子の婚姻届
79 撫物語
80 掟上今日子の家計簿
81 押絵と旅する美少年
82 パノラマ島美談
83 掟上今日子の旅行記
84 悲衛伝
85 結物語
86 D坂の美少年
87 人類最強のときめき
88 掟上今日子の裏表紙
89 忍物語
90 美少年椅子
91 掟上今日子の色見本
92 悲球伝
93 悲終伝
94 緑衣の美少年
95 宵物語
96 掟上今日子の乗車券
97 美少年M
98 混物語
99 余物語
100 ヴェールドマン仮説